镜 人
像 间

U0735517

方尖碑 出品

［日］

长塚节

著

土

常非常　译

古吴轩出版社

目　录

关于《土》

夏目漱石

　　《土》在《东京朝日新闻》上连载是前年的事了。我忝任责编。不幸的是，还没见到《土》的完结，我即罹病，不能再经手报纸的工作，也再无想起这位作者的机会。

　　《土》当初只是预定连载五六十期，结果意外地发展成了长篇小说。其间，我忘记了小说的头绪，再拿起来，也很难鼓起勇气从头再读下来，终于还是放弃了，内心暗自惊叹作者的毅力与精力。《土》最终连载了一百五六十期方告完成。

　　在人情方面我本来就淡漠，再加上事务繁多，此后很久都把《土》的事忘怀了。只是有次偶然与最近过世的池边君晤谈，话头转到小说上来，池边君对长塚节君的作品大加赞赏，很希望小说能出单行本。池边君当时是《东京朝日》的主编，将《土》从头到尾都读过了。他自谦对文学所知甚少，但带着诚挚的批评眼光，饶有兴味地看完了《土》的全部连载。我当时回答说，时下出版业不景气，《土》出版单行本似乎时机未到，此事即告一段落。时至今日，有很多比《土》更无价值的书也问世了，可能的话，将小说整理出版成书，对作者总是好的。不巧的是，过了那天以后，人情淡薄的我又将《土》的事忘得一干二净了。

结果这年春天，长塚节君突然来访，告知我出版社已经接受出单行本的事情，请我作序。我当时每日要连载一期自己的小说《春分过后》，无暇重读《土》，只能等自己的工作做完再说。长塚节君又说，也想请池边君作序，能否为之介绍一下。我随即应承下来。他拿着我的名片登门拜访池边君，正值池边君母亲的"五七"祭日。长塚节君站在玄关匆匆说明来意后即告辞，结果三天后池边君突然亡故，长塚节君最终也就没有拿到他的序。

于是我也就不管《春分过后》能否连载的事儿了，只能践约，开始读《土》的校样。前后花了各半天，总共一整天的时间读完了这预想以外的长篇，读得很是辛苦。我本来是易受感动的人，看过大多数人的作品后，都会马上感动不已。《土》就是这样一部让我颇为感动的作品。首先要说，这绝非我所能写出的作品。其次，试问今日之文坛，除了长塚节君，还有谁能写出这样的作品呢？马上可以得出结论：谁都写不出。

当然，我说谁都写不出这样的作品，并非是指别人不具备这样的文字技巧，或是促使人写作的文学天赋。若有此意，说谁也不如长塚节君，一方面是对其他作家的侮辱，另一方面也让长塚节君承担了太多谬奖，反而为他添麻烦。我之所谓无人能及也者，是指书中所写皆是天然之事，长塚节君以外，从来没有人做过如此深入细致的研究。

《土》中出现的人物，都是最贫苦的农民，既无教养，也无品格，只是土生土长、如蛆虫一样可怜的农民。长塚节君的家庭从先祖以来移居结城郡，是地方豪族，家中雇用有不少佃农，长塚节君将他们近似于兽类、困惫到极点的生活状态都在这部《土》中如实展现。他们的卑下、浅薄、迷信、天真、狡狯、质朴、贪婪……包括我在内的文坛诸公所难以想象的一切，经《土》之描绘，都历历在目。因此可以说，再无人能像长塚节君一样，将困苦的农民生活中最接近兽类的那一部分如此精细地直叙出来。这是我之所谓无人能及之处。

对和人事分离的自然，读者对我前述评价也很容易首肯吧。作者将鬼怒川沿岸的景色，诸如天空、春色、秋景、雪片、风声，都做了绵密的研究。田地里的庄稼、水畔的榛木，蛙声、鸟鸣，举凡在其乡土存在的自然风景，具有地方特色者，一点一画、无微不至，悉数纳入笔端。哪怕司空见惯之事，也能写出其独特之处。与普通作者手下所写的自然之平凡相比，这一独特之处，就是我之所谓无人能及了。我一面敬服于他的这一独特之处，赞赏他是一个精致的自然观察者，另一面也觉得这种过于精细的描写，往往打断了故事情节，不免叹息不已。

作为一部小说，《土》无疑是难读的，绝非有趣的消遣。一则，因为小说中人物用的是我们不太熟悉的方言；二则，结构上跨度好几年，情节进展相对平缓，没有纵深。这样整体看来，就不会给读者以加速度的兴趣。小说没有用错综复杂的故事将读者深深吸引进去，反而对地方上一年四季各类风俗仪式毫不懈怠、事无巨细地记叙下来，并让构造的人物断续活跃于其中。这样一来，恐怕就意味着失去了对读者的牵引力，以至于读起来索然无味。不过这还只是皮相之论，只是表面上的难读。我之所谓难读的本意，是指小说中人物的内心、举止，仅仅给读者以压迫、不安与苦痛，丝毫也不像神所创造的幸福的人类，既无刺激，也无安慰。悲剧肯定是可怕的。但在一般的悲剧之中，除了悲惨以外，还会有什么补偿，让读者在流泪之余感到喜悦。然而在《土》中却是令人欲哭无泪的苦，就如也无风雨也无晴的那种天气下的苦痛，只是令人心沉入土下。从人情来说也好，从道义来说也好，对这种压抑的补偿几乎什么都没有。只是挖开土，落入到黑暗中。

　　读《土》，肯定会感觉自己就好像被拖入泥泞里。我就是这样的感觉。读者会有疑问：何以长塚节君要写这样一部难读的书呢？对这样的发问者，我只用一句话来回答：这样生活着的人，是与我等同时代的人，且就在与东京路程并不遥远的农村生活着。这一悲惨的事实，难道不应牢记胸中正视之吗？对于诸位从此以后的人生观、日常的行动，难道不会有所参考、有所助益吗？我特别希望憧憬着欢乐的青年男女，能耐心忍受着阅读的苦闷，鼓起阅读此书的勇气。我的女儿长大成人后，想要去音乐会或是帝国剧院时，我必会要求她读一下《土》。她肯定不喜欢读这部书，更愿意去读一本她感兴趣的恋爱小说。但我那时会给女儿忠告：不要为了消遣而阅读，为了痛苦阅读吧！为了参考，为了认知世情，为了在自己的人格上投下可怕的暗影，忍耐着读下去吧！在温暖的环境中、无忧无虑成长起来的少女们（少男们也同样），若起菩提心、宗教心，都从此暗影而来，我坚信如此。

长塚节君的写法自始至终是沉着的，小说人物皆跃然纸上，故事情节也自然。在《土》刚开始连载时，北方的S君写信给我，提及长塚节君偶在旅途中与其会面期间的言论。长塚节君在S君处读了我发表在《东京朝日》上的《满韩处处》（又译作《满韩漫游》）一期连载，大为愤慨，痛骂说：夏目漱石之为人，真是鼻孔朝天。非但漱石，《东京朝日》记者之写法，都是瞧不起人。《土》的文字，可谓认真、老成、严肃，有这番议论，实在不足为怪。《满韩处处》不入君之法眼，也是当然的。我虽承受君视为轻佻之嫌疑，却认真阅读了《土》，因此才写了这篇序。长塚节君只是偶然看到《满韩处处》，即愤恨我之浮薄，若是再偶然看到我别的东西，又不知如何反感呢。若是《满韩处处》从头到尾都像长塚节君指摘的一期那样，是瞧不起人的，我也就不会为了君所作的《土》如此耗费言辞了。

长塚节君不幸罹患喉头结核，迄今都在东京入院治疗，现已在去疗养旅行的途中。我之前为之介绍的福冈大学久保博士来信说，长塚节君已在彼处接受诊疗，现住在九州。长塚节君得知我为了不耽误出版时机，在病中为《土》作序如此，很是高兴。刚开始在《东京朝日》连载这部小说时，有位文士放言议论道：我等并无阅读《土》的义务，并特意告知于我。那时我想，这位文士何以侮辱这位无辜的作者，感到很不悦。按理说，除了小说的校对者以及内务部的检阅官以外，别人并无对一部小说负有非读不可的义务。若是不喜欢，不读就是，没有必要特意说明拒绝阅读。若是对无名之辈所写的作品特意说明没有阅读之义务，则此人只是为了作者之名气而阅读小说，对内容如何并不关心，文学门外汉而已。文士若对同行中的无名之辈稍稍加以同情和尊敬，是理所应当的。尤其当《土》的作者患病之际，我更想着重说明这一点。

明治四十五年①五月

---

① 1912年。

土

一

凛冽的西风大块无形地痛击着日渐萧疏的林木，终日被凌虐的树枝不时发出咻咻悲鸣。冬日将近西沉，斜晖黯淡。陡然间，西风不再呼啸，但树林上空的大片云团仍是灰蒙蒙的，似乎预示着下一次袭击。树枝仍心有余悸般不时颤抖着，飒飒声打破了四周不祥的静寂。

阿品再次卸下担子。短短的竹担子两头吊着小树杈做的挂钩，手桶的柄就挂在上面。农活之余在附近两三个村子里走街串巷叫卖豆腐已经成为她的习惯，一般沿村里来回的固定路线叫卖，总能卖光，然后将剩下发白的水倒掉，回去路上担子就轻了。肩挑桶装用不了多少本钱，也赚不了多少钱，不过总比只依赖地里那点收入强。阿品不管什么时候都是起早贪黑地干活，把稻草在水里泡好了再搓绳子、收拢落叶当柴火，手一刻也不闲着。所幸她素来身体康健，也不以为苦。

这天她本来不想出去的，只是冬至将近，需要备一些魔芋来卖，不赶紧的话，别的小贩把附近村子转遍了，她就不好卖了。村子里没有魔芋，需要越过田圃，穿过树林，去远处进货，她想沿途也做些买卖，就担了豆腐出来。不巧的是昨晚开始刮起了猛烈的西风，她迎着风走不快，身子因为寒冷也不由得蜷缩起来。因为要去冷水里拿豆腐出来，手冻得通红，现在皲裂了，犀利利地疼。途中她几度停下来用落叶生了火暖手。没想到这次去进魔芋花了这么长的时间，阿品只想赶快穿过林子回家，可又累又乏，身上软绵绵的，没有力气，好几次不得不搁下担子在路边歇息。

她弯下腰，靠在手桶提柄上横着的担子上休息，看上去衣衫不整、蓬头垢面的。风从她的背后掀起她脏了的头巾，吹开她油污泛红的头发，露出满蒙尘垢的后颈。路旁的树被风吹得上身前倾，好似要窥视下面坐着的阿品，接着又直起身子，左右摇晃，发出吱吱嘎嘎声，喧杂不已，似嬉笑，似私语。

坐在那儿，阿品感觉体内一阵麻木，顿时觉得有点恐慌，想：只不过这几天才这样，会好起来的。但同时觉得自己的身体好像要沉入远方一样。"只是有点晕而已。"她对自己说，耳边却一阵轰鸣，似乎整个世界都消失了。猛然间醒过来以后，阿品麻利地顺上担子重新上路，在林子里一路走下去直到看见田圃才安了心，过了田圃就是自己的村子，田圃边上就是自己家了。自家屋顶上升起了青烟，阿品焦急地担心着两个孩子。从林边到田圃不过十来米远，只是坡很陡，而且之前被雨水冲得坑坑洼洼的。阿品侧着身子，两手支撑着前后的手桶，小心翼翼地往下爬。桶里装的魔芋让她难以保持平衡，不过终于还是下来了，草鞋上沾满了雪化之后的泥泞，走路时"啪嗒啪嗒"的，很是滞重。一道窄窄的水沟横在两块田地之间，两三株榛树旁，独木桥斜着架在水沟上。阿品在桥边待了一会儿，望了望自己的家。村子在一片台地①上，她家后面的树木与竹林交错生长，还好如今树叶掉光了，透过一株大橡树枝条间的空隙可以望见自家凹陷的屋顶。家中院子里五六只白羽鸡在地上刨土，时不时啄一下，寻找可吃的东西。现在日已西沉，余晖尚在，目所及处，万物都笼罩在一片黄褐色里。阿品小心地过了桥，从田圃上去之前先卸了担子，再转向左边自家和田圃间的一条小径，小径旁边有一丛胡颓子，阿品站在旁边，看着刚才鸡新刨出的土撒得到处都是，慢慢把土聚拢起来，用草鞋底踏平了。现在风完全停了，就连庭院里栗树下挂着的萝卜干的叶子也没有被吹动。鸡凑到阿品的脚踝边要吃的，但阿品今天没有理它们。她在门口卸下担子，猛地喊了一声："阿次！"

"妈——"马上听见阿次大声地回应，同时灶里红彤彤的火也映入眼帘。从早上开始，雨户②就没有开，屋里很暗，刚从外

① 书中所写的村子即作者的故乡茨城县结城郡冈田村国生（冈田村是行政单位，国生是自然村，原文一般用"村落"来表示。书中凡是提到村，都指自然村。自然村之间一般都有田地间隔）。该地区的地形以洼地和台地混杂为特色。台地指四周有陡崖的、直立于邻近低地、顶面基本平坦似台状的地貌。国生是一个东西约1 000米、南北约500米的小村子。
② 旧式日本房屋为防风、防雨、防寒以及防盗，设置在窗户处的一层滑窗板。

面进来的阿品一下没看清阿次在哪里。现在阿次转过身，母亲才发现她在灶边被火光掩映的身影。

阿次背上的与吉听到妈妈的声音，两手伸向她，同时叫道："妈妈！妈妈！"阿品将两桶魔芋放在墙边的稻草捆边，阿次从背上解下与吉递给母亲，与吉在母亲怀里寻找着奶头。阿品在灶前坐下来，外面的白羽鸡扇动着双翅，爪子抓着作为梯子的挂绳蹒跚着爬进鸡舍，然后在冉冉炊烟中静静闭上双眼。

回家后，阿品暖和了一点，只是冻了一整天，仍是瑟瑟发抖。"等等去邻居家洗个澡，身子暖和起来就好了。"她想。灶上锅里的水沸腾起来，顶起了盖子。外面不知何时已经完全黑下来了，阿次在灶下抽了一根燃着的柴薪，点上灯，挂在门框柱子上。阿品见女儿只穿了一件单衣，外面罩了件短褂，搁到平时她不会说什么，但今天身上特别冷，就有点恼火地问："阿次，你这样穿不冷吗？"

"不觉得冷啊。"阿次满不在乎地答道，头巾下的脸还是天真烂漫的样子。与吉在母亲怀中吧唧吧唧地吸奶，阿品忽然想到这次出门没给他买点好吃的回来，为难起来，就对阿次说："那边还有砂糖吗？"阿次默默脱掉草鞋，进了客厅，从橱柜里拿出一个报纸做的袋子，在自己手掌上倒了一点砂糖，说着"给"。砂糖由卷起的掌隙流入与吉伸出的手里，阿次继而将自己手上沾着的一点舔着吃了。与吉一边吸奶，一边握着砂糖填进自己嘴里，吃完了又把黏糊糊的手伸到母亲嘴边，阿品抓着与吉的手舔干净了，掀起锅盖遮住火光，看了下里面。

"煮的啥？白薯？"她问。

"嗯，我想吃点白薯可以暖和一下。"

"你也冷吧？"

"嗯，我想再加点米做个粥。"

阿品想着这样不错，只要自己吃点热气腾腾的东西，肯定会暖和起来。阿次把掺了很多麦粒的不怎么黏的饭倒入锅里，阿品在下面通了通火。粥好了，阿次端下锅，又放了一把水壶在灶上烧着。白色蒸汽冒上来，她搅了几下粥，在厨房和客厅之间的板上摆好小饭桌，柱子上挂着的灯照不到这边，她只好用手摸索着盛好饭。阿品左手抱着与吉，右手拿着筷子搛了几块白薯给与吉。与吉含在嘴里马上哭起来，嚷嚷着："烫！"阿品连忙在他脸颊上呼呼地吹气，把白薯放在自己嘴里咀嚼了再给与吉吃。阿品碗里的粥冷了，阿次就从锅里再舀一些出来混着给妈妈。尽管不怎么想吃，阿品还是吃了三碗，又喝了热水，肚子里觉得有些暖意了。阿次端着锅出去，在院子里的井边提了桶水倒在锅里，回来时母亲跟她说："阿次，今晚先不干别的活了吧。"

阿次默默地拿了稻草捆边的桶，说："魔芋不泡水不行啊。"

"是这么回事，就是让你干太多活了……"

阿品还没有说完，阿次又出去了。没多久，她提着洗好的锅与手桶从黑暗中的庭院回来，出现在门口。她把手桶在门槛边放好，正好跟阿品打了个照面。手桶里装了一半水，里面泡好了魔芋。

阿品带着两个孩子去东邻家洗澡。东邻家是一个被茂密树林环绕的大院。

外面全黑了，邻家树林里的大杉树高耸得直入天空。以前因为这个树林遮住了光，太阳要升得很高才能照进阿品家里。阿品家大部分时间都生活在阴影里。后来，土地测量部的人在林子里支起了三角测量台，台上面还有个小旗子在风中哗啦啦的。因为树木遮挡了他们的视线，没法完成测量工作，于是就砍掉了三四株大树。① 一株大杉树向西倒在阿品家院子里，发出沉闷的轰响，枝条折断了好多，枝尖陷进土里。邻居来拖走大树时，将枝条和碎木片都留给了他们，让他们有了好多柴火。邻居为自己的树被砍伐感到惋惜，但阿品却暗自庆幸：这样林子里就开了个口子，一早阳光就能照进家里来了。不过，砍了这几棵树以后，林子依然给人以威压之感，一到夜晚，尤其森严可怖。相比之下，林边阿品的家就更显得微不足道。

阿品一行消失在黑暗里，又出现在邻家门口。几个雇工在里面搓绳子，他们盘腿坐在木地板间里，将绳子一端用脚踩着，在另一端上不断续稻草上去搓起来，再续，再搓，一直高过额头，扯到身后打结，搓好的绳子堆起来摆放在土间②的地上。阿

---

① 这里提到的土地测量实有其事。1907 年日本发行了五万分之一比例的新版地图，在此之前进行了全国性的土地测量。

② 日本的传统民居，空间被柱区分成高于地面并铺设木板的"板间"，以及与地面同高的"土间"两个部分。现在的民宅建筑里，"土间"已经缩小为单纯用来区分屋外和屋内的狭小空间——玄关。

品缩在一旁等着他们。最后稻草都用完了，他们把绳子都拖过来，在手脚间迅速量了一下，数一数，扎成捆，然后将剩下的碎稻草扫到下面的泥地里，开始轮流去洗澡了。阿品默默看着，等着。每次来她都要等，有时也会去别家，不过今晚她去别处看了两三家，都不行，最后还是只能来这里。雇工围着大锅下的熊熊大火等着洗澡，洗完了就再过来烤火，从热水里刚出来时，他们赤裸的大腿红通通的。

"过来烤一烤，暖和一下嘛，很快就轮到你了。"雇工对她说。阿品还是忍受着背后的冷风默默等着，怕弄醒怀里睡着的与吉。她脚发麻了，只能轻轻挪挪脚，稍微活动一下身子。终于雇工们都洗完了，阿品把与吉交给阿次抱着，所幸与吉睡得很熟，换了人抱也没有醒过来。阿品连忙脱了衣服，除了赶快泡热水澡之外别无他想。身体暖和起来，人也有精神了，真想在温水里多待一会儿，但她怕与吉会醒过来闹，还是不太情愿地出来了，额头上直冒汗，擦了好几回还是一直流。"真痛快啊。"她赶快穿好衣服，从阿次怀里抱过与吉，但接着又有一个女仆进来洗澡，阿次只能继续等着。等阿次也洗完了出来时，阿品又觉得身上冷了，后悔没有先让阿次进去，自己等到最后再洗。

阿品让阿次提着自己的裤子和袜子，他们往家里走去。明月皎皎，映得林子的轮廓甚是鲜明。伐木后的空地上尤其敞亮，世界冷清而寂寥。阿品爬进脏污的薄被，膝盖蜷曲起来，身体感觉僵硬而冰冷。

二

次日一早，晨曦的微光刚从雨户的缝隙间照射进来，阿品
便醒了。她想从枕头上起身，但头痛得厉害，沉得抬不起来。
那几只鸡正在狭窄的鸡舍里扑腾着翅膀，声音仿佛就在耳边。
阿次还在沉睡。窗缝里的光像眼睛睁开一样放亮了，鸡大声叫
唤着，骚动起来。阿品想让阿次多睡一会儿，可鸡鸣唱不休，
阿次突然醒了，不知道发生了什么似的懵懵地看了看四周，还
迷糊着，最后注意到了身边躺着的母亲。

"阿次，不用急着起，我今天早上不太舒服，你也悠着点干
吧。"阿品说。阿次模糊听到了，上身停顿在被窝口，片刻后定
了定，还是系上衣带，哗啦啦地开了门。阿次揉着惺忪睡眼来
到了院子里，发现井边桶内泡着的白薯上面结了一层冰，就用
磨锅底的砥石敲开了冰。她忽然想到自己忘记关屋子门了，清
晨的寒气肯定跑了进去。

"妈，冷了吧？我真笨。"阿次说着，赶紧回去拉上了门。
昏暗的屋子里只有炉火闪着红光。

"真冷啊，"她把手放在炉灶口的火上烤着，"今早泡白薯的

水都结冰了。"说着望向母亲。

"嗯，好像下霜了。"阿品有气无力地说。她背对着屋子门，看着噼里啪啦燃烧的灶火。

"到处都变白了。"阿次用竹火箸拨动着炉灶里的落叶。

"一早太冷把我冻醒了，"阿品微微抬起头说，"我不想吃东西，你看着随便弄一点就行。"

阿次又做了一锅粥饭。"妈，稍微吃一点吧。"她舀了一碗递到母亲枕边。阿品闻到粥饭的热气，觉得可以吃一点，可等爬起来，又没有食欲了。她一动，怀里的与吉哭起来，阿品趴在床上喂奶，又叉了几块白薯给他。

院门大开时，太阳已升至东邻的树林之上，庭院里的残霜在太阳照耀下闪着白光。院角栗子树的枯叶上、枝条上晾着的萝卜叶上的霜都融化成了水滴挂在上面。入冬以后地上会结霜柱，因此院内铺满了稻草的碎屑和荞麦杆，这个叫作庭盖。现在霜融化了，庭盖湿漉漉的。从院子里到桑树田，到处结满了霜柱，如果不铺草，在上面走路不小心就会滑倒。

阿品在被窝里觉得特别暖和，不时抬头从门口看看外面，又无意识地瞧见了稻草捆边盛魔芋的桶。这样横躺着，东邻家的树梢看起来有点奇怪，她默默望了良久，眼睛有些疲惫了，又将视线移到魔芋桶上。不管怎样，这些魔芋都得处理啊，阿品想，可每次她想起身就又昏昏沉沉的。

"我切萝卜做萝卜干啦！"阿次在院子里大声唤道。阿品抬起头，隐约听到阿次的声音，但迷迷糊糊的，听不清楚。

过了一阵子，阿品听到阿次哗啦啦汲水的声音，隔了一会儿，又是汲水的声音。阿次在洗萝卜。她在庭盖上摆好了竹苫，沐浴在暖和的日光里，开始切萝卜。先横着切几刀，再竖着切成细长条。她在案板上咕咚咕咚地切着，切好了的就用菜刀划拉到下面的盆里。阿品听到切萝卜的声音，才明白之前的水声是阿次在洗萝卜。她想起两三天以来她一直嘟囔着"该切萝卜干了"，阿次能听到心里去，让她真心高兴。菜刀的声音由窗外传来，听着很近。阿品的身体从被窝里半探出来，可以看到外面阿次用毛巾包了头，身体前倾的背影。

"切萝卜啊？还行吗？"阿品问。

"嗯，行。"阿次拿菜刀的手停在半空，侧过身应了一声。阿品重新蠕回被窝。女儿不太熟练的切菜声又响起来。阿品怀里的与吉躺得不耐烦了，开始闹起来。阿次听见了，叫道："喂，到姐姐这里来，看看姐姐在干什么！"说着，回到屋子里，把与吉的衣服在火上烤暖和后给他穿上，"与吉真乖，跟姐姐玩儿。"阿品说。阿次把他抱到自己的竹苫上，因为刚才添火，手上沾了叶子上的土，再拿起菜刀切萝卜时，萝卜上留下了手指印，她把手在衣服上擦了下。与吉在旁边伸手去够案板上切的萝卜，阿次喊道："当心割到手哦，给你这个——"她给了他一块切好的萝卜条，与吉马上嚼起来。

阿次逗他说："与吉不嫌辣啊？"阿品听着他们俩讲话，就可以想象得到他们俩在干什么。

刚听见说："别再伸手了，要是真切到你——"

又听见说："你要再这样我就——"

然后是："拿着这个，你要是不乖，切到了就会流很多血，会很疼知道吗？"

阿次的声音不断传来。此时，菜刀的声音停了，阿品猜与吉又淘气了，而阿次为了警告他，会将手指在嘴里咬啮一下，与吉则模仿她将手放在嘴里做鬼脸。阿品就跟亲眼见到了这个场景一样。阿品平日对待阿次比较严格，与别的同龄孩子相比，阿次分担的家务也更多，听见她和与吉闹着玩儿，阿品才意识到阿次还是个孩子啊。自己与勘次相识是十六岁那年秋天，阿次今年十五岁了，她会像自己那样很快成为大人吗？

到了中午，阿品还是食欲不振。她明白今天是不能出去卖东西了，兴许明天还可以。但这也只是空想，她现在依然离不开枕榻。她开始焦虑不安起来，频频想到刚去外面干活的勘次，在家干活都这么努力，在外面为了赚钱，肯定都不知道休息吧。也不知如今咋样了，这么冷，只穿一件单衣，干活的时候衣服还会经常抽上去，露出肚脐，到了夜里肯定全身都疼。这一幕幕场景历历在目，让她苦苦思念不能自持。

勘次是在利根川干开凿工事的活儿。秋天的时候工程方来招募工人，在诱人的劝说下，村里有五六个人应征。勘次对工事的详情一无所知，只听说一天能挣五十钱①，这是淡季很少有的工作机会。工事场所在霞浦附近的洼地，洪水一旦淹没了岸边的草地，湖面扩大，就会与利根川连成一片。为了提防洪水

----

① 旧制 1 日元等于 100 钱，详见附录二。

泛滥，需要人工筑造一道堤坝，将河水与湖水分开。勘次从自己那褊狭的小地方来到这里，见到茫茫原野，感觉就似被吞没了一般。他很高兴地参加了工程队。

在去做工之前，他必须抓紧地里的收成活儿。冬至将近，除了稻田需要料理，旱地里的白薯和萝卜也都需要收。阿品早上起来生火时，他就去院子里晾晒稻谷，挂起萝卜晾着或是埋起来储藏。就这么起早贪黑地干到工期临近，还是没能把全部的稻谷都收进来，还是有一小块地没料理完。阿品说自己会来收尾，勘次这才离家去了工地。

去工地要走二十里①路。勘次想，到了那里马上就能挣到钱了，自己又带了便当，除了路费应该不会有别的花销，因此只带了一元钱。

到工地时已是夜间，他不愿吃白食耽误挣钱，第二天一早就拖着疲惫的身体起来干活。可一上来劳动量太大，以至于收工后手筋疼痛难忍②，接下来两三天都不能出工。过了六七天，凛冽的西风吹来，勘次蜷缩在薄被之下，手脚冰冷，辗转反侧，长夜难眠。

次日清早他用僵硬的手握着铁锹柄在泥地里铲土，忽然村里一个邻人来找他，一见面就反复诉说打听他踪迹的不易：如何在途中住了一晚，如何在一群满身泥泞的工人中逐个辨识，终于认出了他，自己是如何高兴，却还没说寻他的因由。而勘

① 这里的"里"指"日里"，1日里约合3.9公里。
② 这里提到的手筋疼其实是过劳性腱鞘炎。

次不知他何故来找自己，心里满是惶恐，最后才知道是阿品托他叫自己回去。得知她患病的消息，勘次大为震惊，反复询问下才知道阿品的病还不至于太严重，但他仍是如鲠在喉，决定收拾一下马上回去。

当天半夜他们就出发了。勘次急着想回去，再说，也不能让长途跋涉而来、疲惫不堪的邻人再徒步走回去，于是就一起坐了从霞浦到土浦町的汽船。船在途中不知怎么出了故障，两人只能在船上过夜，到土浦町时天已大亮，晚点十分严重。勘次在土浦町上的店里买了一包沙丁鱼，用手巾包了，急匆匆地竭尽全力往家赶，即便如此进村时天也黑了，路上行人已面目模糊。勘次来到自家门口，见门柱上挂着一盏手提灯，发出黯淡的光。勘次拉开门，跨过门槛，嘴里说着"怎么了"，一下就看到被窝里的阿品，然后是在给阿品按摩脚的阿次。

阿品听到勘次的声音，说："是勘次吗?"在枕头上不由得转过身，又说："我还以为南邻没找到你呢。"

"找到了。你这是怎么了?"

"我刚开始不觉得有啥，可是一躺下就三四天起不来，今天感觉好些了，我想很快就能起来了。"

"这样我就放心了。要是我自个儿，我就走路回来了，还能早点到家，可是还有南邻，他走了一路，已经累坏了，不好再让他走路，就一同坐了到土浦町的汽船，船又出了故障，误了点，我让他留在那里自己先赶回来了……"

勘次一边说一边脱了草鞋，将那包沙丁鱼轻轻放在阿品枕边，将肩膀上挎着的包袱也卸下来，去庭院中洗了脚，又回到阿品枕边坐下，说道："你的病没那么严重，那就好了，刚一听说这个，我都不知怎么办好了。你吃点啥了没？"

"刚才阿次给我做了白米粥①，我喝了点。"

"那好，我在路上见到这个就买了点，你尝尝。"

勘次将手提灯拿到阿品枕边，解开沙丁鱼包，鱼在灯光下泛着蓝光。

"唉，真是……"阿品嘟哝着爬起来。

"阿次，去生个火拿过来。"勘次说。

"勘次为我太破费了，我用不着这个……"

"这个可以留很久的，再说你吃了可以添点力气。"

"可是坐船也花了不少钱吧？"

"嗯，两个人花了六十钱，都是我出的，总不能让南邻再花钱。"

"这样你挣的钱都花没了吧？"

"我还剩了些。干了七天，还剩两元，因为还要回去，所以又预支了一点，是一起去的伙计给我做担保的。"说到这里，勘次露出自豪的神色。

阿品俯着身子，额头抵在枕头上，说："能见到你真开心，这段日子好想见你。"

---

① 他们平常都是吃大米和碎麦粒（日文叫作"挽割麦"，是打碎但没有磨成面的大麦）混合煮的饭。单纯用白米煮成的粥饭是只给病人吃的奢侈之物。

"家里还有些活得干，我本来也打算回来一趟的，这样正好……"说着，勘次上下打量着阿品，又看了看屋子角落里的袋子，"我见你把米都装袋子了。"阿品还是趴在那里。

"工地那边不怎么用钱，我又不抽烟，十五日发薪水，在那之前用的柴火和米都可以赊账，到十五日有钱了再算账。"勘次又把工地上的事向阿品细细道来，"他们每天每人给一升米，不然吃不饱没力气干那么累的活。不过我还是每天都省了两合①，攒起来卖了兴许可以买点鲑鱼哪。"

阿品抬起头，说："那样就好，我听说工头对人都很凶，我一直替你担心着。"

"我都尽量不去招惹他们，都是躲在一边，他们也不找我的麻烦。"他们说话间，阿次劈了柴，在火盆里生了火，勘次把火箸架在上面，放了三条沙丁鱼烤着。鱼烤得嗞嗞嗞响，油滴下来，燃起蓝色的火焰。沙丁鱼的香味与烟气弥漫了屋子。阿品感到饿了，趴着拿了一条沙丁鱼吃起来。

"是不是过咸了？"

"很好吃。"

"我们这里卖的没这么好的。"

勘次注视着阿品吃完了两条鱼。阿品放下筷子，望着怀里的与吉，说："他要是醒了，又要闹了。"

"剩下的也吃了吧。"勘次说。

"我吃了不少了。给阿次吃吧。"

---

① 1升约1 803.9毫升。1升等于10合。

"我也吃点饭吧。"勘次从包袱里拿出便当，开始吃剩下的冷饭。

　　"阿次，茶变冷了，拿点热茶来吧。"阿品说。

　　"不用了，我们干活时都是吃冷的。"勘次吃了点梅干，把剩下的鱼给了阿次，自己也吃了一口。"你说它好吃，不过我觉得有点太咸了。"说着喝了几杯凉水，从包袱里拿出一个袋子放在阿品枕边，"米剩了这些，我都带回来了，要是留在那里难保不被人拿去煮饭，让阿次收起来吧。"说着将小米袋子递给了阿次。

　　"这个大包里还可以再多装点什么吧?"阿品微笑着说。

　　勘次也咧嘴笑起来，自嘲说："本想也带木柴的，可太多了，一下子带不回来，只能留在那里了。"又望着阿品的脚头，问："给你按摩一下脚会不会感觉舒服点?"

　　"先前阿次也给我按摩了，我今天一整天都感觉比以前好了，你不用担心啦。过了这两三天，我好起来，你就又可以回去干活了。"阿品高兴地说道，"我今晚真的感觉好多了，你也累了，我们睡吧。"

　　夜深了。外面的黑暗似乎凝固了一样，泡魔芋的水面悄悄结了一张纸似的薄冰。

三

　　次日一早，院子里的庭盖上蒙了一层白霜，三块竹苫上的
萝卜干也有一层冰的粉末，在东边树林间隙透过来的阳光下闪
着微光。白萝卜条晾晒前没有提前蒸过，日夜放在外面，下雨
才会收进来，否则上面就会沾满灰尘。

　　勘次在桑树田那边沿着一条结了霜柱的小径朝南邻家走去。
从庭院尽头的桑田就可以看到南邻家，他们素日往来的只有南
邻家。在他家闲聊了一下昨日多晚归来之类的琐事，借了一个
编袋机回来。地上的霜在阳光照耀下融化了一些，路面变得有
些泥泞黏脚。勘次只出去了一会儿，阿品就已经觉得寂寞难耐。
今早她的状态好多了，让勘次松了口气，他在庭盖上放了晒垫，
沐浴在冬日遥远的斜照下，开始编制草袋子。他用的编袋机是
个驮鞍形状的简单的工具，两端有脚，他在两脚间放了一束稻
草，来回移动八和尚，不住地往上续绳子。八和尚是将绳子编
上去的小锤子，一共有八个，所以这样称呼。勘次需要编五个
草袋子，不需要像屋里角落里那只那么大，但要更结实一些，
用来装交租的米。他在去工地之前已经准备好了稻草和绳子，

但因为忙，这个活儿没来得及干，就一直记挂在心里。

阿品把一直关着的雨户打开了，从这里可以望见外面明亮的蓝天，阳光几乎可以照到她睡觉的被子。此前她也想看看外面，只是太郁闷了，没兴致去开。现在她可以看到外面栗子树上挂着的萝卜已经干成褐色了，看到阿次坐在父亲旁边切萝卜。可以听到菜刀的咚咚声夹杂着八和尚编制稻草的飒飒声。父女俩都在身边，让她大为宽心。这是平和的一天，没有风，栗子树上挂着的萝卜都纹丝不动。她确信自己目前这样子肯定会很快好起来的，像剥掉一张纸那么容易地好转起来。

勘次编制完草袋子，就将上面捆扎的稻草拨开一个圆口，跨进去，以脚跟为中心，像圆规一样转着圈，手脚并用地将袋子撑起来，然后将阿品装在大袋子里的米倒出来，量好需要的分量，装进刚做好的草袋子。他看见在白米间还夹杂着些糙米和糠，很显眼，不由得说："里面的米糠还不少啊。"

阿品在屋里身子动了一下，抱歉地说："是有不少，我用簸箕扬了好多次，可还是有，我猜可能磨臼不大好了，怎么磨都不干净。"

勘次怕她担忧，赶紧接口道："没事，这些东家老爷不会太在意的。"

他装好米，将袋子一个个在墙边摞起来，阿品浑然忘我地盯着看了好久，很开心。

勘次揭开柱子旁边的桶盖，说："还有好多魔芋啊。"

"是我之前准备了要卖的，结果病倒了……"

勘次又盖了回去。

静寂的空中，太阳缓缓挪动，之后突然如同跌倒一般向下沉。趁着还有点亮光，勘次又扛了铁锹去麦田，但没干多少活儿天就黑了，并且阴冷袭来。阿品对着雨户外徐徐垂下的夜色，不安地等待着勘次归来。

离冬至只有两天了，早上勘次又揭开魔芋桶盖子，跟阿品商量说："咋办呢？要不我挑着担子出去卖了？老这样放在这里不行啊。"

"是该卖了，只是我想应该先把萝卜腌上。我见树上挂着的萝卜有点担心，怕它们干过头了。我要是没病倒，就自己把它们腌上了。"阿品小声说道。她不愿意勘次出门，但不好直接挑明自己的意思，又说："你看一下盐够不够，我觉得还行。这边桶里有米糠，不要用那个桶里的，里面有沙子。"

"嗯，"勘次应了一声，"有沙子也没事吧。又不是吃糠，混在一起也行吧。"

阿品略微起身说："可别混着，我是特意分开的，怕沙子坏了咸菜。"

"这样啊。好，就按你说的办。"他看了一下盐，而后踩着梯子拿下萝卜，又在竹苫上铺了米糠和盐，阿品看着他干活，心里很满足。

阿品尽管没说出口，但实在不情愿勘次外出。她让阿次给自己按了几次脚，勘次担心地问："是不是又觉得不好了？"也过来帮她掖被角，自己只在院子里干活，没有外出。

但在冬至前一天，勘次还是出去卖魔芋了。这次阿品没有阻止他。日子已经晚了，别人都已经卖过一轮了，她估计勘次不会卖太多，还会把魔芋再担回来。

　　那晚勘次回来，对她说："魔芋的买卖是你做起来的，挣得的钱也都归你管吧。"说着在她枕边哗啦啦地扔了一些铜板。她一个一个捡起来数着，减去她进货的钱，还剩了不少。

　　"真没想到，魔芋还有剩的吗？"

　　"还剩了一点，不值得再出去卖了。"他开心地答道。

　　阿品将铜板都放在被褥底下。勘次出门在外，她颇感寂寞，现在他回来了，而且干得比她想象的还要出色，她心上的阴霾一扫而光。

　　"地里的油菜还没有收呢。"勘次说。

　　阿品吃了一惊，说："真是的！我把这个事全忘了，油菜还好吗？"

　　"我现在就出去，尽量都收回来。"他带着阿次出去了。村子里这时候已经没有谁家直到冬至都没有收油菜的了，他借了一辆板车，在黄昏之前拉回两车菜，油菜根部的叶子都枯黄了，但其他的都还好。阿品在微暗的家中，虽然有点孤单，但想象着父女两人在外面干活收获的场景，并不觉得难受。

　　在夏天农忙季节，新鲜蔬菜很缺乏，他们唯一的副食就是咸菜，因此他们得尽量多准备些萝卜和油菜腌上。

　　冬至这天很平静。一到此时，西风似乎忘记了光顾这里。寒气仍在，但阳光灿烂，感觉并不怎么冷。从早上起，阿品精神就不错，等太阳再升高了一些，射到她被子旁边的阳光诱使她起身，但身上还是没力气，轻飘飘的。她来到门边，晒着太阳，抱着与吉，咯吱他，和他挠痒痒玩儿。

勘次和阿次在井边收拾油菜，他们先切掉菜根，洗好油菜，然后将梯子横放，油菜摊放在上面，再把梯子架起来，支在门板上向阳晾着。他们又将干枯的叶子在锅里煮了，在橡树林中栓的绳子上晾着。后来他们又煮了一些青油菜作为午餐。阿品看着他们干活，全身沐浴在阳光里。好像这几天总是卧病不起，眼力也衰退了，感觉阳光特别刺眼。她吃了油菜，很好吃，只是之后觉得口渴。

梯子上的油菜晾干了，勘次把它们放到大盆里，撒了一层盐，用脚踩踏了一阵子，又撒了盐，继续踩踏。阿品在旁边指示他该加多少盐、如何腌制等等，勘次都一一照办了。

起来后没觉得怎么累，阿品就穿上草鞋，从后门溜出来，看了看在橡树林中绳子上晾着的油菜，又从林间斜着摸到稻田边，站在胡颓子丛边，踩了踩土，望着四周的原野。忽然听见勘次在大声喊她，她就抓着树干和竹枝爬上斜坡，当她从后门进屋时，又听见勘次的叫声，然后看见院子里庭盖上站着一个挑担子的小贩。

"他是来收鸡蛋的。"勘次说着，又去油菜桶那里撒盐了。

阿品在橱柜的抽屉里找到了二十枚鸡蛋，吩咐阿次说："看一下鸡窝里吧，我四五天没去看了，应该还有。"

阿次踩着米袋子打开了上面竹篓做的鸡窝门，一只母鸡一下子蹿出来跑到树林里去了,别的鸡"咯咯"叫成一团。阿次伸手进去摸索,把鸡蛋一个一个拿出来放进袖筒里,小心翼翼地下了地。她只找到六个。小贩卸下担子,从四角竹筐里拿了一杆秤,上面吊着秤砣和一个黄铜秤盘。

"现在是多少钱一斤了?"阿品问。

"十一钱半,现在又便宜了。"小贩边回答,边把鸡蛋放进浅篮子里,高举秤杆,按住系秤砣的铜绳,在秤杆上挪动平衡着位置,数着秤杆上银色的星号。"总共四百二十三匁①,"他让阿品看秤杆上的星号,拿出一个玩具样儿的小算盘拨弄着算珠子,"先减去皮重,是十五匁,一共有二十六个,这样每个是……"

阿品打断他说:"皮重是多少?"

"十五匁。"

"一般不都是十匁吗?"

"你看看,"小贩称了篮子给阿品看,"没错吧?我用的篮子比别家大。"他又开始算起来,慢慢拨弄着算珠子,"这样每个是十五匁七分,你的鸡蛋个儿都比较小啊。总共是四十六钱八厘六毛三铢,去掉零头就是四十六钱了。"他伸手去拿钱包,开始数钱。

"哎,阿品啊,"勘次停下沾满了盐的手,在远处喊道,"留几个自己吃吧。"

---

① 1日斤等于600克,等于160匁。1匁等于3.75克,匁一般译作钱,但此处易与表示货币单位的钱相混,故在译文中保留"匁"这个字。

阿品说："可是我们能用换来的钱买别的吃的，再说，他已经算好账了。我已经好多了，不用担心我啦。"

勘次张着沾满盐的手也来到屋檐下，他的手脚都因为冷水冻得通红："别这样，留几个自己吃吧。越是快好了，越是得小心，得吃点好的。"

"好吧，就留几个吧。"阿品挑出最小的两个。

"不要这样的。"勘次说着，挑出三个大的，手上的盐沾到了蛋壳上。

"好吧，这样我就只称一下你挑出来的这些。"这次小贩把三个鸡蛋放在秤盘上，"你们以后可以多留一点。"他举着秤杆，鸡蛋在秤盘里滚动，秤杆上下浮动，定不下来，阿品小声笑着说："你可别在秤上骗我们啊。"

"哪能啊，"小贩不悦地答道，"这杆秤你刚才也检查过了，它特别灵，差一点也上下跳个不停。"他又读出分量："五十匁一分哦，这样一个是十六匁七分，这几枚个儿大。"

勘次在旁边开玩笑说："上面沾了盐，所以更重了。"

小贩没有笑，接着说："这几个是五钱五厘六毛，刚才我算出来的总数是多少来着？"

阿品说："四十六钱八厘多。"

"这样减了以后就是四十一钱三厘多。你是不是自己也做买卖，记性挺好的。"小贩拿着算盘，端详了一下她，又说，"怎么了，是感冒了还是怎么了，看起来有点……"

"嗯，有一点……零钱是多少？"

"现在缺那种小零钱了，剩的零头只能给你这个了。"小贩从篮子里拿出一些火柴来给阿品。

"又是火柴啊!"阿品微笑道。

"现在没有零钱给人，都是用这个来顶了。"小贩边说边把鸡蛋在篮子里放好。

勘次将装油菜的桶摆放好，说："现在天冷了，鸡蛋不是可保存更久吗，怎么反而更便宜了呢?"

"他们最近都从上海进口鸡蛋了，价钱就下来了。那边鸡蛋不值钱啊。"小贩挑起了担子，接着说，"我们也不挣钱，还是你们种田好，米一直都是这个价，可是收鸡蛋，唉! 痢疾一流行，护士啊，警察啊，公务员啊，这些平常吃鸡蛋的，怕消化不好，就都不吃了。鸡蛋行情一下来，我们老赔钱啊。"

他开步走了，又用礼貌的口气①说道："我还会再来的啊，鸡蛋还为我留着。"

阿品把卖鸡蛋的钱放在被褥下的钱褡里，又从橱柜里拿出一个线轴盒，把三个鸡蛋放在里面。这一地区此前曾经种过棉花，女人们晚上在一起纺线，把线缠在筷子一样的小木棒上，缠到像蜡烛一样粗，这个东西就叫线轴。现在不种棉花了，只有几个线轴盒子留下来，在黑暗的角落里积攒灰尘，线轴也只

① 下文的话小贩是用日语中特有的"礼貌体"来说的，中文很难翻译出其中的差别，故而特意说明是用礼貌的口气说。

能用来缠些线头碎布什么的。①

　　阿品见被褥下钱褡那里鼓起来，将那里整平了。她感觉有点筋疲力尽，就躺了下来，之后轻松了许多，整个身体像溶化了一样舒服。

　　这个冬至的晚上，一家人都吃了魔芋，据说这样可以清理一年来积攒在五脏六腑中的污秽。阿品想明天自己肯定会康复了，而勘次想，家里的活儿都已经干完，自己可以再去利根川了。

---

① 明治晚期开始兴起棉纺织工业。日本国产棉花纤维短，不适合机械纺织，于1896年撤销进口棉花税，从国外大量进口棉花，因此乡村棉纺织手工业衰退。

四

入夜后阿品的病情突然恶化了。勘次刚睡下不久，就被耳边细微的呻吟声唤醒。"嘴张不开……"阿品的下巴就好像被钉住了一样动不了，吐字困难，不管怎么吞咽唾沫，喉咙里都好像是堵着。她被吓坏了，勘次也惊得不得了："咋回事儿？更糟了？忍到早上行吗？"他尽量想抚慰她，但自己也不知如何是好，不安地躺着等待长夜过去。托了一个邻居去请医生，自己守在她枕边。他们平常得病很少会请医生，可这一回勘次惊慌失措到顾不上要花钱的事儿了。医生住在鬼怒川东边。

为了让阿品放松点，勘次不时给她按摩脚，阿品脸上吃力的样子让他越发忧心忡忡。直到午后医生还是没来，勘次如坐针毡，幸好附近几个女人过来看阿品，他这才冲出去亲自去叫医生。过鬼怒川时，恰巧在对面过来的渡船上看见了去请医生的那个邻居。勘次和他在船上匆匆说了几句，因为自己已经跟阿品保证肯定会带医生一起回来，所以还是去敲了医生家的门。医生虽答应去看，却一直磨蹭着，说："你先走，我随后就过去。"勘次坐立不安，就在玄关蹲着等他。终于，医生戴上自己的旧帽子提着药箱准备出发了。勘次恭谨地为他提着药箱。除非特别的场合，该医生不会坐车去看病人，而是踏着粗齿木屐、移动着矮胖的身体安步当车，不用患者家里另外出车费，故而贫苦的农民都是找他看病。在路上，勘次描述着阿品的病情，征求医生的意见，但医生不耐烦地打断勘次的絮絮叨叨，说没见到病人不能信口开河地诊断。在终于见到阿品后，他将头歪过一边，正如他所料，是破伤风的症状。他借口说自己没带注射器，告辞了。勘次又慌忙去请另一位医生，这一位用铅笔在手帖上写了一行字，然后撕下来让勘次拿着去药铺买药，过后他会去勘次家给阿品用药。勘次拿着处方笺又过了河，到药铺拿了两瓶药，得知每瓶要七十五钱时，勘次心里抽得紧紧的，可还是买了，又从医生那里拿了注射器回家。到了晚上，看完别的病人，医生来到他们家，用药棉蘸了酒精擦了下阿品的大腿，用手指夹起肉，将针"扑哧"刺了进去。片刻过后，拔出针，用指腹按着打针的地方，贴上止血贴。这一切都是在昏暗的手提灯下完成的。勘次尽量将手提灯靠近医生，好让他看清楚些。

次日早上医生又来了一次，打了另外一针，说这样大概率是会好的。可阿品非但没有好转的迹象，反而愈发不济了。到了晚上，她突然痉挛起来，全身都剧烈颤抖，手脚像是被人拉紧向后拖拽，脸扭曲着，嘴歪到一边。其痛苦情状，让人不忍直视。尽管这次抽搐很快就过去了，但此后时不时就再次发作。勘次不放心让阿次一个人守着阿品，挨到天微明才又去找医生。医生又让他去买药，勘次飞奔而去。但这次医生给开的二号血清到处都买不到。药店的人告诉他,这种药过一段时期就会失效,因此他们不会储备很多,而且,它非常贵。勘次问多少钱,他们说三元一瓶。勘次不由得摸了一下钱包,哪怕他们还有这个药,他现在也买不起。

回去后,医生又开了另外一种药。勘次被医生差遣得上气不接下气,可是无论如何也要试一下,这是唯一的机会了,奔忙对他来说是一个安慰,觉得还有指望。医生给阿品注射了勘次带来的一号血清,但只是徒劳。阿品的痉挛发作得越发频繁,而且呼吸困难,快要窒息的样子。三四个附近的女人守在她枕边,都是愁容满面。

"谁能去一下……野田啊?"阿品忽然问。

勘次也好,邻人也好,只知道在病人面前忙乱,都忘记通知卯平了。

"我会让他明天来的。"勘次在阿品耳边说。尽管天色已晚,一个邻居还是自告奋勇愿意连夜叫卯平回来。次日刚过正午,卯平高大的身影出现在家门口。他刚跨过门槛,就听到病人"疼啊疼啊"的泣诉声。

"哪里疼?给你按摩一下行不?"勘次问。

"背!我的背!"阿品现在只能说这种简单的字词了。

一个女人说:"阿品,你爹来了,你忍忍!"

听到这话,阿品暂时镇静了一点。

"阿品啊,咋了?病了?"卯平是个沉默寡言的人,只会说这个。

"我一直……等着爹……来……"她哼着，"好难受！"

卯平蹙起了眉头，嘟囔说："看起来不太好啊。"之后就没有别的话说了。

阿品的病情已陷入险恶境地。医生给她打了吗啡止痛，好让她睡一会儿，但没过多久她又醒了，又开始了剧烈痉挛，身子弓起，就像用一根粗绳子从腰部往上吊一样。

"大夫，我不行了吧？"阿品突然问医生。

医生沉默不语，只是摸着自己的胡须。

"现在咋办，大夫？"勘次也问。

医生对他耳语道："最好还是跟病人说没事。"

勘次在阿品耳边喊道："大夫说你会好起来的！再忍忍就行了！"

他一遍一遍喊着"会好起来的"，阿品却说："可是我再也忍不了啦，到不了明天……我是真的不行了……"声音是从她紧咬的牙关挤出来的，可以听出她意识还是清醒的。大家都知道，她自己也知道大限将至了。医生又给她打了一针吗啡，用了最大剂量。夜里，阿品的痉挛几乎没有间断，且高烧不退，她滴水未进，凌乱的头发却不断渗出汗水，湿透了的枕头和被褥上都是刺鼻的汗臭味。

"勘次在哪里？"阿品虽然很痛苦，但心里只想着勘次。

"我在这里，哪里都没去。"勘次在她耳边低声说。

"勘次！"阿品又喊了一声。

"怎么了？我在这里啊！"勘次也重复道，不知道是不是阿品已经听不见自己的声音了。

"对不起，"阿品嗫嚅着，"爹爹，阿次，与吉……"

她又开始痉挛了，但强忍着说："我死了，我的棺桶①里……"她停顿了一下，勘次凑上前。她继续说："后面的稻田……胡颓子旁边……"

她又停下，拼命地喘着气，不过勘次听明白了她的话。痉挛又开始了，阿品很久没再说什么，突然喊道："包袱！包袱!"这次勘次再也听不明白了，只当是她昏乱中的呓语。阿品使劲踢着被子，整个身子上下扑腾摔打着，旁边的人按住她的腿，在她临死的痛楚中竭力控制她。这次痉挛发作过后阿品就停止了呼吸。

夜，一片萧寂。只听见雨户轻微的吱呀声和院子里枯叶的萧萧声。阿品的身体从脚开始变冷了。勘次和阿次意识到阿品已经死了，再也按捺不住，放声痛哭。只有与吉还在母亲的遗体旁边熟睡。卯平将阿品摊着的双臂交叉放在她胸前，又在被子上放了一把梭子。据说这样可以防止猫附在死者身上，变成他们的模样。

屋里一直没有生火，越发寒冷彻骨了。邻居们见勘次和阿次还在哭泣，不好就此离开，只好静静坐在那里，手缩在袖筒里。后来阿次用枯叶生了火，泡了茶，大家都默默喝着。

卯平说："勘次你应该早点告诉我的。"他声音很小，但大家都听到了。直到那位邻居天色未明时找到他，他对阿品生病

———————————

① 日本旧时棺材为圆筒形，因以名。

的事都毫不知情，急急忙忙赶回来，结果阿品很快就撒手人寰了。刚才他也哭了一场，现在只是衔着烟管，咂咂舌头，咽着唾沫。勘次没有回应，只是在一旁垂头哭泣。自从阿品病了，他心里满是担忧和焦虑，除了如何照顾她以外别无二想，此刻在悲伤之中，也没留意卯平的抱怨。

阿品之死对老人是个沉重的打击。他七十一岁了，从去年起在野田的酱油坊里做守夜人。他入赘到阿品亡母家时，阿品已经三岁了，虽不是亲生女儿，卯平却对她视若己出，阿品也很喜欢卯平这个父亲。阿品母亲生前一切都还好，卯平也正当盛年，但在她死后，卯平渐渐老去，满脸皱纹越来越深。他本来就与勘次一直相处不好，至此愈发疏远，让阿品左右为难。最后卯平在村里人的介绍下去了野田。

他们喝完茶，有几个邻居便去给阿品在本村的亲戚报丧，其他人开始讨论明天的葬礼安排。葬礼只需要亲戚和乡邻参加，一天就可以办好了。天一亮，有的去寺庙里请法师，有的去买各种明器，有的去其他村子里的亲戚处报丧，几个邻家女人也过来帮忙收拾家里。远亲近邻都要过来吊唁，要先赶着为阿品整好遗容。勘次和阿次卷起草席，在盆里注满水，先为阿品清洗身体。阿品无力的身体经历过剧烈的病苦呈现出扭曲的惨状。卯平在旁边不声不响地看着。他们在木板上铺上她的脏被褥，把阿品的遗体放在上面，脏水倒在木板下面。重新铺好席子，雨户一早就打开了，屋里所有的席子都用笤帚扫干净了，走在上面吱吱响。从东邻家借了五张榻榻米，铺在旧席子上面。按照当地的习俗，勘次和阿次为阿品清洗完以后，需要让邻近的女人来装扮遗体。

女人们将一反①白棉布剪成两半，用半反为阿品做了一身经帷子②和一条细腿裙裤，顶上罩着一方头巾，好遮盖阿品阴沉沉的脸相。裙裤的裤脚下面折成三角形来代替袜子，只是套住脚趾。又用麻布条给她缠了绑腿。然后在她脖子上挂了一个褡裢，里面放了六文钱，用来做过三途川③的船费。再把她的头发用麻绳束起，插上白桦。最后她们将阿品的膝盖曲起，以胚胎的姿势放入棺桶，而她的头还搁在桶口外，由于身体已僵硬，她们不得不用力压她的脖子，直到骨头断裂才放进去。这种残酷不堪的工作都是交给外人来做，以免家人伤心不忍。用粗糙的松木板箍成的棺桶吱哟吱哟地响着。棺台是买回木板后让附近的人用钉子钉起来的，像是一个倒置的浅箱子。装好尸体的棺桶就放在棺台上面。

东方未明时，勘次从后门溜出去，穿过橡树林，来到稻田边。他很快找到了作为地界的胡颓子丛，在那里发现了铁锹挖土的痕迹。他用镰刀一点一点地掘开土，用手把挖开的土扒拉

---

① 1反布是为成人做一套和服需要的布料，一般长 10 米，宽 0.34 米。
② 经帷子，又称经衣、经帷衣、曳覆曼荼罗，为死者所穿之净衣。在衣上书写经文、陀罗尼或佛名，即连罪孽深重者，亦可以得到解脱。此一风气流行于日本，真言宗约自镰仓时代开始，于麻、木棉、纸布上书写真言（陀罗尼）或种子（悉昙文字）、名号、经文等，并加盖朱印。
③ 三途川是从此岸到彼岸的界河，三途指饿鬼道、畜生道与地狱道。一说三途指血、火、刀三途。

到一边，直到看见一个破布包裹，最里的布面起皱泛黑，与裹着的一小块半干了的肉紧黏着。勘次看看四周，确保没人在附近，小心翼翼地捧起它，用一块旧油布包了带回家里。当他们将阿品的尸体放进棺桶以后，他把这个小包掠过阿品干瘪的脸颊，塞到阿品怀里，似乎她瘦削的手指紧紧抱着它。葬礼这天正好是赤口①。

除了亲戚和附近的几个邻居，其他来吊唁的人勘次都无力留他们吃饭，不过村子里的人都来了，每个人出了二钱随份子，吊唁过后就各自回家。远处寺庙里的主持和小沙弥来了，身后跟着一个穿着褪色的黄法披、用一根棒子挑着衣物箱的仆从。小沙弥将棺桶盖揭开，掀起白棉布头巾，用剃刀刮了一下阿品凹陷的脸颊，这一仪式完成后，就钉上了棺盖。为阿品做经帷子剩下的半反白棉布，现在包裹在棺桶上，再用粗绳十字交叉穿到棺桶下面。上面又加了天盖②。天盖者也，只是两端呈蕨形卷曲的松木板合在一起的简单制品，在农户烟熏的墙上常见有这种古旧的红色曼荼罗装饰。又在棺桶上挂了两盏白提灯和花笼。青竹柄的篾片编的大竹笼，上有须状竹丝③，扎着红、黄、青各色纸花，笼子底也铺了纸，放了跟逝者年岁相当的铜子儿。

---

① 赤口是"六曜"之一。日本民间用"六曜"将一个月30天分为5等份，用以区分每一天，在日历上标注以预言凶吉。分为先胜、友引、先负、佛灭、大安和赤口六种。大安是大吉日，赤口则是仅次于佛灭的凶日。

② 天盖，佛像上方的斗笠状装饰物。此处指棺桶上的装饰。

③ 须状竹丝，竹编之笼，不修整其编端，故呈如须状，称为须笼。

举笼子的人不时摇动，铜子儿就从笼子缝隙间散落一地，村里的小孩争先恐后地过去拾取。提灯和提花笼的人走在前面，之后跟着村里的念佛团①，他们在脖子上挂着红色的太鼓，哐啷哐啷地敲着，同时吟诵佛号与经文。勘次捧着灵牌，穿着租来的羽织绔，用纸捻子束着腰②。棺柩避开小径，走在村里的大道上，同村人各自在自家门后窥探着出殡的行列。或许是因为制作仓促，棺桶有点毛病，一路上摇晃个不停。

墓穴四周堆着刚挖出来的红土，这块茔地年深日久，葬过无数先人，掘墓人想尽量找一块没埋过人的地，但如往常一样，又挖出了一些残骸，这里一只手，那里一只脚。寺庙里来的那位穿着法披的仆从解开棺桶上包裹的半反白棉布，将这些白棉布卷起来，放进自己带来的挟箱。接着就缓缓地将粗绳系着的棺桶放了下去，直到触底。棺台放在墓穴周围的土上面，提灯和花笼放在棺台两边。只要不是在刺骨的寒冬，阿品一直都是赤脚，她的一生几乎每天都是踩着泥土度过的。土里生，土里长，如今，她又归于尘土，除了中间隔着的一层松木板，她的双脚可说是永远与土相接了。

送葬队离开阿品家以后，刮起一阵旋风，卷走了院子里的尘埃。因为要留饭的人不多，过来帮忙的女人并没有太多活要

---

① 念佛团是村里不在主家的老人们组成的社团，除了参加葬礼，他们也在村里的念佛堂举行活动，详见第二二、二三章。

② 羽织绔是短外褂和裙裤配套男式礼服，用纸捻子束腰是表示因陋就简，并非礼当如此。

干，因此她们手里拿着碗筷，嘴里也不闲着。饭菜盛好了放在杯盘碗碟里，茶壶什么的都摆好，菜无非是切海带、鹿角菜①、炸豆腐、白豆腐这类百姓家常料理，盘子里是切成细丝的腌过的白萝卜、胡萝卜。宴席上的这些剩菜加上凉豆汁，不掺麦粒的精米饭，对她们来说就是无上美味了，足以令她们大快朵颐，饕餮不已。她们聚在后门那里，一边吃一边闲聊。

"不知咋的，棺桶一直咣啷咣啷地响，你们都听见了吗?"

"这个说明人还不愿走，还记挂着活着的人。"

"她肯定不愿舍下勘次啊，说不定还会回来带走他呢。"

"我可不愿意别人死了还再回来找我!"

"你就放心吧，哪怕你求着别人，别人也不会来找你的!"

她们就这么肆无忌惮地大放厥词，忽然大家停顿了一小会儿，接着有个女人叹息道:

"阿品太可惜了!"

"呃，很多人都干过这事，不过……"

"说她是感冒，我不信，感冒可死不了人!"

"我听说她不光为自己做，还为别人做……"

"这种事我不会到处去嚷嚷，不过我听说她替人干一次能收五十，甚至八十钱哪!"

"八十? 对女人家来说可算是挣得不少了，可惜这次她要了自己的命!"

"嗯啊，这就是报应吧?"

---

① 鹿角菜，一种可食海藻。

"你在这里说这种话，就不怕触怒了亡灵，回来找寻你？"

又是一阵短暂的沉默，一个女人拿了一块萝卜干塞到嘴里，说：

"要是你干那个的时候让人看见了，你怎么办？"

女人望望院子里，小声说："没人啊。"接着偷笑起来，说："像我这样的老太婆，谁都不会娶的，也不用担心那个，太省心啦!"

大家都哄堂大笑。

直到出殡的众人归来，她们还在议论。她们平时难得有聚在一起你一言我一语、说说笑笑的机会，就像一个吹胀的气球，里面的气体总要寻找破绽伺机而出，她们也需要这样的时机来宣泄自己。刚开始，她们会从抽屉里找出干净的半缠和服穿上，盘好头发插上栉子前来吊唁逝者，并保持严肃的容仪，不体面的言辞决不出口。但是一来到厨房，系上围裙，拿起碗碟开始擦洗，她们就马上开始七嘴八舌、口无遮拦了。与其说这是为他人悲伤的一天，不如说是从日常缺少欢趣的生活中逃离出来，欢聚在一起享受愉悦的一天。素日在家，为了补给肉体在惨淡劳作后的损耗，一箪食，一瓢饮，都要扳着指头算计会不会超支，唯有在哀悼逝者的这一天，她们可以不计成本、无所顾忌地尽情满足自己的口腹之欲。他人的悲哀无论如何痛彻心扉，都非自己当下要面临的问题。正因如此，她们聚会之处才会欢笑声不绝于耳。

阿品自己也曾经是这群体中的一员。而今她的笑声已杳然，一抔冷土成了她的归宿。

五

阿品可以说是亲手结果了自己。

阿次出生时她十九岁，第二年又有了身孕。他们那时极度穷迫，仅能糊口，孩子生下来根本没法养活，阿品的母亲就在七月时①为她堕胎了。那时已入秋，天却还热着，体格强健的阿品只过了四五天就去林子里割草。但她觉得干完以后很累，怕落下病根，就在家里休养到完全恢复。此后不知为何，她很长时间内都没有妊娠的迹象。阿次十三岁时，与吉又出生了。勘次和阿品都很期待这个孩子，现在阿次大了，可以帮忙照看孩子，不耽误大人干活。想着等与吉三岁的时候，阿次就十五了，可以让她出去做工，她这么大的姑娘一年可以挣十元钱哪！除了多挣钱，也可以省下一个人的口粮，这对他们这种贫乏的家庭来说，也是笔不容小觑的开支。

---

① 原文"七月目"是"第七个月"的意思，英译本翻译为怀孕第七
个月。如果说阿品的母亲在她怀胎第七个月时为其堕胎，有些违
背常情（一则此时很难瞒过别人，二则大月份堕胎以当时她们所
用的土办法，风险很大）。书中所述月份均为阴历，阴历七月也和
下文入秋相符。故而译为"七月时"。

稻穗垂下时，阿品发现自己的身体又有了异样，计划全乱了。之前持续了十多年的不育，随着与吉的出生结束了。她和勘次对此颇感烦忧。若是让阿次出去做工，阿品就得同时照顾两个小孩，也就不能正常干活了。她干活的收入固然微薄，但如果少了这一份，对家里来说也是很大的打击。

又到了收割和晒谷子的时候。他们每日都在晴朗的天空下、飞扬的尘土中忙碌度日，在负疚感的重压下考虑之后该怎么办。只有到了夜间，他们筋疲力尽地躺下来时，才有空商量几句。对他们俩的事儿，勘次素来都是优柔寡断的，现在也是难以遽然下决定。

"孩子在你肚子里，还是你拿主意吧。"

这么说并不是说他就不关心这个事，只是他从来没有对阿品发号施令的习惯。

"可是我也为难啊！"阿品叫道。她知道自己不管做何决定勘次都会接受，但在这种大事上她实在无法独断专行。解决问题的机会就这么溜走了。他们依然每日去地里忙碌。

冷风呼啸，宣告冬日降临。榉树也似乎为突然到来的时令感到措手不及，匆忙地将干枯的红叶撒落一地。被抛弃的轻小落叶在风中寻找着栖身之所。它们喧嚷着跃过农舍，贴伏在稻草捆上，仰躺在晒谷的草席上。一切都混乱失序。勘次按照秋天应募时约定去工地的时间到了。

"就这么老是拖着，也不是个办法啊。"临行时，阿品再次央求勘次做决定。而勘次仍然只是说："我还是打不定主意，你按照你的想法办吧。"

勘次一走，世间越发变得嘈杂而寂寥，阿品心里无所凭依，最后终于决定去做那件罪恶之事。此时她已怀孕四个月了，据说此时的风险最大，而阿品也正因为这个撒手人寰。四个月的胎儿已经成形，性别也容易辨认了，阿品看见胎儿的两腿之间有饭粒大小的突起，感到无比惋惜，但她最担心的还是被人发现。像其他人一样，她先是将这个小小的尸体埋在地板下，后来就用破布裹了，埋在稻田旁的胡颓子丛边。

若是此后她能在家休养一段时间，兴许结果就不一样了。可是十年前一切都可以交给母亲处理，而母亲早已不在了，勘次又去上工了，为了生计，阿品不得不去干活。此外，为了不让别人发觉有什么异常，她必须表现得跟往常一样。致命的破伤风是如何感染上的呢？她没有请别人帮忙，是自己亲手做的手术，病菌可能来自她用来戳破卵膜的酸浆根①，可能来自如烟似雾、无所不在的灰尘，但不管是什么，病源肯定是来自"土"。

阿品入土以后，又有一些乡邻过来吊唁，勘次也穿着租来的羽织绔在村里转了一圈回礼谢客，又拿着一个陶壶，注满水，去给阿品上坟，然后归还了所有漆器、碗碟。乡邻们也都散去后，他便再也提不起精神做任何事，只是茕然独坐，呆呆地盯着旧桌子上立起的白色灵牌。接下来的两三天，全家人都闭门不出，吃着葬礼剩下的饭菜默默相对，雨户也像往常一样关着，屋里很是阴暗。算上卯平，四个人也只是冷冰冰地坐着。卯平

---

① 酸浆根，又名灯笼果、菇娘果，我国东北地区多见。

在昏黑的角落里抽着烟，偶尔在火盆上敲一下铜烟管，也不怎么跟勘次说话。勘次感觉自己好似瘫痪了一般，心也好像从身体里撕裂了出去。即便如此，他还是不断操心着要交租的事。对穷乏的佃农来说，这是最了不得的事。既害怕地主挑剔粮食不合格、不够分量，也心疼这是自己苦其心志、劳其筋骨才挣来的粮食。可是土地已经把他们变成了奴隶，他们要永远为此而挣扎了，注定要忍受其折磨。

让勘次苦不堪言的是，葬礼结束了，他不得不将几天前他装起来的几袋米全部交给地主。可是其中一袋因为要应付葬礼上的伙食，已经没剩多少了。而明年自己只能一个人干农活了，在农忙季节他也没法去做帮佣了，要照顾两个没娘的孩子，自己得多准备一些米才能撑下去。哪怕只交出一袋米都让他觉得难以度日。经过几夜辗转难眠的反复思量以后，他最终还是到地主那里哀求借贷一半粮食到来年秋天再还。地主（也就是东邻家的主人，勘次曾在他家做过几年佣工）答应了勘次的请求。勘次回来又把剩下的米卖了一点，他实在太缺钱了。

他知道自己必须回到利根川的工地去，不能让工头觉得他是个三天打鱼两天晒网的好逸恶劳之辈，更不能让人觉得他是个预支了工钱就想跑的骗子。他已经从工头的账房那里收到一张明信片，问他何时复工，这把他吓得不轻。可是他又不能就扔下两个孩子不管，真是不知如何是好。就这么烦闷着，阿品的头七过去了。终于，他想到，只要卯平晚一点回野田，在家照看两个孩子，他就可以去复工。他没法直接跟卯平说，只好又去央求隔着一块桑田的南邻家做中间人。过去的七天里，勘次一直不愿直视卯平，一看到他高大的身躯坐在火盆边他就紧张，唯恐避之不及。

多年前勘次和阿品相恋时，他才十七岁，在东邻家里做佣工，后来一直做到入赘阿品家。阿品家就在附近，他经常因为这事那事过来，渐渐地，就变成了纯粹是为了看看阿品。秋日的夜晚，他们会找个地方坐在一起聊天。勘次在给东邻家簸扬、装袋时偷藏起来几把豆子送给阿品，阿品就炒了，两个人一边聊一边吃。哪怕活儿再多，勘次也会抽出工夫来找她，而阿品也会趁着去邻居家洗澡的时间来赴约。无论什么也阻隔不了勘次和阿品，他们总是能找到见面的机会。正如树梢的枝叶再繁密，阳光也会透过枝叶间隙照射到地上，他们每次见面心里都是一片光明。

两人日渐情笃，终于私订终身，那时阿品十六岁。对勘次来说在东邻家劳作的日子是快乐的日子。在后面的三年里他一直卖力干活，虽体格矮小但很结实，各种活计都是越来越上手。

十九岁那年春天，阿品怀孕了，但是她自己好久都没意识到。到了夏天，她穿着轻便的衣服在外面干活，已经难以遮掩身形的变化，一同做活的女伴都纷纷议论。她的母亲性情迂阔，一直还当阿品是个孩子，竟然未曾留意。等她没法不注意到时，一切都已经晚了，别的什么都不能做了。两家父母只好仓促地见了面，协商如何处理此事。勘次和阿品此时已经如胶似漆，难舍难离。有人恶作剧地告诉他们父母不同意这桩婚事，他们就私奔了，发誓说除非允许两人成婚，否则决不回来。阿品反复激励着勘次，说无论怎样都不要动摇，直到婚事被允准为止。从此以后勘次都把阿品的话当作金科玉律。当初那个搞恶作剧的人评论道："看来勘次不管咋样都离不开母鸡啊！"

他们并未走多远，只是隐身在邻村一个朋友家里。两家父母为了这对恋人引出的麻烦头痛不已，为如何收拾这个烂摊子而闹得沸反盈天。"真丢人！"卯平怒气冲冲地说。尽管如此，事情还是很容易地解决了。勘次入赘到了阿品家，不过仍旧在东邻家做工，到工期满为止。婚礼很简单，一个临时指定的媒人将勘次带到阿品家，卯平不言不语地接受了他。勘次此前来过阿品家无数次，这一次却手足无措地坐在那里。阿品还穿着平常干活时的衣服，长袖还用襻带①挽系着，坐在他旁边挺着个大肚子。媒人喝了他们端上来的清酒，如此这般就是他们的婚礼了。

不久后，正值年底忙碌的时候，阿品生了个女孩，也就是阿次。阿品的母亲很喜欢这个女孩，也不觉得女婿有什么不妥，特别是来年春勘次把东家预支的工钱交给她的时候，她很高兴，甚至可以说是喜欢他的。但卯平怎么都看不惯勘次。卯平身材高大，做工的时候沉着持重，而勘次却像蚂蚱一样蹦来跳去的，很碍眼。再说，勘次总是对老婆言听计从，缺乏主见，也让卯

---

① 襻带，劳动时用来挽系和服长袖的带子，一般从肩膀两边缠绕，在背后打成十字形交叉，然后在腋下附近打个结，再把宽大的袖子塞到带子里面，就可以开始工作了。

平感到牙痒痒。不过，卯平自己也是上门女婿，况且生性少言寡语，在两家商量这一对新人的事儿时，他唯一说的一句话就是："这不关我事，你们爱咋办咋办！"

五月是一年中对农民来说最繁忙的时节，偏巧勘次病倒了。他每天都去稻田干活，抓着耖头上的竹竿，赶着马在泥水里犁地好种稻子。一阵东南风吹来，天气突然变得反常了，凉飕飕的，勘次直打哆嗦。回到东邻家，他着了凉，身上软绵绵、轻飘飘的，吃了一些"赤玉"——一种平常给马吃的药，然后就缩在被窝里。他实在不想去卯平那里，想办法自己好起来。只要他还能起来出工，那不管干得怎么样，都可以算作出勤，但如果躺着休养，都会记为缺勤，要扣工钱的。可是尽管他吃了药，病情却不见好转，只好让工友把他背到阿品家里，让她照料。卯平一脸不悦地跟他打了招呼。阿品铺好被褥，勘次趴在上面，脸埋在手里。这个时候谁都没空照顾病人，包括阿品在内的所有人都去地里干活了。阿品她妈说了句"你要是饿了，这里有吃的"，就盖上锅，关上大门，离开了家。之后勘次爬起来掀开锅盖看了里面一眼，那只是一锅大麦饭，他们就是靠这个来维系生命的。勘次在东邻家做工，也从来没吃过这么粗劣的伙食，只是看看都觉得难以下咽，他连尝都没尝就又躺回去了。到了中午，全家人从地里回来，吃了那些大麦饭，阿品母亲喊他也吃一点时，他只是脸朝下趴着，没有应声。

"这么忙，他竟然在这里躺尸！让别人看看，他就这么装病！"卯平愤愤不平地说。等他们出去了，勘次一个人哭了一场。他又躺了两三天，吃着阿品偷偷塞在他被子底下的煎饼①度日。那时村里没有什么点心铺子，这是她能找到的最能表达心意的东西了。见卯平如此不近人情、声色俱厉，勘次稍稍恢复了一点，就在全家人都外出干活时溜了出去，躲在村子里一个亲戚家的阁楼上。当晚，阿品打听到了他的藏身之处，怀里抱着一只鸡，背上背着阿次，找到他说："不要把我们想得太坏，勘次，我不想那样，只是没有办法啊。"此后她每晚都过来，闩上门，和他过夜。

只是一想到卯平，勘次就发怵，不愿回去。他曾经在附近村子里待了一段时间，不管他在哪，阿品都能找到他，求他回去。后来他干脆离开了家乡另谋生路，但没过多久，他是如此想念阿品，终究还是回来了，哪怕为此要忍受不少人的揶揄。

在与东邻家的工期满后，勘次还是去阿品家住了，只是并非像一家人那样生活，而是约好了分灶吃饭。一对夫妇加上一个吃奶的孩子，从卯平那里分到的粮食只有一斗五升带壳荞麦，一斗麦。过年时他们做不了乌冬面，还是阿品的母亲偷着给了他们一些面粉。日子固然艰苦，但比起每天看卯平阴沉的脸色，这样更合自己的意。阿品的母亲去世后，两人又不得不住在一起，不过这时的一家之主已经是勘次了。虽然说是一家之主，但就连家里的房子也不是自家的，已经为了还债低价折给了东邻，真是赤贫之家。此时的卯平在勘次眼里再也不是势焰可畏的丈人，只是个不易相处的糟老头而已。两人平常连寒暄都没

---

① 煎饼，指日本的一种糕点，和中国通常的煎饼不同。

有，让阿品深感苦恼。

而这次，当南邻试探着问卯平，老人并没有犹豫。"小家伙需要照顾啊，"他习惯性地咋舌头说，"这么说就没办法了，我得待在家里。"勘次在南邻家焦急地等待回音，得知卯平的答复后大为宽心。

"我走了，爹。"他对卯平说，然后就去了工地。这一次他俩都客客气气的。

勘次离开后卯平松了口气，脸上的愁容一扫而光，浮现出微笑。现在与吉哭的时候，卯平可以抱抱他了。

与吉经常在夜里醒来后哭泣不止，每当此时，卯平就翻过身，拿起枕边的火柴，点上灯，又点上烟，轻声对与吉说："想妈妈了吧？看，这是手提灯，亮了吧？看，这是姐姐抱着你，不用怕。"与吉紧紧抱着阿次，盯着墙上的某处，像是被火烧到一样哭得更厉害了。阿次把他放在膝盖上摇晃着，直到他安静下来。阿次和与吉现在就睡在阿品之前的被子里，由于与吉每晚都要哭，她在被子底下放了一盒糖，方便在与吉哭的时候哄他。有时与吉哭得太厉害，会把糖吐出来，然后哭得越发猛烈，阿次会有些不耐烦地摇着与吉的肩膀。最后与吉终于停下来，嘴里含着糖安静地睡去了。卯平提着灯，眼里闪着光，静静地在旁边看着。

每次阿次抱着与吉，与吉就会伸手在她怀里摸索着要吃奶。阿次恼了，厉声骂他，可与吉只是回应她以婴儿甜甜的微笑。有次他哭个不停时，阿次模仿母亲的样子打开前襟，让他吸奶，他却根本不理，哪怕她在上面涂了糖他都不肯上当。与吉饿了，阿次就喂他煮软了的米再加上糖。他每吃一口就吧嗒吧嗒嘴，并冲她傻笑，露出几颗小白牙；若是吃饱了，就在她怀里往后仰躺着，尽量伸直身体，心满意足地咯咯直笑。什么时候他又想吃糖了，他就伸出小手指着落满灰尘的橱柜，他最喜欢的糖就藏在里面的小袋子里。

遵照勘次的吩咐，阿次每天为自己和卯平煮混着麦粒的米粥吃，除了再做一点萝卜和地瓜汤之外，她在家里就不用干别的了。她经常背着与吉去林子里，用带钩子的竹竿收集柴火，还为与吉用稻草编了一个田螺一样的小篮子。

卯平白天通常在外面闲逛，回家时总能带回一些便宜的糖果。他右手拿着糖果伸向与吉，又缩回手，从袖子里缩到胸前，与吉蹒跚向前，冲到他身上，抓住他的袖子向里窥探，卯平又从左边袖子里伸出手，与吉转到他身体左边去抓糖果时，卯平就把糖果放在他头上，与吉一摸脑袋，糖果啪嗒掉到地上。若是那种叫子弹头的圆滚滚的黑色硬糖，还会咕噜噜滚到一边，与吉忙不迭地去捡，开心地笑着。卯平看着与吉连滚带爬地去捡糖果，哪怕摔倒了也不会哭，他自己也跟着与吉放声大笑起来。与吉将捡到的糖果放在阿次编的小篮子里，郑重其事地拿着，不时往里瞅瞅看还在不在。阿次则在做晚饭的间隙，温顺地坐在一旁。

六

自空中到土中，春在萌动。整个冬天里，席卷着沙尘的疾风一直在呼啸，如今戛然而止了。柔软如绵的白云沐浴着阳光，在空际凝然不动。沟渠附近湿润的泥土尽力啜饮着暖阳，稻田边上的榛树根须感受到了来自泥土的力量，花穗悄悄地伸长，再伸长。依旧蛰伏的青蛙还躲在冬日里的藏身之处，偶尔有一两只呱呱呱地叫几声。

阳光愈发暖了，泥土贪得无厌地攫取着光的热力。不久，芦苇啊，稗子啊，各种杂草啊，都迎着太阳伸长脖子仰起头来。软风吹得榛树都醉了，花穗摇摇摆摆，花粉像尘埃一样在空中四处飞扬。青蛙终于摆脱了假死状态，抓着草茎，惊愕地仰望着天空。俄而，它们都放声齐唱，向天空宣告它们已从长眠中复苏。歌声在广阔天地间回荡，给一切生物带去春日已至的讯息，它们就这样以不间断的鸣唱散发着活力。榛树的花落了，泛黄的新叶在枝条上崭露头角，在晨曦中闪耀，它们的目光越过青空下的稻田，凝视着远处依然沉睡的树林。水田环抱的岬形林地在冬天染上了或白、或黄、或红的色调，现在突然接到春的讯息，匆忙换上了一重深绿。林地中开垦的小块麦田上，麦苗也露出了头。蚕豆花一簇簇的，像是很多楚楚动人的黑眼睛聚在一起，羞涩地从茂密的叶间向外张望。杂树林中，芒草抽出又硬又直的新叶，剑一般地刺向空中。在麦田和芒草丛中做窝的云雀，一飞冲天，欢鸣着："春日盛大！春日盛大！"这让群蛙愤愤不平，它们认为天地之间理应由蛙族的合唱来统治。为了压倒云雀的欢鸣，它们四处跳跃，呼朋引伴，群情涌动，以愤怒的大合唱来还击。云雀终因数量不敌而败下阵来，缩回自己在麦田和芒草丛中的窝巢。到了正午，群蛙忍受不了炎热，只好安静下来，此时云雀却迎着眩目的阳光拼尽全力高唱，简直快要把它们的小喉咙撑破了。日落之后，群蛙又出动了，它们毫不懈怠，声势浩大，且声音越来越响亮，直到常绿乔木林中的橡树脱落了旧叶，依然鼓噪不已。

　　无论高耸入云的乔木，还是在冬季匍匐在地的杂草，现如今都踮起脚，竭力伸着身子，渴望阳光的宠幸。它们虽一心向往太阳，却被土地束缚了手脚，只能挺直身子，就像磁石上的铁针一簇簇直立着。在冬天闭门不出的农民也都出来了，用草绳捆着蓝色的裤腿，带着各种农具，来到稻田里耕地。人们一想到"我们要用水啊"，群蛙就开始了大合唱，下巴鼓胀到快要爆裂了，整个身子也不断颤动。雨水如白色丝带一般，一股一股灌注着稻田。稻茬中间，人们来往奔忙，青蛙则四处闪转腾挪，蹦来跳去，"催促"他们抓紧干活。到了下午，人们在草丛里躺下来休息，天性该唱就唱、该休息就休息的群蛙也沉默下来，此后，在寂静的夜里，它们又再展歌喉，极力夸耀着自己的大嗓门。它们的歌声无远弗届，只是渗入窗缝后，已经是强弩之末，非常微弱，正好可以陪伴着疲惫不堪的人们入眠。等人们白日里消耗的身体逐渐恢复，次日的晨光从窗缝射入时，他们掀开被子，一骨碌爬起来，走到门外，用凉水在井边洗了脸，又是群蛙不知疲倦的歌声欢迎他们来到新的一天。夜间，在响彻四方的蛙鸣声中，草木都在勃勃生长，栎树呀，橡树呀，它们的叶子被毛毛虫时时刻刻啃啮着，尽管如此，不断打在树梢上的雨水似乎将苍天的浓郁带了下来，叶子愈发繁盛茂密了，在地上形成一片片凉爽宜人的树荫。

　　毫无例外，鬼怒川西岸也迎来了春天。所有人，不管他是心事重重，还是无忧无虑，都带着农具，来到了田地里劳作。勘次也在其中。

　　勘次在春天里度过了阿品的"七七"，他不敢再多破费一钱，只是在阿品的灵位前上供以寄托哀思。当他返工时，天空阴沉，一派暮冬景象。经常雨雪交加，无法出工，坏天气迫使工人们一整天都蜷缩在寒冷的工棚里。不管他们如何节俭，餐费、柴火费都很高，他们都存不下什么钱。自从阿品发病到葬礼，勘次花了一大笔钱。村子里的人来吊唁，每人出了二钱作为"香奠"，这些钱再加上之前阿品在被子底下存的钱，勉强支付了葬礼的费用。可是医药费和其余的开销却让他捉襟见肘。离家时，他从卖米的钱中拿了五十钱来应付此后家里的开销。这笔钱他没有直接交给卯平，而是又委托南邻来转交。

卯平一脸不高兴地拒绝了，咕哝着说："还得有个证人他才相信我喽？他既然这么想，我就不要了。"

"不是这样，勘次没有这种心……"

可是不管南邻怎么说，卯平始终都没有接。

由于想快点回家，勘次拼命干活，可是他挣得的钱刚够养活自己。邻村的其他人都接二连三离开了。勘次支撑了更久，到最后剩下的钱也不过就是自己最初带来的钱。

到家时天色已晚，他累垮了，两腿发麻。"爹帮我照看家里，谢谢了。"他向卯平歉疚地说。两个孩子见了他很兴奋，尤其是与吉，抓着他的手不放，还指望他像卯平一样从袖子里变出一袋糖来。勘次却因为囊中羞涩，什么礼物也没买。现在他后悔了，怎么也该给小家伙买一袋糖果才对。与吉渴望地看着他，说："甜甜，甜甜!"

"我们吃姥爷买的糖吧。"阿次说，抱起与吉去拿橱柜里的盒子。卯平瞥了一眼勘次，没有寒暄，连一声"回来了"也没说。他断定勘次疲惫的样子是故意做出来的。他衔着烟管，发现火灭了，就在火盆上使劲地敲着，把烟灰磕出来。这个在勘次看来，就不亚于是无声的责备了。

卯平说："阿次，糖全都给小家伙吃了吧，你自己也吃点，你爹一回来你们就有好日子过了。"

刚回来，在自己家里受到这样的讥刺，勘次心里老大不痛快，简直没法忍受。他退出来，连脚都没洗，说要去南邻家一趟。

"明天去不行吗?"卯平嘀咕道。他习惯于有话直说,口不择言,但此前还从未像今晚这样用如此刻薄的口气讲话。卯平是因为怀念阿品、不放心孩子才愿意留下来的。见自己买回来的糖让与吉如此开心,他也感到自己的重要。本来一切都好好的,结果勘次一回来,孩子们都扑上去,好像把自己全然忘了似的,他觉得是勘次剥夺了自己从孩子们那里赢得的情谊。更何况对勘次本人,他本来就一点都看不顺眼,看刚才他说要去拜访南邻时那个样儿,畏畏缩缩的,好像一下子要垮掉,又好像有话到了嘴边又强行咽下去。

勘次表现出让卯平如此不快的样儿,是由于他为这次回家没带回钱深感愧疚,让所有人都失望了,因此借口去邻居家,暂时离开一会儿。他去买了一袋糖回来时,与吉已经睡熟了。卯平冷冷地盯着他,看到他行径蹊跷,觉得自己又被疏远了,于是想起他委托南邻给自己钱的事儿,生气起来,猛地问他道:"挣大钱了吧?"

"没……几乎是啥钱也没挣到。跟逃回来差不多。活难干,脸难看……我再也不想在那里待了。算是个教训吧。"勘次紧张地回应道。他对别人一见到他就以为他挣钱了感到很困窘。

"哦,这样啊,"卯平满不在乎地说,"看来这里也用不着我了,我这就走了,你挣多少钱都不关我的事。"

勘次脸色苍白了。看来卯平还是认为他挣了钱藏着不拿出来啊。次日,老人忍受不了各种不快,突然回野田了。

卯平在野田的工作是做守夜人,在酱油坊仓库大院里敲着木桥巡视，这工作哪怕对于他这样的老人来说也不算辛苦。他白天有空闲，若是少睡点觉，还可以做点零工额外再赚点钱。他喜欢抽烟，也喜欢不时喝上一两杯，都不用愁没钱买。天热了，他还有一件凉爽的浴衣可穿。这样的日子还算惬意，只是一到寒风刺骨的严冬，他的疝气会发作，腰部剧痛，几乎走不了路，一到这时他就想："要是没有勘次，自己就可以回家让阿品照顾了。"他没有亲生的孩子，老了也只能依靠如亲生一般的阿品。如今她一死，自己便是孤身一人了。勘次呢，卯平受不了他那副寒酸相。因此他嚷嚷着要回野田，自由自在地一个人过日子。可是，尽管他看不惯勘次，尽管他赌气说"你们爱咋过咋过"，可是离开家他是一点都不开心，只是出于傲气暗自吞着眼泪。

勘次如今是萎靡不振了，与吉一哭，他就一筹莫展。他每天都想着阿品。有时他会以为自己又看见她了，肩上挑着担子卖完豆腐刚回来，在院子里，在井边站着，或是卸下担子来到了屋里。有时，他觉得阿品就在自己身边，于是不由自主转过头去看。抱着与吉，他会一遍遍对他讲："你娘不在了……你再怎么想她，想吃奶，她也不在了……"他反复这么说着，好让自己断了念想。

阿品之前去卖豆腐时，会在桶里系一个空啤酒瓶①，回家时里面灌了勘次喜欢的清酒，咕噜咕噜地响。她给酒馆里送豆腐，

---

① 此时啤酒尚未风行，但啤酒瓶作为一种方便的容器，已在乡村广泛使用。

可以换一种便宜的清酒，不用花钱就能惹勘次开心好一阵子。直到她生前最后一年的夏天，阿品才学会做买卖。刚开始，她一接近陌生人的家门就逡巡不进，脸憋得通红，不知如何开口，可是后来，她不但懂得怎么谈买卖，跟人聊天也很轻松了。

这些追忆让勘次无法忍受的时候，他就跑到阿品墓前哭泣。葬礼过后留在那里的白纸灯笼在风吹雨淋下，已成了一团烂泥。

想到一家三口要吃饭，勘次还是振作起来，去做了日工。最常雇他干活的还是东邻家。他舂米很上手，舂完以后分量几乎都没怎么减少。东家不怎么注意时，他会从仓库里顺走一点米，用小袋子藏在某处，到了晚上再偷偷带回家。他拿得不多，也就两三升，东家少了这一点米不会觉得什么，可对勘次一家人就大不一样了。有次一个用人发现了，就告诉了太太。太太说，就这一点，不用去管。但那个用人恶作剧地将米倒出来换成了土。勘次将袋子拿回家，想，这下完了。他又害怕又羞愧，第二天就没去上工。接下来几天他也不敢上东家的门。渐渐地太太知道了那个用人的玩笑，又可怜勘次一家，就又叫他来上工，还给了他一袋混了碎麦粒的米，又给了他两三斗粳米，说："用人们煮饭都不愿用这个，你要是不嫌弃就拿去，等秋上还我们一点糯米就行了。"勘次因为东邻这么待他，就越发卖力干活，这让别的雇工都不喜欢。都像他这么干，还怎么偷懒呢？

斗转星移，春日既至，大家都忙活起来啦，勘次也去屋后的稻田翻起稻茬开始耕地，阿次扛着锄头跟在后面。少了阿品，勘次只能依靠女儿来帮他耕地了。这块地就在自家屋后，很方便，他想无论如何都要保住它，要是放弃了耕种权，再要回来可就难了。他别无选择，只能委屈阿次做大人的活儿。勘次将锄头深深掘入土中，翻出一大块土，而阿次只能翻出一小块土；勘次手臂不断挥动，不紧不慢地前进，很快在身后留下一道新翻的泥土，阿次远远落在后面，地上只留下了浅浅的痕迹。

"别这么腼腆！"他不耐烦地说，"这么干——"他拿过她的锄头，用力将其掘入土中，示范给她看。

"可是，爹，我没那么大劲儿！"

"别老想着这不行那不行，得实际去干才行！"

水沟边，与吉坐在阿次为他铺的席子上，阿次停下来擦汗时冲他喊："待在那儿别乱动，要不就掉进沟里了！听见没？看，那个青蛙就掉进水里了！来，拿着这根棍子玩儿，别哭，姐姐在稻田里，你一哭爹就发火了。"与吉拿着短棍在水沟岸上啪嗒啪嗒拍着，不时回头看看姐姐还在不在那儿，如果棍子击到水，他就快活地笑起来。最后，他玩累了，转身找阿次，见她在田地远远的那头，他大喊："姐！姐！"阿次没回应，与吉大哭起来。见状阿次要跑过来，勘次焦躁地阻止了她："甭管他！等你耕回去了再看看他想要啥。"阿次就不再管与吉，继续干活。

勘次在前面耕种，一直来到了沟边，说："别哭了，你姐就过来了！"说着，他迅速瞥了与吉一眼，手里的锄头依旧挥动着。

等阿次终于靠近与吉时，他又哭起来。"怎么啦?"阿次上了岸，在草里跪下，腿上全是泥泞。与吉破涕为笑，伸出双臂表示要姐姐抱他起来。"姐姐身上都是泥呢！会弄脏与吉的！"她把与吉放到膝盖上，"与吉找到青蛙了吗？你要是用棍子打到它们，它们就哇哇大哭。青蛙会哭，与吉不哭，看看爹到哪儿了？姐姐也该过去，要不爹爹又要发火了。与吉要乖啊——"阿次指着勘次，把与吉又放回席子上。

"别老是磨叽了！在那里瞎掰耽误工夫！"勘次回头吼道。

"看见了吧，爹生气了。好，你玩这个——"她摘了几朵母子草①的花放在席子上，又深一脚浅一脚地回到稻田里。与吉用手指拨弄着花朵。

接连下了好多雨，水沟里的水都溢到岸上来了，附近有一株柳树的枝条垂到了水里，枝梢随着流水轻微摆动，荡出一圈圈涟漪。像是芦苇但比芦苇更加细小的野古草在水下如青烟袅袅似的摇曳着。一只蝌蚪不胜水流的冲击，想在浸了水如银子一样闪光的禾草间寻找庇护所，但正如所有幼小的生物一样，它很难长久保持娴静，又游了出来，小尾巴拼命甩着想保持平衡，却被水流裹挟而去。与吉在水面上投了一朵花，花朵在水里打了个转，就顺着水漂向下游。忽然，一只青蛙从草里迅疾跳出，抓住了这朵花，又用有力的后腿划着水，游到了对岸，回过身，圆睁大眼看着这边。与吉将花朵都投在水里，又向阿次叫着。

"嗷——咦！"她的回应越过田地向他传来，让他感到心安，

---

① 母子草，又名鼠麴草。

于是一遍又一遍地叫她，阿次也一遍又一遍不厌其烦地回应，但没有再放下锄头。

接近正午，阿次提前回家煮茶，准备午餐。与吉开心地扒在她背上。勘次留下来继续挥着锄头。直到炊烟从树间升起，阿次喊"水开了"，他才住手。

午饭过后，阿次拿了一根针穿上一根线，绑在竹竿上给与吉玩儿，自己则又跟父亲去干活。与吉像别的孩子那样，把针抛向空中，投进水里，心满意足地玩着。过了一阵子，他又开始叫阿次了，阿次耕地到了这边，见竹竿上针线都没有了。

"怎么回事啊？"她爬上岸问。这时见针线缠在对岸柳条之间了，线头则在水面上漂着。阿次从附近上游的木板桥上过去，弯下柳枝取回针线，回来后又把它们系在竹竿上。"别再弄乱了，我没空替你找！"她这次的口气中有了责备之意。

勘次又向她怒吼了。"可是与吉的线断了！"她有点委屈地申辩，又回去干活了。此后，哪怕与吉带着哀求的腔调叫她，她也不再回应。如果阿次在地里走得很远，他便站起来，身体前倾，大声唤着："姐！姐！"喉咙都快要扯破了。

那晚他们去邻家洗澡。阿次把起了水泡的手给别的来洗澡的女人看。"唉，唉，肯定很疼吧？"一个女人安慰她说，"你娘现在没有了，只能让你顶上干活了。"

阿次脱口而出："没有娘真讨厌！"看到勘次在附近，默默站在那儿，脸色阴沉，她低下了头。

"好了，好了，阿次，也没那么差吧，就是没人给你做衣服了。"

勘次觉得这种话很刺耳，但没作声。

"这个还会更厉害吗?"阿次看着手掌上的水泡，担心地问。

"哪里会?"勘次怒不可遏，终于爆发了。

回去以后，勘次从锅底挑出些许饭粒，用烟灰和在一起，然后用针刺破阿次手上刚洗澡后泡软的水泡，让它流出水来，把和好的"药膏"敷在上面。

"刺疼刺疼的!"阿次哀叫道。

"这是因为刚放出水来，等敷上这个，它会好得快些。"

勘次默默看了她一会儿，又看了看已经熟睡的与吉。"下次再有水泡或者别的什么，你来找我就行，别到处给外人看。可能你不知道，不管是谁，我也是这样，在刚开始耕地时总会长水泡的，你看看我这里，"他把手伸给她看，"都是忍着疼继续干，没啥大不了的，等它干了就好了。"

勘次停顿了一下，他又说道:"你娘死了，也不是只有你才会难过……"

这次他沉默了很久，才继续道:"现在这样也是没办法啊，只能忍着，挺过去。还有的女孩儿比你还要惨哪，比如那些送到武州的……"

阿次不解地问:"武州? 武州在哪里?"

勘次对着雨户向着西南方向点点头:"就在那边，走一天的路都走不到。"

"那么远! 送她们到那里干什么?"

"有做纺织的，也有做农活的。"

"学着做纺织不好吗?"

"你不懂啊，你觉得好，可是真到了那里，他们就不让你回家了，从早到晚不停地干活。你要是病了，除非快要死了，他们才会告诉家里的人。"

"她们不会跑吗?"

"有的也会，可是会被抓回去。"

"巡查抓她们?"

"不，他们有自己的看守，不需要巡查。再说那么远，人生地不熟，也很难回来。"

"那她们要是受不了的话该咋办呢?"

"不管多厌恶，都只能待下去一直干活。因为有预支款……"

"这又是啥?"

"签合同时给你一笔钱作为预支的薪水，要是合同期未满想溜，就得把钱全部还回去。没钱，那就只能继续干，一直哭也没用……"

"这种地方我可不想去!"阿次激动地说。

"别担心，我不会送你去的。我要只是为了还清债，就把你送到什么地方，再把与吉送到杂技团去。可是你娘走了我就够难过了，我还哪里舍得你们俩，我哪怕吃土都不会送你们走!"

"爹刚才是说，我要出去做工，就能给家里还清债吗?"

"我跟你娘以前也盘算过这个事，那时候觉得这样还行，可是现在你娘没有了，你要是出去干活家里就更没法过了。我刚才在那边对你太凶了，现在好后悔……"

勘次明白自己是在勉强阿次做还不适合她这个年龄的活儿，次日一早他先起来，在灶下生了火。累坏了的阿次还在沉睡，直到锅里的蒸汽上来顶起了锅盖，她才醒过来。她是和衣而睡的，刚起来还迷糊着，有些跟跄地来到井边，揉着惺忪睡眼，直到梳完了长长的松散的头发，手浸在凉水里，才完全醒过来。即使如此，她的眼睛还是通红的，走路也还是不大稳。

"饭做好了。"勘次说着，将混着麦粒的米饭舀到碗里。匆匆饭毕，他又带着农具去了田地里。

稻秧现在刺出了秧田的水面，嫩叶随着日光愈强绿色愈深。清风习习，松树的花粉如灰尘一般在地上落了一层，小麦穗子上开花了，像是长了一层菌。这个季节，每个农人都有干不完的活，都恨不得多生几只手脚。勘次担心干不完活错了农时，很是焦躁。尽管累得快散架了，还是每天天未明即起，全黑了才停手，一刻也不歇。阿次疲惫不堪地跟在他后面，只有到了黄昏时分，她背着与吉回家准备晚饭时，才可以略事休息。

勘次开始种豆了。在已经开花的麦田间，他在前面闷声挖沟，阿次跟在后面撒种子。她身材尚小，低下头去时，从麦田外面只能看见她的肩膀和头巾。与吉在路边的草席上坐着，每当看不见阿次的白头巾了，他就高声叫姐姐。阿次应一声"嗷——咦"，他就会安静一阵子。

挖完沟，勘次自己也开始撒种子，见阿次干得很慢，又看了她撒过种子的那一道沟里的种子，三三两两的很不均匀，甚至四五颗种子撒在一起，他一下火上来了，吼道："你这是干的啥？这样以后咱们还咋过啊？"伸手打了她一下。阿次倒在麦田里，哭了起来。勘次又嘟囔说："你啥都干不好吗？撒个种子都弄成这样！像话吗？"

附近也在种豆的一个农人赶过来，责怪勘次说："你这是干啥呀，勘次？咋能这么凶呢？"又安慰阿次说："别哭了，阿次，去干活吧，我让你爹给你赔不是，看，与吉也哭了，你先看看他去。"

与吉叫了很多声姐姐，得不到回应，又看不见姐姐，就号啕大哭起来。阿次含着眼泪跑过去，将他抱到怀里。

"一个没娘的孩子，本来就够可怜了，还这么小，哪能事事都如你的意呢？她妈要是地下有灵，见你这样也……"勘次站在那儿一语不发。阿次的眼睛还湿着，与吉让姐姐抱起来就不哭了。

当晚阿次准备晚餐时，勘次回到家，悄悄到堂屋拿了钱包离开了家，再回来时怀里多了一个包袱，屋里已经黑了，什么都看不见，阿次没注意他手里拿的什么。

晚饭后，他们穿过那片并不属于自家的茂密的桑树田，又去南邻家洗澡。如往常一样有几个邻近的女人也在等着洗澡。一个女人说："你看，阿次把与吉照顾得多好！这就是养女孩的好处啊，很快就能为家里出力了……"另一个女人说："怎么了，阿次？怎么看上去垂头丧气的？"

勘次苦笑道："是因为我，今天下午打了她一下。"

"啥啊？你真是！你不该好好对待她吗？要是没有她谁来照顾与吉？要是没人照顾与吉，你只能把他送出去了吧？"

"对，没有阿次，没人照顾与吉。他还这么小，那哪能行呢？你也不想想这个缘故……"

与吉现在大了，双手抱不起来，阿次只能把他放到膝盖上，说："他也太黏人，一刻都离不开我……"

女人们看着她和与吉，说："真是跟她妈一个样儿啊。"勘次在旁边默默抹着眼睛。

回到家，他对阿次说："你把提灯拿过来，我给你看个东西。"

阿次还是有点闷闷不乐的，点上了提灯，走过来。勘次打开之前带回家的包袱，里面是一件方格花纹的单衣。

"这是给你的，布是你娘亲手织的，现在没人做这个了，可是她一直每晚都在做，做了好多天才做好。看这个蓝色，染得好吧？她几乎没怎么穿，还像新的一样。你把灯拿过来，凑近点仔细看看。"

勘次把衣服摊开一点闻了闻，歉疚地说："像是有点霉味，不过只要在外面晾一天就没事了。"

阿次把提灯换到左手，举着，右手摸着布料，她的脸，因为刚洗过澡而闪着亮光，含着微笑。勘次打量着她，见她愁容不再，就继续说："喜欢吧？你娘留下的东西都是你的，不管咱们多困难，我都不会卖了它们，都为你留着。"

阿次放下灯，像勘次那样拿起衣服来闻闻，又把左手伸进袖子试了试，提起来看了看，说："还是有点大，我先把它放起来，等我再长长，以后再穿吧。"

"这是你的，你想怎么样就怎么样。"

她在灯下将衣服左看右看，一颗灯油的烟烬掉到她蓬松的头发上。"小心，要烧着了！"眼看着又一颗烟烬要掉下来，他慌忙把她的头发撩到一边。

七

　　这年秋天，勘次地里的收成又是可怜兮兮的。究其原因，并非气候恶劣，也非土地贫瘠，而是耕耘错过了最佳时令，且施肥不够。尽管为之心力交瘁，结果却令人大失所望。这一命运，所有贫苦的农人都难以逃脱。他们在田地里竭尽所能想多打点粮食，可是庄稼只有靠根系与土地相连时才算是他们的，一旦收割了，大部分收成都得交租。交了租，剩余的粮食充其量也不过让他们勉强撑过冬天。到了耕种季节，他们只能扔下自己的地不管，去做日工才能有饭吃。作为农民，无论如何愚痴，生活在村子里，到了时候大家都会下地干活，什么时候该种什么作物，是不可能忘记的。然而他们必须做日工，才能解决迫在眉睫的吃饭问题。在庄稼最需要他们照料时，哪怕他们牢记"只争朝夕"的古训，也抽不出时间去料理它们。施肥的问题也是无可奈何的，再也不能像昔日那样去林子里随意搜集免费的天然肥料了。如今的林子都各有其主，想要到里面耙落叶、割青草做肥料，都得花钱才行。只有到了冬天，别人把草割过一遍，叶子也耙梳过一回了，贫民才可以进林子搜寻点落叶枯草。此时已经没有比腰高的草了，而林子经过再一次耙梳，也更贫瘠了。总之若是不花钱就想割到足够的软草做肥料，只有偷才成。若是不用天然的青贮肥，现在村子里也有卖各种便利的人造肥①，自然啦，这个也是只有富裕的农户才用得起。

贫苦农人的境况常如圈在栅栏里的牛马，空有气力却只能任人驱使。缺少肥料，故而收成不好，交租以后所剩无几，仅能依靠做日工来糊口。而若是做日工，播种啦，耕耘啦，收获啦，这些活计都不能及时去做。在炎热多雨的夏季，哪怕三天不去除草，杂草就会疯长，好比庄稼还未成年，就将其扼杀一般，如何能不减产啊？等到收获季节过了，草木凋零，贫民也跟着它们萎靡了。接下来的五六十天，他们所能做的，无非在麦田间翻翻土，或是去林间捡拾落叶而已。此时不会有什么正经工作可干。当青蛙与昆虫都蛰伏时，农人只能依赖自己微薄的粮食储备勉强维生，延续过去的苦日子，等待未来的苦日子，终有一天会坐吃山空，只能再去凭劳力换口粮。至于所谓的家庭副业，他们是没有的。他们可以编织草鞋、簸箕、席子什么的自己穿用，可是他们用的稻草都老而脆，卖相不好也不耐久的。况且，哪怕有人给他们出这种主意，由于肥料不足，他们也不可能把院子里铺的稻草都拿来做这些去卖。对他们来说，冬天就是一个除了遭罪受苦，别无选择、别无出路的季节。一直如此，永远如此。

勘次也不例外。境遇一有异常，便猝不及防，狼狈不堪。

---

① 此时化肥尚未发明，人造肥当指粪肥、堆肥，以及后文提到的鱼粕。

像他们一样，一入冬，勘次便收集柴薪，在房前堆积起来。只是今年不同往常，也不同于其他人的是他有了一份工可做。一直以来，东邻都想在林子里多开垦一些荒地，今年便委派了勘次负责其中的一部分。他身量虽小，却可以使得动很重的唐锹①。将唐锹的刀刃深深植入土中，将刨出的土留在后面，一直往前，往前，这工作他不但上手，而且很喜欢干。当他握着唐锹柄，他结实紧凑的身体似乎与之合为一体，若是宽阔的刀刃切到树根，他的身体也会为之一震，好似自己的身体也切入树根一般。可以说挖土是他天性擅长的本领了，这也是为何当初他会愿意去利根川的工地干活。

如今他已经学会根据工酬的厚薄来确定自己出力的多少、挖掘的深浅了。从前他刚开始干垦荒的工作，一味蛮干，一坪②大的竹林地下面盘根错节，他只挖出了四块土，其余全是竹根。最后要自己花钱修坏了的唐锹，为了保持体力吃饭也要多花钱，这样工钱就不剩多少了。

他很庆幸东邻给他的这个活计可以一直干到来年春天，工酬除了米和麦，还有一些现金。由于不想将阿次一个人留在家，他让她带着与吉也跟着来到林中。他干活时，她就在附近捡拾雀枝，扎成一捆一捆的。当地人把小的碎树枝叫作雀枝。不管哪个林子，主人对收集雀枝是不介意、不追究的。

除非有雨，勘次每天都上工。有一天，他的唐锹刃卡在了

---

① 唐锹，形似锸头的一种农具。

② 1坪约等于3.3平方米。

树根上，他想把它弄出来，结果发现把柄脱空了。再仔细一瞧，原来刀刃和把柄连接处的圆环——叫作镡的地方——裂了一道缝。

"倒霉啊，一天的工钱又要给铁匠了。"他嘀咕道。

次日早，天还未明，勘次去找铁匠了。临行时，他拜托南邻家的女人照看阿次、与吉："在我回来之前，就麻烦您啦。"又嘱咐阿次："不要到处玩儿啊，别让与吉哭啊。"父亲在别人面前这样跟她讲话，阿次觉得挺丢人的，不大喜欢。

勘次过了鬼怒川，拿着唐锹头沿着河岸去找铁匠。铁匠正在忙，不过没有让他等太长时间。铁匠明白唐锹对农人的重要性，是不适宜让人等太久的。

"看来你用的劲儿太大了，我可是好一阵子没见有坏成这样子的了。"铁匠边说边用大锤在烧得通红的唐锹头上咚咚梆梆地敲着，然后把它浸入桶里的水中，拿出来，又用一个小锤子叮叮当当敲着。

"行了，应该是没毛病了。我说，你是怎么把它弄裂的？一般来讲，都是把柄先坏，镡这里坏掉的不多。看你的个头，应该没那么猛啊？"铁匠微笑着，擦擦脸上的汗，把修好的唐锹头递给他。

西风从对面的树林吹来，越过麦田，掠过鬼怒川，河面上白浪翻滚，从远处看，就像战栗的肌肤。风涌到河岸，摇撼着竹林，在枯干的草地上所向披靡。草丛里露出蒲公英黄色的花冠，前几日它们受无风的暖阳天所蛊惑，又开始开花了，冷风一来，它们都大惊失色，偃伏下去。

勘次拿着修好的唐锹头，感觉恢复了活力，可以再去上工了；不过他又觉得不用着急，哪怕怠工一天也没啥要紧的，就慢悠悠地走着，东瞅瞅，西看看。河下游有一道狭窄的沙洲，一直延伸到那片竹林下。风吹过时卷起一些沙粒。从远处看，表面很是干净，再走近一点，则发现小小的人形在频繁移动，就如从沙子里生出来似的。勘次觉得不解，就从岸上爬下来，仔细一看，原来是一群人在拿着锄头挖沙子，光滑的沙面都变皱了。他们所挖出来的，是一些木片，短的有两三寸，长的有五六寸，很少有超过一尺的。显然都是被水冲到沙洲上埋在里面的一些散木。他们也不理会勘次，继续挖着，不时停一下呵一下冻僵的手。

勘次凑近其中一位阿婆，问："大家这是在做什么？"阿婆抬起头面对他，跺着脚取暖，好抵抗寒风。"拿回去晒干了烧呗。"她眯起眼看他，头发和头巾在脸上掠过，都是脏的。

"可是这种木头忽一下就烧没了，不经烧啊，火也不旺。"勘次说。

"是啊，刚烧着就变成灰了，也不咋暖和，可总比买柴火强啊。一个人在这里一天能找三十多把柴火，像我这样的老太婆，这么小的木头，一次也可以背十来把。现在这个时候找柴火难啊，只能来这里了。"

勘次歪过头去，说："三十多把，那也没多少啊。要是卖给小贩的话，都换不了几个钱。"

"你说不多，你是哪里的啊？"

"河那边。"

"唉，你们那边树多，柴火也够啊。"阿婆又看着勘次的唐锹头，"你这个真大，值好多钱吧？"

"嗯，现在打一个这样的，得花三十钱吧。"

"分量也很沉吧？"

"也就一贯①重吧。"勘次颇为骄傲地答道，将唐锹头给阿婆看。

"太沉了，我可用不了这样的。你能用这样的？干啥活啊？"

"在林子里挖树墩子，刚刚修了一下，镡那里裂了一道缝。"

"挖树墩子？那你不愁没柴烧了吧？"阿婆说着，又继续干活了，从一个割草用的竹筐里拿出一个脏麻袋，把挖出来的木片装进去。

一水之隔的西岸，树林是一片连着一片，包围着每个村子，每一块水田、旱田。但在东岸这边，却是洼地连着洼地，村庄点缀其中，只有家屋周围才有几棵树。勘次早就听说东岸的居民缺柴少薪，不得不俭省每一根稻草和豆秸来用，但由于很少来这边，这还是他第一次见到有人会去沙子里挖散木来用。

勘次家里有很多木柴，而且随着垦荒，他得的树墩子也越来越多。用来垦荒的唐锹如今也修好了，就在自己手里握着。在这群为了一点散木辛苦劳作的人面前，他油然生出一种高人一等之感。此时他忘记了自己生活中的各种烦恼，也无暇去同

———————————

① 1贯约合 3.75 千克。

情这些在寒风中干活的人。他只是觉得快活。离开前，他又看了看沙滩上的人，发现拿锄头的都是女人，也有十来个孩子跟着，他们挖掘出来的湿沙子形成一条歪歪扭扭的线，就像蚯蚓从地里钻出来时留下的痕迹。

一回到家，勘次就把唐锹头对准锹柄，用斧头背敲击镡环，让它完全套在柄上。然后握着柄试了试，看是否结实牢靠。次日早晨他又去林地里干活了。

从东家那里挣来的粮食够他们仨吃整个冬天，现在勘次不像之前感觉那么紧巴了。这对他的生活来说只不过是微不足道的改善，却也为他招来了旁人的嫉妒。总是有一些农人过着挣扎闷躁的生活，若是他们其中一个哪怕多挣了五元钱，旁人也会立刻察觉。他们每天用一只眼留意着自己的生活，另一只眼则盯紧了他们的邻居。每个人都必须和旁人至少受一样多的苦，不折不扣，旁人才会感到安心。要是有谁过得稍微好点了，他们就感觉到被人甩下了，这一感觉进而就会上升为嫉妒。要是有谁倒霉了、蹉跌了，他们则会暗自窃喜。

勘次家墙根处的柴薪堆成了小山，这难免会吸引旁人的注意。马上有人报告东家说勘次手脚不干净，有人说勘次就连在开荒时烧木头剩下的灰都带回家了，准备作肥料用。勘次垦荒，东家给了他比较大的自由，一般的树墩子都是可以带回家的，唯独枥树墩子不可以，一个都不可以，别人也都知道这个。勘次习惯在午饭后，或是觉得手特别冷的时候，都在林中空地上收集四周的柴火生一堆火，火快烧完时，他会用唐锹把火拍灭，青烟从窒息的灰堆上升起。每次他都在不同的地方生火。他确曾将剩下的灰扫起来拉回家，也确曾将一些栎树墩子拉回家。不过他房前堆积的大部分树墩子都是他劳苦所得，也经过了东家的允准才带回的。可这挡不住旁人议论。在此之前就有人谣传说勘次偷拿东家新收的米，村公所的巡查甚至将此记录在自己的手帖里了。这次东家听到这些闲话，觉得应该警告一下勘次了，他让人私下问勘次是否从林子里拿了栎树墩子，只要勘次承认了道个歉，这件事就算过去了。不幸的是勘次哪里明白东家的心思，情急之下矢口否认道："你去问别人吧，我从来不会干这种事！"

于是东家就跟村公所的巡查漏了个口风，有一天巡查便突然出现在了勘次家门口。正在下雨，勘次没去垦荒，坐在火盆边，将树根碎片放在里面取暖。

"一下雨就不好去干活了吧？"巡查说，手放在刀柄上，"我听说你很能干啊！"

"呃……"勘次结结巴巴，马上站起来。巡查的脸藏在雨衣的头罩下面，他打招呼时也是语带讥刺，勘次这一惊非同小可。巡查漫不经心地绕到房子另一边，勘次跟了过去。

"好多柴火啊，嗯？我说，等我回来之前，这里一根都不能动！"

勘次脸色大变。"可是老爷告诉我是可以挖这些回来的，哪个树墩子是从哪个坑里挖的我都能说清楚！"

"妙啊，"巡查摸着自己的胡须说，他一呼气，胡须上就像升起一团白雾，"可是，我说让你不要动，你最好不要动！"他转过身离开，嘀咕道："看来里面有好多栎树墩啊……"

勘次呆呆地站在院子里，让雨淋得湿透。阿次从门后藏身之处出来，轻声说："爹啊，我跟你说过不要带那些回来的……现在会怎样？"

勘次等了好一阵才说："东家会赶我们走的，现在我们完蛋了，没救了……"

"去跟他请罪行吗？"

"你想他会听吗？"

"再去找南邻帮我们说说情？"

"哪有你说得那么简单？又不是你去说……"

"可是，至少我们也该把那些栎树墩子拿走吧？"

"没用的，村公所的都已经看见了……"

最后，勘次无计可施，还是只好戴上一个破斗笠，去求南邻帮忙说情。南邻答应了，回来说东家次日给回复。勘次感觉糟透了，回到家便缩在被窝里。

阿次每天都跟着去林子里，故而认得每一个栎树墩子。她偷偷将其一一从柴垛里抽出来，然后在黄昏时分将它们装进一个大竹筐，拖到家附近的竹林，扔进古井里。古井幽深暗黑。她全身都湿透了，一绺一绺湿了的乱发粘在她脸上，腐烂的竹叶贴在她腿上。

回到家，阿次叫醒勘次，压低声音说："我把那些树墩子都拿走了……"勘次爬起来，什么也不说，只是盯着她看。此时，屋里已经暗下来了，他们点上灯，眼睛里闪着光。

次日巡查带着东家一个用人来彻底查一下柴垛，结果栎树墩子比他印象中要少得多，只找出几个阿次在匆忙中忘记扔掉的。

巡查恐吓勘次道："昨天不是还有很多吗？你搞了什么鬼？"他在勘次家的小屋里里外外又检查了一番，但没再看到什么。实际上，他对栎树墩子和别的树墩子之间的区别也并不是很懂。

"好吧，勘次，你把这些带上跟我走！"巡查说。

勘次哆嗦了一下。

"拿一个竹筐什么的，装上它们跟我走！"

勘次支吾着说："可是，我们去哪儿呢？"

巡查大怒，打了勘次一个耳光，吼道："你管这个！走！"

勘次背上竹筐跟着巡查来到东家的后院。他低着头站在那里，照旧背着那个竹筐，不敢往上看。巡查在门厅坐下。东家不愿管这种烦心事，出来理事的还是太太。勘次越发觉得难堪了。

"勘次，怎么不把竹筐放下，坐过来呢？"

勘次没有动。

太太对巡查说："就是这些吧？"

"好像就这些，"巡查咕哝道，"比我想的要少很多。"他一边说，一边翻着自己的手帖。

"是这样啊。"太太客气地说①。她又对勘次说："这样子带

———————————

① 太太对巡查讲话时用的是日语中特有的"礼貌体"，中文很难译出其中区别，故而特地说明是"客气地说"。

你过来，估计你也是很难受的吧？"

勘次穿着草鞋站在那里，泪如泉涌。

"那么多人说闲话，我也是好为难啊，没有办法……"她看了一眼巡查，继续说，"还真是不好办呢。不过，只要你保证再也不做这种事，这个事就了结了吧。要是这样，我就告诉他不带你去村公所了。你说呢？"

"求您了，太太，"勘次哭道，"我再也不做这种事了！"本来因为背着竹筐，他的身体就是前倾的，现在他又不断鞠躬谢罪，眼泪从衣角掉到地上。

"这样就行了吧？"太太含笑看着巡查。

"嗯，"巡查歪过头戴上帽子，把刀放在膝盖上，对勘次说，"你现在可改邪归正了吧！以后，哪怕你多拿一根枯枝，也不会跟你善罢甘休的。今天的事就这样了。你把树墩子放下回去吧。"

勘次从背上卸下竹筐，放在地上。

巡查吼道："不能放在这里！你是傻子吗？不知道该放哪里吗？以后小心行事！"

勘次轻手轻脚地出了后院，阿次带着与吉在大门外等着他。阿次唏嘘不已。看见姐姐抹眼泪，与吉也跟着号啕大哭，阿次用袖子捂住他的嘴，免得吵到别人。

勘次抓住与吉的手，说："不哭了，回家吧。"他们仨默默走着，东家几个用人在他们背后连连嗤笑。

回到家，阿次问："怎么样了？"勘次如释重负，疲惫地答道："没事了，你把那些树墩子丢掉真是帮了大忙。"

"它们可沉了，我到现在肩膀还疼呢。"阿次欣慰地说。

过了一阵子，勘次哽咽道："唉，我要是真进去了，你们可就难了！"

很快他又带着唐锹去林地干活了。

五六天以后，勘次去买回来一个针线盒与一个插针包，对阿次说："你现在可以去学缝纫了。拿着这个去吧。用你妈以前的旧东西，你老怕被人说。因此我给你买了新的。花了不少钱呢。这就是最好的了，谁也没话说。"

他又抱起与吉："以后你要跟我玩儿了，好不好？姐姐去学缝纫，就能给你做衣服了，她不在的时候你可要乖啊，不听话我就狠狠地打。"

从此阿次就跟附近的同龄女孩一起去学缝纫了。一天，她带着一个包袱边走边笑回了家，包袱里是一件小单衣，这是她做给与吉的。开始学缝纫以后，她变得更加自信了。现在她十六岁，这一年来她不得不肩负了很多成年人的责任。很多人都夸她机敏、能干，就像她妈生前一样。而勘次虽然从未讲过，心里也觉得阿次长得一天比一天像阿品了。

阿次长大了，很想出去玩儿，但勘次一直不让她单独出去。要是村子里有节庆活动，她只能陪附近的女人们去，还要带着与吉，而且，家里做饭是离不开她的，她总要比别人早回家，好准备午饭或晚饭。

阿次忍不住抱怨说："还不如不过节呢，这样也不用老是想着自己错过了什么。"

"我有活要干，需要你在家才行。"面对阿次的怨言，勘次不大痛快，只是他没法用长篇大论来解释，只能用一两句话来搪塞。

与吉四岁了，可以自己出去玩了，这让阿次少了很多麻烦，但与吉需要的衣服她一个人做不完，还是得找邻家的女人过来帮忙。若是阿品还在，就不至于一个人干这么多活了。况且，她自己的衣服也都变小了，有一些已经裂了缝。

"针线不上手，可真是没办法啊。"她叹息道。

勘次说："你现在才十六，要耐心点，再长大一些，你自然就上手了。现在做不好缝纫不奇怪，要出去上工也是这样，得耐心一点，用不着像饿了的虱子一样着急。"

"我要是去上工，爹自己就可以料理好家里的吧?"

"到了时候自然会让你去的。"

十六岁的女孩做不好针线是正常的，但对阿次来说，因为家里需要做的活儿太多，总觉得很不方便。勘次也很明白这一点，但是他自己也没有办法。因此阿次一提起这个，他就会打断她。

这年冬天，阿次到处跟人嘟囔说自己很快就要十七岁了。"好吧，"勘次有天跟她说，"大概来年春我就可以送你去上工了。"阿次对这个事都快断了念想了，听到父亲这么说非常满足。

某晚，她自己夜话似的冷不丁说："拿个梯子，从那个古井下去，把那些树墩子再拿上来行吗?"

勘次吓了一跳:"你干吗又说起这个?"

"不觉得可惜吗? 放在那里多浪费啊!"

"你会自己下去拿上来?"

"不会，我害怕。"

"那为啥弄上来，要是被人抓住怎么办? 你会送我去坐牢吗?"勘次苦笑道。

那晚，他们没有再说话。

八

又是春天，与吉五岁了。他长得这么快，阿次几乎抱不动他了。正如拔节的竹笋，外皮已从主干分离，却还缠绕在上面，与吉已经不用阿次整天看着了，但仍然眷恋着她的怀抱。

现在他老是跟村里的孩子去稻田玩儿。若是天暖，就只穿一件单衣，阿次给他把袖子系在后面，调整后襟的裆儿，他都急不可耐地乱蹦乱跳。

阿次说："别靠近水沟，要是弄得满身泥，看我不……"与吉把她的话都当作耳旁风，抓起小篮子就冲出去了。

榛树已经落花了，但枝干上还未现出嫩叶。季节还早，稻田也没有犁。土壤微微湿润了，踩上去有些暖意。仔细观瞧，在枯干的白色稻茬之间，会不时发现一些小洞，这就是孩子们要寻觅的。找到一个小洞，孩子就将一双小手叉进它周围黏糊糊的泥土里，捧起一大块，一条泥鳅会在里面摇头摆尾、跳跃不已。孩子试图用沾满泥的手抓住泥鳅，而滑溜溜的泥鳅则屡次逃脱他的魔爪，别的小孩在旁边又是叫又是笑，到底孩子还是成功地把它放进了自己的小篮子。泥鳅在陌生的环境里感到很不舒服，会继续扑腾好一阵子，终究还是放弃了挣扎。此后篮子里又增添了别的同伴时，它们会纠缠在一起乱动，但最后也会安静下来。

　　孩子们从一片稻田跑到另一片稻田，到处探寻这种小洞。当地把这种游戏叫作目掘。无论与吉多么努力，身上沾了多少泥巴，他都抓不到泥鳅。好在大一点的孩子总会在他篮子里放一两条泥鳅，因此他一直跟着他们玩儿。

　　沟渠里基本是干的，只是偶尔一些坑洼处有一点积水，澄澈的水面映照着天空。在干的沟底有一道道的流沙，在阳光照耀下星星点点地闪光。孩子们从干枯的芦苇丛中爬下去，大孩子懂得怎样小心翼翼地拿好自己的篮子，小不点们则经常因为拿不稳篮子，把他们视若珍宝的泥鳅掉到地上。"抓到了一条！"某个大孩子开玩笑地将一条泥鳅放到自己篮子里，别的小孩也有样学样，一哄而上将抓到的泥鳅据为己有。丢了宝贝的小孩放声大哭，涕泗横流，别的小孩就再把泥鳅一一还给他，他一看到宝贝失而复得，也就马上停止了哭泣。

　　有时小孩的脚会陷入沟底的泥泞里拔不出来，别的孩子呼啦一下全蹿到岸上去，将食指弯成一个钩形①，大呼小叫逗弄困在下面的伙伴。小孩又是号啕大哭。

　　与吉往往因这些事涕泪涟涟。哪怕在天真无邪的孩童们之中，家庭势力的影响也不容小觑。与吉的家庭在村子里被人看

---

① 这个手势在日本代表扒手或者盗窃。小偷在日语里写作"泥棒"，因此他们用这个手势来取笑陷入泥里的小孩。

不起，没有父兄的庇荫，与吉经常成为被轻侮的对象。即便如此，只要他的小篮子里有一两条泥鳅，与吉总会破涕为笑，带着微不足道的收获兴高采烈地回到阿次跟前，一如既往的甜蜜、乖巧。而不管阿次此前怎么给他卷高衣服，他每次都会一屁股坐进泥地里，回来时衣服上也都会沾满泥泞。阿次训斥他也好，打他屁股也好，他都一概置之度外，又蹦又跳、得意扬扬地举着篮子，说："看啊，姐！看！"打定了主意要姐姐夸他。

因为太激动，有次他不小心让泥鳅从篮子里滑出来掉到了院子里的地上，泥鳅在土里苦苦挣扎，正当与吉弯腰去捡时，一只母鸡突然冲过来啄住它跑开，其他鸡纷纷尾随其后你追我赶。无计可施的与吉又开始大哭，阿次把他搂在怀里，笑着说："谁叫你抓不牢的呢？"然后她把剩下的泥鳅放进水盆里，看着泥鳅在水里摇头曳尾地游着，与吉伸手进去，马上又喜笑颜开。阿次便开始给他洗手洗脚。

尽管为了与吉老是弄脏衣服责骂他，阿次见到他带泥鳅回来还是很高兴的，每次小伙伴们经过时，她都招呼他们："把与吉也带上啊，可别惹他哭哦！"与吉带回来的泥鳅她会加上酱汤煮熟，将头和刺挑出来，把肉给与吉吃，自己把鱼头和鱼刺吮吸一会儿再扔掉。

而今稻田犁过了，孩子们又开始在翻开的土块间寻找慈姑根。这一带黑慈姑长得很多，秋天时它们的白花在稻茎的庇荫下处处开放，当地人讹称作慈糕。与吉搜寻慈姑不像抓泥鳅那么困难，每天都能带回来不少。阿次在烧茶水时会把它们放到灶下的灰里来煨着。因为玩火有危险，与吉是被严格禁止去碰炉灶的，但他等不及，慈姑一放进去，他就一个劲儿在旁边催姐姐给他一个："要！要！"

"一点都没熟呢！好吧，给你！"阿次拨出一个来给他。与吉迫不及待塞进嘴里，唉，又硬又苦，赶紧吐了出来。

"不听话就是这样，看到了吧？你也该有个大人样儿了！"阿次故作生气地说。

与吉并不长记性，没一会儿又催她了："现在行了吧？我能要一个了吗？"阿次见慈姑根上的皮已经皱起来，变酥脆了，就给了他一个。"小心啊，很烫！"她警告他道，把它放在他伸出的手上，与吉才碰到就被烫得忽一缩手，慈姑掉到地上。阿次捡起来再给他，他学着阿次的样子对着慈姑使劲吹气，把上面的灰吹干净了再吃。吃完一个他会缠着阿次再要，直到勘次在旁边发怒，与吉才会停下来。

一天阿次拿起与吉的小篮子，看到里面的慈姑装得满满的，就自言自语："要怎么给与吉煮来吃呢，要是加些糖肯定会很好吃吧。"

与吉听见这话，飞奔过来，拉着她的头巾请求道："姐姐给我加糖煮吧！"

"呃，好疼！"阿次疼得脸拧起来，原来与吉抓她头巾时捎带着也扯住了几缕头发。

"加盐就行！"勘次厉声说，"整天加糖糖糖！你要是不说，他也不会缠着你要。留着那点糖，等他真闹的时候再给他！你要老是用糖和酱油，我们还咋过？咱家吃得起吗？哪怕是盐也要花钱的！就不能省着点过日子？"

勘次责骂阿次时，与吉躲在她后面。

"可是为什么要冲我这样吼呢？"阿次嘀咕道。

"还不是咱家没钱嘛……"勘次像泄气了一样降低了嗓门，之后沉默下来。

这是母亲去世后的第二个春天。不能像其他同龄女孩一样享受无忧无虑的青春，阿次已经学会了适应各种棘手之事。阿品死的时候，她还只是一个笨手笨脚的孩子，用竹火箸挑火时，总会连火箸也烧着。如今她不但对家务更熟练了，在生理上也有了显著的变化，身材更高、更舒展了，脸色更润泽了，乌油油的长发一直垂过肩下。每当头发太黏时，她都会从房子后面像断崖一样的土坡那里挖一种黄色的黏土抹在头发上搓一搓，然后脱下上衣在井边洗干净，梳上两三遍，让柔软的头发松散沉重地垂下，再涂上一点芝麻油。珍藏芝麻油的小瓶用细绳系在发髻上。自从开始学缝纫以后，她为自己做了一条红色襻带，洗濯了自己的半缠，又将不太合身的衣服改得合身了。蓦然间，她俨然是个大人了。跟着勘次去地里时，她穿上熨过的半缠，襻带从肩上绕下来，干活前先将半缠仔细挂在树枝上。她的风姿自然吸引到了村里人的注目。

金色的油菜花在春日的田间犹如铺了一层花布。细雨落下，霜打过的、形容憔悴的油菜叶子又转绿了，挺拔起来，在展开的绿叶芯部出现了小小的突起，这就是油菜花蕾。它吸收着暖阳，展开花瓣，噌噌噌噌地往上长，就连麦穗也遮挡不了它的身姿，广阔原野上到处都是油菜花的倩影。阿次也正处在含苞待放的花季，但却被父亲的强力之手约束着。勘次总时时刻刻盯着她，让她不得离开自己的身边。花蕾要有阳光才能开放，她却无法和村里的小伙子有任何接触。在此良辰美景之际，村里的小伙子们都在努力赢取姑娘的芳心，却无人留意阿次已经十七岁了。一则她家住在村子最西边，和其他庄户不在一起；再则她家里的穷困状况也使得无人在意他们，好似他们生活在冬天的黑夜里一样，只有裹挟了沙尘的西风会最先光顾，向他们宣告自己的降临。勘次的密切监视就如禁锢花蕾的冷天一样压制着阿次，而且也在她周围筑起一道坚固的墙壁，让任何想结识阿次的人望而却步。只是冬日的严寒霜冻并不能封锁草木的春心，勘次的监督再严密也无法遏制女儿萌动的憧憬。

　　跟着父亲去田地时，她没法不注意到路上来来往往的那些穿着蓝色工装的年轻人。她两手搭在肩头的锄柄上，脸贴着手，从头巾下暗自打量着他们。走在前面的勘次对此一无所知。阿次在打量他们的时候，甚至没有意识到自己的举动，但在他们的眼里，阿次的眼神是脉脉含情的。他们与她唯一的交往就是这短暂的惊鸿一瞥了，在勘次的威慑下，任何搭讪都无可能。而且，阿次虽然和同龄少女一样特别注重自己的仪表，可是不像她们，她从来没有机会克服对陌生男子的恐惧。出门前哪怕是戴头巾这样的细节也要操碎了心，可是回到家仍只是一个孤寂的女子，只是白白惹得内心紧张一番而已。

又到了初夏农忙时节。阿次穿上了阿品那件蓝色条纹单衣。去年冬天，她为了改这件单衣，花了好多心思，犯了好多次错，拆了又改，改了又拆，在旁边看着都替她担心，终于还是改到完全合身了。阿品在婚后不久就不得不和父母分灶过活，艰难的日子里几乎没机会穿这件衣服，只能白白放着。如勘次所说，这衣服质料很结实，颜色也很好，是用古法染制的，要在染料池里煮一周时间。不像现在普通的蓝布，会因为日晒褪色，因为水洗掉色。等她脱下冬天破旧褪色的夹衣，换上这件新的蓝衣，阿次吸引了一行人的注意。她用细长的红色襻带系起袖子，两端在背后打成十字，在前面结实地挽着，袖子收起来以后，更显得身材潇洒利落。她在露出的手臂上戴了一个蓝色的手刺①。为了遮阳，她戴了一顶白色的菅笠。菅笠淋过雨水以后容易破，她戴的这一个是今年新编的。她和勘次在麦田间挖沟准备种豆，他们干这个活儿已经晚了，大麦已经开出小白花了。阿次不时站起来用脚蹭掉锄头上沾的泥巴，这时她的面容才会从轻轻摇曳、头已斑白的大麦丛中显露出来。其余时间只看到她戴的菅笠在移动。菅笠不仅可以遮阳，也是一道美丽的风景。戴菅笠之前，先要戴上头巾，竹骨和头巾还有一层厚的小蒲团隔着，为了遮阳，帽檐做得很大。休息的时候，女人们纷纷摘下菅笠擦脸上的汗，为了不至于弄脏系带，她们都是将菅笠倒放在地上。阿次的小蒲团是由红、黄、绿几种颜色的布条缝合而成的。白色菅笠中央是彩色的小蒲团，两边是黑色的系带，

_____

① 手刺，劳动时用的，类似无指手套。

颜色搭配得非常协调。遗憾的是阿次的腰带过时了。其他姑娘都有亮红色的腰带，将和服下摆塞到里面，方便走路和工作。红色的腰带就像燃烧的火焰，和白色的菅笠相映成趣。当她们走在茂密葱郁的桑田间，大老远就能注意到她们。再走近一点，可以看到几缕乱发从白色头巾下滑出，风情醉人。

尽管时时有富含雨水的云层遮住太阳，但麦子仍在烈日炎炎下黄熟了。麦子被割倒后，田里一片空阔，只有作为地界的卯木上的白花处处可见。除此以外，最惹眼的就是女人们的身姿了，哪怕是稍事休息，她们也会在地上铺好麦草才肯坐下，在卯木的树荫下乘凉。她们就像大朵的鲜花装点着原野。可惜阿次缺少一样重要的服饰。

燠热的天气让乡村的青年男女从自己逼仄狭窄的住宅中来到广阔的原野，相互憧憬着艳光四射的青春，将生刺的野茨①装饰在白衣上，紧紧拥抱在一起，喁喁情话说不尽相思。可阿次却与异性无一语交涉，只能压抑着自己的本性。不管怎样，总觉得些微不满。

得力于勘次的指导，阿次做农活的技术显著进步了。村里的女人们经常在她走过时评论道：

“真像她妈啊！连走路的姿势都像。”

“甚至脸上的雀斑都一模一样呢！”

也有女人会对勘次半带揶揄地说：“女儿养这么大，不容易吧？这么大也该准备成亲了吧？阿品嫁给你的时候，就跟她现

---

① 野茨是日本的叫法，中国的叫法是蔷薇。

在一样大，对不对？"每当此时，阿次便面红耳赤地转过身去。勘次也极为难堪，听到阿品的名字，或是仔细看着阿次，见到她与她妈长得何其相似，都会给他带来痛苦的回忆。与此同时，再次成亲的想法也会涌上心头。这些女人们的调笑引发了他的哀愁，他却甘心忍受，就是指望有谁会为他做媒。

阿品死后不久，就有人向他提起这个话头了。有几个邻家的女人曾问过他："怎么样？感兴趣的话我有一门很好的亲事可以给你说说。"但那时他过于悲痛，根本无法考虑这些提议。后来，他发现一个人过日子是何等不便，开始考虑再婚了，此时若有人向他提亲，他会很欢迎，却再也没人提了。实际上，他的邻人从来没有认真想过要替他说亲。毕竟，像勘次这样穷，又有两个孩子要抚养，是不适合考虑再婚的。等阿次长大，学会帮助父亲做家务、农活了，他们又觉得他确实不需要老婆了。哪怕真能找到哪个女人愿意嫁给他，在一般人看来，贫困家庭的后妻是不会与子女处好关系的。若是有人跟勘次提到再婚之事，恰恰因为她们瞧不起他，看他整天忙得脚不沾地，又喜欢当真，因此跟他开玩笑而已。

"总想着过上好日子，
　到头来还是老样子……"

人们注意到勘次在干活时老是唱这首曲子。他干活时在兜裆布外穿一件长衬衣，头上是船夫习惯戴的蔺草编笠。

勘次家庭院里的栗子树开了毛茸茸的白花，形状跟那些在树叶间残酷饕餮的毛毛虫差不多。村落里的栗子树也都开满了这样的白花，从远处望过来，就如升腾的蒸汽一般，不久，白花落得遍地都是。天空重云密布，偶尔裂开一道缝隙，在幽暗的绿叶上投下耀眼的金色光芒。天气湿热，闷得让人抬不起头来。

马上要端午节了，现在村落里各处的树上从绿叶间垂下一些鲤鱼旗①来。路上行人稀少，在连日奔忙中，只有这时可以暂时休息一下。头一天从地里回来，女人们趁着天还亮赶紧去洗菖蒲浴，并将切成段片的菖蒲插在盘好的头发上，穿上漂亮衣服，等待端午节的到来。而在绿树葱茏的村落间，走着一个卖糖的女人，敲着太鼓唱着歌儿。只要不下雨，她会在到处都是空房子的村子从这头走到那头。勘次时常所唱的歌就是她反复唱的歌。她总是先高声唱一遍，再低声唱一遍，每次都是同样的曲调，同样的词。她有些年纪了，背着一个孩子，头上戴着鬼怒川上渡船的船夫习惯戴的编笠，将单衣左边的下摆扎进腰带里，肩上背着一盒糖。阳光从她编笠的缝隙里筛下来，在她憔悴的脸上留下一些细小的光点。孩子通常都是睡着的，也许是她的歌声，也许是她的鼓声，催眠了他。他的头无力地垂下来，脸暴露在阳光下，额上满是汗。在地里忙碌的农人们，谁都没注意这个走街串巷、衣衫褴褛的女人，她从这个村子走到另一个村子，很快消失在了远方。女人们在小路上碰到她，注

---

① 在日本，端午节有在树上悬挂形似鲤鱼的旗子为男孩祈福的习俗，一个男孩挂一条旗子。下文的插菖蒲也是端午节习俗之一。

意到那个满头大汗的小孩都会连连摇头。但卖糖的女人对此是无暇顾及的，或许她该庆幸孩子睡着了，没有哭闹。她关注的是那些从远处跑来、拿着铜板买糖的孩子，他们是为鼓声所吸引而来的。或许没有唱歌的必要，但她一直唱着，一遍又一遍。她从哪里来，到哪里去，人们一概不知。女人们对此议论不一，忽然有一天，她的歌声、鼓声在村子里消逝以后，就再也没有出现。梅雨季节来了，云层裂开，大雨倾盆而下，栗子树的花朵在地上腐烂成泥，那个褴褛、憔悴的身影再也没有出现。

只有勘次为她的歌所吸引，一直自己轻轻哼唱，偶尔瞥一下四周，生怕别人听见他唱这歌。村里的女人在拐角处碰上他，发现他唱这首歌时，无情地打趣他："怎么办啊，勘次？你是看上那个卖糖的了！你看她跟你年龄也差不多，有一个小孩也不赖，可惜啊，看起来她再也回不来了……"然后她们高声唱起这首歌来。勘次一声不吭地回到家，但没过多久，他又哼唱起这首歌来了。

他确实是想再要一个妻子的。

九

无论如何劳顿，勘次总也摆脱不了穷苦生涯。阿品死时欠的租米至今一粒都未还上。正如暑旱天气时的井水，水面逐日一再下降，他家的米桶也日渐廓落，眼看就要见底了。为了补充口粮，他跟其他农人一样种了茄子、南瓜、黄瓜之类作为副食。因为住在村子外的栎树林边，他家附近没有适宜的空地可种菜，只在篱笆旁种了一列黄瓜，用短竹竿做架子。竹子是从房子后面的竹林砍的，竹林虽说不属于他，但他需要的时候，也只能硬着头皮顺手拿来。南瓜种在庭院一隅栗子树环绕的厕所边，这样藤蔓到时就可以爬到树上。茄子则是种在村子那边的旱田那里的麦畦之间。除了甘薯，别的作物他都无法自己育苗，也没钱买优良的菜苗，只好从不知是邻村还是哪里来的一个小贩那里买了些菜苗。菜苗的品相乏善可陈，但勘次从兜里一个子儿一个子儿地把钱数给对方之时，暗自庆幸价钱还算便宜。

麦子收割以后，扎成捆，用竹棒两端各插一捆担了出去，绿油油的陆稻和大豆就显露出来了，其间是勘次所种的五畦矮小的茄子。下面的叶子已经枯黄了，但得力于麦子为它们遮挡烈日，倒也扎根成长起来。由于勘次施的肥料不足，长势不旺，但每一株都开了花。勘次趁着早上还凉快，叶子上露水未干，来到田里把灶下的草木灰撒在茄子叶上。这样可以防止甲虫啃啮瓜叶，却阻挡不了油虫的繁殖，那些藏在地下、以菜根为食的蛴螬，勘次更束手无策了。他没有精力更没有时间将它们一个个找出来拍死。一株又一株的茄子就这样被它们咬死了。院子里的黄瓜在季风吹拂、朝露沐浴下挂了花、结了瓜，只是长得歪歪扭扭、缩头缩脑的，且不知何故，瓜还没长大，藤叶就枯萎了。只有南瓜长得还算繁茂，硕大的叶子很快摊开，直到完全遮盖了厕所低矮的厢顶，又盘绕着上了栗子树，瓜花萎落，瓜脐露出，在枝叶间累累垂下，日渐肥大圆润。为了不让热气进屋，雨户终日紧闭，唯有油蝉依附在枝叶间鼓噪不已，为闲寂的庭院增添了勃勃生机。

青黄不接的窘况不独勘次一家。在种下的菜还未长成之时，大多数人都只能吃去年储存下的、越来越少的干菜和腌菜。在田里干过一整天活以后，他们累得一点都不想动，饿得什么都吃得下。无论多么粗劣的食物，无论滋味如何，只要能填充腹中的空洞，他们都大口往下吞咽，大多时候都来不及咀嚼。非如此不能恢复体力。在青草繁茂之时，即使牛马都不愿意吃干草，贫苦的农人为了果腹却别无选择。

所有的农人，在炎热的地里干完活，因为大汗淋漓，不免口唇发干，渴望吃点青菜，有时这种渴望过于热切了，难免就有些小偷小摸的。女人独自走在乡间小径上，日已黄昏，瞅瞅四下无人，邻近地里又正好有青菜，便临时起意上前采摘了藏在裙子底下匆忙回家。这种事谁也没办法遏制，主人发现菜少了，大发雷霆也好，捶胸顿足也罢，都无济于事，谁都不能整天看守着那些分散的地块。就连勘次那些长得楚楚可怜的小茄子也未能幸免。摘走茄子以后，地里乱七八糟的，勘次看到后，失望与愤懑难以言表。既然自家被偷，那么接下来就该再去偷别家的菜来弥补损失了，这样才算得上公平。为了免受良心苛责，勘次捏造了这种自暴自弃的理由。毕竟，要满足口腹之欲，这实在是最容易轻便的手段了。其他贫苦的农人大抵持有同样想法，因此他们往往比富裕的农户更早吃到新鲜蔬菜。自家种的菜，不管种了多少，由于不愿意减产，总舍不得早点吃，要等到完全长成了，才会用马驮着运到市场上卖了换钱，好再买别的必需品。这样一来，也就给了别家可乘之机。

与吉有天见到自己的玩伴在吃看起来很美味的青菜，回到家便大嚷着叫阿次做给他吃。次日一早，他在炉灶边发现躺着一个大南瓜，但他们院子里长的南瓜却一个也没少。

与吉把它抱起来喊道："看啊，这是从哪里来的？"

"快放下，别摔了！"勘次瞪着他，厉声喝道。他刚刚在煮麦饭的锅里加了几个粉红色的甘薯——像人的手脚那么大。

阿次吃了一口煮好的甘薯，赞叹道："真好吃！"

"为啥好吃，因为地里施的肥是鱼粕①。"

阿次听人说过这种昂贵的肥料，总觉得有些难以置信。"东家一直用鱼粕来做肥料吗？"

勘次意识到阿次说漏了嘴，马上转头警告与吉道："别说你在家吃过甘薯，对谁都别说！永远都别说！"

东家的甘薯和南瓜地离勘次家的豆地都很近，比起别处，自然这里更方便一些。他时常去偷菜，每次只偷一点点。白天经过时，看到一个长得很好的南瓜就暗自记下，等晚上再过来摘，他总是小心地拉过藤蔓，摘了以后再尽量恢复原样。但甘薯就不能了，若要小心挖掘后再复原难免要提心吊胆，且太浪费时间，只好胡乱挖出来赶紧带走，次日经过时看见自己在现场留下的一片狼藉，总会羞愧不已，尽量偷偷把坑用土填上。像他这样的偷菜者当地唤作"千菜荒"②。

与吉如往常一样整天在村子里玩。秋日一到，村里人到处都有煮甘薯的。与吉为香气所吸引，每每要靠近过去看，一脸馋相，主家都会给他一小块尝尝。有次主家给了他一块以后，他怯怯地道："我不能说在家里也吃过这个。"

"为啥呀？"

"因为……"

---

① 鱼粕是沙丁鱼、鲱鱼、秋刀鱼等鱼类蒸熟榨油后的残留物，江户时代以来用作肥料。日俄战争以后虽然名称未变，但相当一部分为豆粕所代替。第二次世界大战以后随着化肥普及和渔业萎缩渐渐不再使用。

② "千菜荒"是指偷菜者糟蹋了很多菜。

"要是你不说，就把那块还给我。"对方吓唬他道。

与吉为难起来："爹说，家里吃甘薯的事，对谁都不能说……"

"与吉家的甘薯好吃不？"

"说是东家老爷家的好吃……"

"是你爹说的，还是你姐姐说的？"

"不是姐姐说的，是爹说的。"

"你爹说家里吃的老爷家的甘薯好吃？"

毫无防备的与吉就这样泄露了秘密。其他为穷困所迫做"千菜荒"的农人也为数不少，可因为与吉口风不严，村子里的议论就都集中到了勘次身上。

十

秋日的早上甚凉。稻穗沉甸甸的，北风来则向南顿首，南风来则朝北低头，前后左右摇摆不定，发出寂寞的笑声。一夜连绵秋雨过后，天放晴了，空中了无纤尘，远山变得似乎触手可及。阳光穿过静穆的空气倾泻下来，轻柔地抚摸着肌肤。天气愈来愈暖了。

云雀被这暖如春日的天气蛊惑，又奋翼冲向空中，越过陆稻田，越过荞麦田。荞麦三棱形的籽粒饱满起来了，一片片白花花的。不知是不是翅膀的运动变得迟钝了，云雀的行动不再像春日那么昂扬，只能在低空徘徊，有几只俯伏在地，显然是飞累了。几个月前灿烂、欢喜的嗓音，现在也变得无力、嘶哑。

水流从高处的台地如盆倾瓢泼一般流入低处的稻田，稻田与沟渠里的水连成了一片，一直淹没到稻穗。村子里的孩子们拿着小篮子、小渔网去了地里，兴奋地模仿着云雀的尖叫："屁一次哭！屁一次哭！"早已隐退的青蛙，而今被暖日所欺骗，又重新出现在稻田，浮游于水面，抓住稻穗又咕咕咕叫起来。直到秋日西沉，水都退去，它们才停止了歌唱，从此保持沉默，等待时机再次一展歌喉。

对大多数农人来说，大雨刚过，去地里是没什么用的，只能待在家里。可勘次却在日近黄昏时分，背着一个竹篓子出来了，他没有上大路，而是在林子里转了个圈，迂回来到自己的田里。此时日色仍明，他又漫游了一阵子，静待夕阳消逝。他头戴一顶编笠，拉得很低，挡住了脸，似乎这样就可以躲开良心的苛责。天一黑，他就在小路边放下篓子，周围是一块玉米地，篓子放下时擦碰到了玉米宽大的叶子，叶子轻轻颤动，"窸窸窣窣"地响着。紧接着，玉米叶子像是被不知从何处来的微风吓到了似的，骚动了一阵。而穗子则微微向前倾，好像是要看看下面发生了什么事。

勘次拿出菜刀，把一株玉米掰弯下来，割掉了穗子，一放手，玉米又弹了回去，摇摇晃晃的。篓子装满以后，勘次把它绑到背上，在黑暗里匆匆忙忙回了家。次日一早，他在屋檐下斜支了两根竹竿，将玉米穗子相互错开系了上去晒着。朝阳很低，照耀在勘次身上，打量着他的所作所为。

太阳照了一整天，地里的水几乎全干了。这一天，村里人不约而同地都去了地里干活。其中一个去割自家玉米时，发现它们已成无头光杆，震怒之下，什么活都没干，一路走一路骂地去了派出所。巡警立马穿上制服，跟着受害人来到他田里。两个人一同清点了被盗玉米穗的数量，巡警将其记录在自己的记事本里。受害人赶往派出所的时候，他一边赶路一边大声咒骂着，所以远处田间的农人都清楚发生了什么事。他们议论着头天晚上谁回来得晚，谁就是贼。在自己地里干活的勘次自然也听到了这话。他飞快奔回家，从竹竿上摘下那些穗子，藏在屋后林子里，用两块草苫子盖着。

"这都偷上瘾了！也太过分了！该把他关起来！"

"最近这种事太多了，是该狠狠地治一治这个贼了！"

"在村子里找找看，肯定能找到赃物，玉米不是那么容易藏的。"

听了附近地里农人的这些议论，受害人更加愤怒了。

巡警说："行了，现在已经知道丢了多少，我去查查看。"

"我跟您一起去，自家地里长的，我一眼就能认出来。"受害人割下两三株穗子作为证物，和巡警一起回了村子。搜查了两三家后，他们来到勘次家。勘次一开始就是巡警的怀疑对象之一，但这时勘次早已转移了赃物，他们翻遍屋里屋外什么都没有找到。

后来巡警注意到了屋檐下的竹竿，咕哝道："这是干啥用的？"受害人刚才就在查看屋檐下雨水冲出的坑洼之处。

"这是啥？"受害人歪着头说道，"看，一颗玉米落在这里了！我猜肯定是他把穗子系在竹竿上，后来又运到别处去了！"

巡警点点头。

"这一颗是我家的，我能认出来。他根本种不出这样的！不信我打赌，他地里现在一株都没少！我们去看看！我家都是用鱼粕施肥的，我认得出来！"

勘次提心吊胆地站在院子里。巡警只是在屋檐下一站，就让他魂飞魄散了。

"嘿！勘次，你竹竿支在这里是干什么用的？"巡警横着眼看他。

"我正要割自己的玉米，把它们晒上去……"

"是这样吗？那为啥这里有一颗？这是玉米吧？"

勘次脸色苍白了："呃……我先割了一穗放上去，试试看行不行，应该是那时掉的……"

巡警让受害人领着他到勘次的地里去。勘次缩手缩脚地跟在后面，巡警呵斥他，说"用不着你"，勘次只好回去了。正如受害者所言，勘次家的玉米长得可怜巴巴的，穗子瘦小干瘪，一穗也没少。

"看，我说的没错吧，看看这些瘦巴巴的样儿，这才是他家的。肯定是他割了我的穗子，我早就知道了。大家都知道他的为人，不可能错了。"

"现在破案了，你去干活吧。过一阵子我写了申报书后，你在上面按个手印就行了。"

"这还不行，我要去找我的玉米穗子，他肯定藏在什么地方了。"受害人说着走上了一条小路。

"这回可逮到他了，该遭殃了吧。"其他村民都喜形于色。

勘次吓瘫了，把脆弱情绪抛向自己唯一的家人阿次，向她哭泣道："我这次是彻底完了！阿次……"

勘次从内心深处感到了恐惧。既然如此，为什么他当初硬是要砍下玉米的穗子呢？迄今为止，他偷地里的农作物也不是一次两次了。虽然数量不多，但是偷盗的念头一起，只要有机会，他都会一直偷下去。他知道这样做不对，意志薄弱的他却抵抗不了一直在挑唆自己的盗癖。勘次没法再干别的了。在家枯坐了一阵子，他再也待不下去，就去找东家求情。跨进东家的门槛对他来说是件多么痛苦的事，我们不得而知。老爷没在，因此他去见了太太。

"我又犯下错了……您家门槛高，我不该为这事来求您，太丢人了。可要是他们把我关起来，孩子们可有谁来照顾啊？除了您能帮我，我也找不着别人了……"

太太已然耳闻勘次偷盗的事。一开始她对勘次难除盗癖又恨又气，不想再管他什么事了，但是想到他无依无靠只能投奔自己，又看着他站在自己面前萎靡的样子，却是狠不下心来责骂他，心一软又答应会尽力帮助他。听她这么一讲，勘次脸上的表情像是复苏一般振作起来。他知道若是东家伸出援手，自己就不必身陷囹圄了。他不敢再回家，又请求东家给他一个容身之地暂时躲避一下。太太便让他在谷仓里栖身。在那里他仍感到不安全，就钻进很久不用的四尺桶里藏起来。

这天下午巡警来到勘次家，想让他在申报书上按手印。阿次被巡警问到勘次的去向，她也只是回答不知道。等看见巡警的背影走远后，阿次便偷偷地啜泣起来。与此同时，受害人到底还是找到了勘次隐匿的玉米穗子，领着巡警过去查看。在杂木林的深处，那堆玉米穗子被捆起来藏在已经干枯发硬的草堆里面。草堆旁边，枯萎的败酱根茎还在傲然挺立着，树枝都被折断的矮小栗子树也就树梢处稍有生机。几只瘦小的蟋蟀发出微弱的鸣叫，声音微弱到栗子树上的小茅栗偶然落下来都能引起轩然大波似的。这里真是人迹罕至的幽寂之地。穗子上盖着的草苫子一眼就可以认出是勘次家的，草苫子为他的所作所为提供了证据。

东家太太姑且到受害人家里和他们商量商量。他们一家人都是规规矩矩、本本分分的人，对被偷玉米一事都很愤怒。家里七十岁的老爹尤其顽固，主张将勘次送公："像他这样的贼我可不待见，以前我家丢的茄子也是他偷的，还有你家的甘薯，也是他！大家都知道，就那么连根带蔓地拔出来，我从来不说瞎话，太太。头天晚上他去割了玉米，今早就晒在竹竿上，他藏穗子的地方我们也找着了，那两个草苫子都是他的，我们都认得，一点都不用怀疑，就是他干的……"老人嘟嘟囔囔讲了一大堆。

太太早已料到会有这一通怒气冲冲的怨言，接着他的话头说："你说的都对。我们上次也放过了他，结果他又干这种事了，就像一种病是不是？我跟你一样生气，只是一想，要是送他去坐牢，两个孩子没人照料，就只能整天哭爹喊娘了，不是很可怜吗？毕竟咱们都是一个村里的，抬头不见低头见的，还是放过他这一次比较好吧？这样大家都省下好多麻烦，他也感激一辈子，冤家宜解不宜结啊……"

可是老人还是不解气，又说："且不说这个事，一想到他是怎么对卯平的，我就气不打一处来。我跟卯平是小时在一起玩儿，大了在一块干活的。他对待阿品就跟亲生的一样，现在却被撇开不管了！要我说，勘次就是个猪猡！太太饶过他，我可不饶他！就该给他点颜色瞧瞧，我用枪扎他几下都不解恨！"老人说着用拳头捶打膝盖。

太太平心静气地说："你说的我都懂，只是也得想想以后吧。现在正在气头上，一举将他送公，将来后悔了可就不好办了吧。平常哪怕一点小事都有可能吵得不可开交，结下嫌隙，好几代人都化解不了，这样的事也不少吧？"

太太反复讲了几遍类似的道理，见没有说服老人，就沉默了一小会儿，转向家里的阿婆，招呼说："听说这两天，嫁到远处的阿理给你添了一个外孙，你心里高兴吧？"说着，拿起刚才他们放到她面前的茶杯，不过茶已经凉了。家里的媳妇看见，赶忙去厨房灶下生火烧水好给她上茶，用火吹竹呼呼呼地吹火。

阿婆说："都是托太太的福啊。一共生了四个，这次终于是小子了。太太当初提这门亲，我们还不大看好，觉得他家里又没钱，还有别的一些事。不过太太说不要紧，他心地好，人也肯干，果然现在阿理过得是这些人里面最好的了。看，这是他这两天送给我的。"她心满意足地解开一个小包袱，拿出一块看起来像是手织的粗布给太太看。

太太客套地摸了摸那块布，问："你去看你的外孙了吗？"

"嗯，去看了，我还正想着去太太那里说说呢，结果就出了这个乱子，也没去成。我是昨晚才回来的……"阿婆絮絮叨叨说个不停，家里的媳妇将一杯热茶端到太太面前，太太喝着。

太太和阿婆闲聊时，受害人和老爹在角落里小声商量了一阵子，现在让阿婆也过去。阿婆听了他们商量的内容后，说："没事，我都愿意。"三个人又都坐回了太太这边。

受害人说："太太，我们商量好了，这个事您觉得怎么合适就怎么办吧。"

"我脾气大，有时说话太冲了，太太别往心上去。"老爹道歉说。

阿婆接着说："嗯，太太再喝点茶吧。"

太太又待了一会儿，聊了一些琐事，到最后一家人都喜笑颜开了。她明白自己只要给他们机会来发泄一下内心的怒火，他们的心情就会爽快很多，烦躁的情绪也会逐渐平息下来。在这个时候，说几句迎合他们的话，再把那些显而易见的道理反复讲，他们也就能听进去了。在处理纠纷上，她是很擅长的。

那晚，太太不忍心让两个孩子单独待在家，就叫过阿次和与吉来陪自己。到了夜间，让勘次从藏身之地出来和雇工们一起睡，提前警告雇工们不可以走漏风声。到了次日凌晨，勘次又藏回原来的地方。巡警一整天都在勘次家附近徘徊，密切监视着，但他并没有去东邻家打扰太太。

勘次深知只有仰仗东家才能得救，太太也决心要尽量帮助勘次，现在已经取得了受害者的谅解，接下来就该处理巡警这边的事了，只是此事非老爷回来不能办，故而太太如今是焦急地等待着丈夫回来，可是到了晚上他依然没回来。太太不想老这样干等着，怕出别的意外，就叫来阿次，提着灯笼，悄悄地上到了谷仓的二层。

"爹?"阿次压低声音用力喊道。可是并没有传来勘次的回应。阿次叫了一声又一声,直到太太也开口叫他,勘次才灰头土脸地从大桶里爬出来。

太太说:"先生还没有回来,现在没办法和警察那边交涉,就很麻烦。恐怕巡警那里还在找你,要是他真找到你了,你就说自己根本没偷过行吗?余下的事就交给我处理好了。怎么样?"

勘次耷拉着脑袋,应道:"唉……"

太太问:"能不能办到啊?"

"我怕我嘴硬不了多久……"勘次露出沮丧的表情,身子也在不停地哆嗦着。

"爹!"阿次急了,"你怎么能这样,就说你没偷,那不就行了吗?"

"可是他们会把我送进牢里,逼我招供的。"

"不会的,"太太坚决地说,"你只要坚持说割的是自家的玉米,我保证什么事都没有。"太太在一旁鼓励着他,而勘次也只是低垂着脑袋,呆呆地站着。

阿次也像是绝望一般地哀求他:"爹,你只要这样说就行了啊!"

尽管她们反复给勘次打气,但都无济于事。勘次还是一副万事皆休的样子。

太太和阿次强忍着没有睡觉,等用人们都睡下以后,她们偷偷穿过屋后的竹林，脚踩在倒下的竹枝上，发出咯吱咯吱的声响。一直来到西北角的篱笆旁边，太太弯下腰抓住一根竹枝的底部，用力拉松开来，阿次也用双手去拉篱笆。这些竹枝靠近地面的部分年深日久都已朽烂不堪，故而她们很容易就拉开了一个大口子，阿次从里面钻了出去。突然头上响起一阵猛烈的扇动翅膀的声音，是一群栖息在竹梢的鸽子受了惊，向远方四散奔逃。

"没事吧?"太太隔着篱笆问道。

"没事的! 太太。"阿次在几步开外的地方回答道。

"天啊，你已经走那么远了! 回来时只要敲门就行啊!"太太说完便离开了。

不多时，阿次来到自家后门。尽管这是她多少年来朝夕生活之处，一进门，却感到后背一阵战栗。窝里的鸡在黑暗中一动不动，却发出咕咕的细长声音，听起来十分怪异。有几只老鼠在屋里狂奔，又像是被什么压住似的啾啾哀叫。阿次摸到墙边拿了一把镰刀，出屋门时脖颈后的汗毛都竖了起来。她又急忙从外墙的钉子上摘下一个竹篓子绑到背上，等她离开时，不小心碰到一把杵在旁边的扫帚，扫帚倒下来敲了竹篓一下，阿次吓了一跳，转过身来。

夜深了，黑森森一片。在晴朗清冷的夜空中，天河在树梢上流淌向西方。

很快阿次来到自家的玉米地。消瘦的玉米像是在打盹，歪歪斜斜地站着。阿次开始割穗子了，它们不安地吵嚷着，仿佛在抱怨她打搅了它们的好梦。阿次背着装满的竹篓，走上一条两边都是玉米的小径。白色的荞麦花四处开放，宛如大地张开了无数双眼睛在审视她一样。她从台地下到滩地上，最后来到鬼怒川岸边，手脚并用地上了大堤。其实不远处就有一条小路可以上去，由于太紧张，她没有注意到。大堤内侧筱竹丛生，竹林一直延伸到水边，夜里的竹林轮廓看起来有一种压迫感。穿过枝叶间隙，她可以看到河水白花花地流淌着，冲洗筱竹根的水声，亦如在耳边回荡。阿次想要下到河边，拨开筱竹瞧了瞧，眼前是一处崖壁，脚尖的小石块掉到河里发出了扑哧扑哧的水声。阿次赶紧挪到别处，等她再拨开另一片筱竹，正对着的还是崖壁，崖壁下面渡船的桅杆像是要刺破黑暗一般直挺着。水边断断续续地传来了人的说话声。黄昏时分船夫把渡船系在岸边，一家就去岸上吃晚饭，回来得有点晚了，好像此刻还未入睡。他们一家住在一个狭窄的用船板建造的小木屋里，这是他们唯一的居所。小木屋里传来船夫夫妇的说话声，其中还夹杂着婴儿的哭声，黑暗里人声嘈杂。阿次退回来，又上了大堤，往南踉踉跄跄走了一段路，路中间有些收割的草捆，阿次被绊倒了好几次。筱竹丛渐渐稀疏，可以清楚地看到河面了。从大堤上远远看下去，鬼怒川的河水在黑暗里闪着微光。暗夜之手将对岸松林的荫翳投到水上，让河面好像缩小了一半。蟋蟀在四下鸣唱，叫声如大浪波动般此起彼伏，抑扬有致。阿次最终来到了渡口，快下到水边时，又听到人声传来，混杂着舟棹的击水声。正当她站在那里踌躇之际，渡船闪着白光从松林投射到水中的暗影里涌出。有人在深夜渡河，竹竿每次击打水面都会响起哗哗的水声。阿次只好又回到大堤上，蹲伏在一棵大柳树下面。乘客和船夫又讲了几句话，之后便上岸离去了。船夫将小屋门咯啦啦地打开又关上。阿次等了一会儿，再次来到水边，靠近渡船停靠处。阿次突然感觉到旁边传来沙沙的一阵骚动，同时听到了像是猪发出的咿咿的哼唧声。

"要过河吗？"还没睡觉的船夫突然用他天生的大嗓门喊道。阿次吓了一跳，拼命往大堤上跑。船夫咯啦啦地把门拉开，因为他清楚地听到了脚步声，于是在黑暗里搜寻着闯入者。然后他又去了猪圈，划亮一根火柴，喃喃自语道"啥时候都马虎不得啊"，看完就又把门关上了。他把养猪作为副业，母猪刚生了一窝小猪，很怕被偷。

此时阿次累坏了，觉得不管哪里都无所谓了，就又往前走了一段，拨开竹子竭尽全力将玉米穗子一个一个扔进了水里，然后背着空竹篓匆忙回到太太那里。刚一敲门，太太就开了门。

"出什么事了？这么久才回来……"

"我按太太说的做了……"

"穗子放到哪里了？"

"我想不出别的地方，只好都扔到河里了。"

"太好了，进来，进来！"太太说着，举着一个灯笼，低头看到阿次的衣服，"这是怎么了？衣服怎么变成这样？"

"哎呀！"阿次像是刚刚才注意到一样，"肯定是刚才去大堤的时候，不小心摔到沟里弄脏的。"阿次低下头看到自己满身都是泥巴，用手去擦了擦。

"太太，我想起来了，我犯了一个可怕的错！"她焦虑地说。

"怎么了？"

"我把镰刀弄丢了！想不起来把它放到哪里了……"

"今晚用的那一把？"

"嗯，我记得放到竹篓里了，但是把穗子全部扔完以后却又不在里面。爹会发很大火的，每次他的家伙坏了或是丢了他都会发脾气……"

"这次他不会冲你发脾气的，你就别担心镰刀的事儿了，先去洗洗吧。"太太微笑着对她说。

次日，东家终于回来了，他去和巡警谈了一下，巡警说申报书已经提交到分署了，于是东家又去分署请警长法外开恩，警长说若是受害人声明申报书内容与事实相违，提出撤案申请，这件事即可了结。毕竟只是个微不足道的小案子，何须大动干戈。

太太又去找受害者说明始末。这次失主可不干了，怎么都不肯答应去警署。

"啥？再到分署去撤案？我可不干这种事，他们会痛骂我一顿的！"

太太柔声细语地说："我们之前不是已经讲好了吗？只是简单办一个手续，一切就都妥了。你要是不去，那我们之前做的就白费工夫了啊。"

"我不但让人偷了玉米，耽误这么多干活的工夫，现在还得再去分署那里让他们把我骂一顿！我可从来没干过这种事！你还说让我出具什么声明什么申请书，这个我可不会写！"其实真正的原因是，受害人对面相威严的警官感到畏惧，不愿去警署。

"文书的事你不用担心，我家先生会替你写好的。"太太又给他找了个邻居陪他去，给他壮胆，受害者最终还是让步了。

他提心吊胆地去了分署，等到办完这事回家后，别人问他："怎么去办的？"他眉飞色舞、添油加醋地将经过描述了一番："警长留着一把大胡子，样子可吓人咧！一见我就说：'你就是那个说自己被偷了的混蛋吗？净给我们添麻烦！'我都让他吓死了，跟他说：'我把这个声明给您拿来了。'他拿过去看了一会儿，问这是谁写的，我说是村里老爷写的。他说：'好吧，就这样吧，你可以走了。'我长出一口气，一溜烟离开了。唉，但愿我一辈子也别再去那里。"

停了一下，他转向那个陪他去的邻居说："咱们老爷在这一带可真是个人物啊，我只说了一句是他写的那个声明，然后就啥事都没有了。"

东家从中调停，替勘次给了受害人一小笔钱来弥补他的损失。此事就这样了结了。乍看有点奇怪，但在乡下却极为普通。

"我再也不偷了，哪怕是一片叶子也不拿别人的了！"勘次含泪说。

他仍未能还上阿品死时欠下的租米，也没有清偿做家长时接手的卯平留下的债务，而由于这次的不端，他又向东家欠了一笔新债。人们注意到他干活更卖力了，总是尽量多找些零工来做。

一天，太太偶然碰上勘次，对他说："你知道吧，我一想到阿次做的这个事，就觉得不得了啊。"

勘次吃了一惊，以为阿次做了什么不体面的事，紧张地问："她做什么了吗？"

"别用这种口气讲话啊，你难道不知道那天晚上的事？"

"哪天晚上？"

"就是阿次去地里割玉米那晚。我是真的很担心巡警会再来，所以让你坚持说自己没偷，怕我家先生回来前巡警找到你，要是你承认了，事情就麻烦了，没承认的话，先生回来了才好处理。毕竟，你家那些玉米穗子都还在呢。现在看来，也许没必要全扔掉，不过当时还是觉得只能这么办才行，阿次连眼睛都不眨一下就把这个事办完了。我真佩服她这个胆量！"

"是这样啊，太太，那天我问她镰刀怎么丢的，她都告诉我了。后来那把镰刀又找着了，就在玉米地旁边的草丛里。"

"找到了？阿次那晚为了这个可担心哪，是一把很好的镰刀吧？"

"不是有多好，刀刃都有点残了……"

"唉，我可不想让你为了这个跟她发火，你得对她好一点才行啊。"

"我会对她好的，太太，我一个人过日子是挺难的，不过阿品临死托付我照顾好他们，我就得办到啊。阿次想学缝纫，我就让她去学；她想要一根新的襻带，家里哪怕没钱，也给她买了一条，还是红色的。正因为这些事，我才没能还上欠您的租米。她妈的衣服本来我已经送去当铺了，我又把它赎回来给她穿。这件衣服穿着去地里干活有点浪费了，但她就这一件，太太您看她穿着还不错吧？"勘次调整语气，用略微郑重的口吻说完最后一句话。

"不错啊，我看她一直挺爱惜这件衣服的。我肯定她很感谢你给了她这件。"太太接着又说道，"现在阿次干活也是一把好手了是吧？那天晚上我看她那样子，简直就像阿品活过来一样，她这行事，实在是像极了她妈。"

"嗯，有时我也觉得，看着她，就像阿品的魂儿还没走一样。"

"据我所知，以前你遇到麻烦，也都是阿品出力帮你解决的，对不？"

"对啊太太，我这个人胆小，稍微一点事就担惊受怕的，出了什么事情，都是她帮我，最后才解决的。"

"正是这样啊！"太太微笑着说，"阿次在这方面就像她妈一样。你看这小孩随爸爸或者妈妈，也是挺有意思，有的像，有的就不像。就比如你和你姐姐阿传，谁都想不到你俩是一个娘生的吧？"

"对她，我还真的是没什么好话可说。"提起姐姐，勘次的表情有点耻于与这种卑下自私的人为伍的意思。

"她现在住哪里呢？"

"在下游什么地方。我没去看过她。虽说是我姐，可从来都没帮过我什么，就连阿品葬礼她都没过来。太太您见过这种人吗？"

"天啊，这可真是……"

"还不光这个呢，我有袋米本来是要交租的，当时她说自家粮食收了马上还给我，就借了去，可从来没有还我们。阿品当时还在，上门去讨，她说她没有，非但不还，还跟阿品大吵了一架。阿品都快气疯了。我跟太太说，从那以后，我们就再也不愿理她了。您能想象吗？她甚至连自己那个瞎眼的儿子都不放过，还骗他的钱呢！"

"瞎眼儿子是怎么回事？"

"他去野田一个酱油坊做工，在那里病了，听说是吃多了白米饭①，东西感染到了眼睛。出这事的时候他才二十来岁，在那里干不了只能回家，他娘却不收留他在家……"

"真可怕！"太太惊讶地叫道，"我是听说有些父母对待子女很过分，但真知道了这样的人，还是觉得难以置信。现在想起来，是有人说过阿传这个人太刻薄寡恩了。"

"这还不算呢，太太。这个儿子眼睛虽说不好了，还是能看见一点的，好多农活也都能做，打场啦，舂米啦，耕地啦啥的，而且干得还不错，有很多人都愿意雇他，过了一阵子就攒下一些钱。他娘听说了这个以后就骗他回去，这孩子就回去了。"勘

---

① "吃多了白米饭"这句话是乡下人的讹传，类似于"好东西吃多了会生病"的逻辑。不过如果长期吃白米饭，缺乏维生素 B_1，患上脚气病并导致眼球震颤以至于视力变弱，也是有可能的。

次说时瞥了太太一眼。

"他想啊，已经残疾了，跟自己妈住一起总比跟外人一起生活要强吧。可是等到他娘把他的钱都花完了，就又把他赶出家门了！这就是我这个姐姐干的事儿！说出来没人信，可都是真事。我知道这个事儿是因为这个孩子哭着来找过我，我想他都这么大了，怎么还让人骗成这样。那时候阿品刚没有了，我可不想对人太薄情，就让他在家住了一晚上，家里很困难，但也给了他一点粮食应急。不瞒太太说，阿品没有了，我是尽量对人好一点。他妈做得不对，我也不能不管他，太太肯定也这么想吧。"勘次像是要回应太太心里的问题，这样说道。

"就该如此嘛。这个小伙子后来咋样了？"

"还在附近村子里干活，他也去不了太远的地方，我听说他虽是一个人，过得还算不错。"

"这样我就放心了。那他家里别人呢？好久没听见他们的消息了，阿传的男人彦次怎么样了？"

"他啊！这两口子是一样坏！您听说过他把自己女儿卖去妓院吗？收了一百五十两，回家路上看见斗鸡的，又去赌，输掉了七十多。这种事太太能想到吗？我是受不了这种人。"

"真想不到还有这种事！"

"都是真事，我不会骗太太。"

"他们的闺女就在那里了？这种事可真让人恨。"

"嗯，这个闺女听说后来跑出来，又回家了。"

“我对这件事不太清楚，不过好像之前还闹上了新闻。①”太太好像对这类事情不太感兴趣，“阿传看上去人还不错，不像是那么坏啊。”

勘次耸耸肩说：“她这个人很滑头啊，就因为这个我才被她骗去一袋米。”

“看来关于她真是没什么好话可说了。听说她公公掉到鬼怒川里淹死了，有这回事吗？”

“是啊，他去河边，本来是想除跳蚤，结果却淹死了。”

“他不跟彦次一起住吗？”

“不，他那段时间眼神不太好，就自己搭了间小屋子一个人住。他屋里全是跳蚤，就把席子拿到外面去洗，好多人在附近地里干活，都怕跳蚤爬到自己身上，就都说他，让他到别处去洗。他人也老了，眼也花了，走到河边累坏了，就掉到河里了。这可怜的老汉就这么死了。这还没完哪，阿传听说老汉死了，就立马过去把他留下的东西都拿去了。”

“都占为己有了？”

“肯定是没分给亲戚们啊。”

“衣服上就没有跳蚤吗？怎么就那么单单拖着一床席子去河边呢？等他去到那里，跳蚤也都跑光了吧？”

“老糊涂了呗。像那样糊涂的老汉人人都嫌弃，是不是？”

“你这是说的什么话啊？”太太责备他道，“人老了，到了晚

---

① 这里指的是当时（1899 年）由一位英国牧师发起的让妓女“自由废业”的运动，这是近代日本女权运动的先驱。

年，让子女照顾不是应该的吗？"

"是的，太太，应该的。"勘次慌忙苦笑道。就像隐藏的秘密被曝光一样，他浑身上下都不自在。

"可是看来阿传一直对她公公都不好啊。我听说他们喝豆粥，自己的碗里加糖，却不给他们老爹碗里加糖……"太太独自低声说道。

"有这回事？"勘次现在说话开始慎重起来，暗自希望太太能换个话题。

太太加重了语气："他们就这么对待一个老人！"

勘次垂下头不吭声。太太的口气又缓和下来，像是在鼓励勘次一样说道："你现在虽说很困难，但还是能照顾好孩子们的吧。你该感到庆幸才对，别忘了将来我们老了，也是依靠他们的啊！"

两人沉默了一会儿，勘次忽然问道："我有个事想问太太，我问这个有点离谱，不过我想知道要一条腰带，得用多少布呢？"

"给阿次做腰带是吧？"

"嗯嗯，她跟我说想要一条新的，说再也不愿要那个旧的了。我说我们买不起这种东西，尤其是我们还欠着您家这么多，但她就是听不进去，说大家系着红腰带，唯独她没有……"

"我明白了。这个通常要一丈布。我想想看，现在的姑娘都是系的什么样儿的来着……"

"阿次说四尺就够了，我想最好跟您商量一下。"

太太摸了摸自己的带子，"我明白了，她是想用红布做外面那层，不是要全通①的一整条带对吧？"

"是的，太太，她说系在里面的外人看不见，可以用旧布。"

"这样很聪明啊，姑娘考虑得很周到，这么做出来就跟新的一样。我最近没怎么留意这些事，不过觉得大概四尺半就可以了。"

"那要花多少钱呢？太太知道我们没什么钱的。"勘次担心地问道。

"只要这么多的话，花不了多少钱的。"

"我是想知道看看大概会花多少钱，我好……"勘次又小心地问道。

"细平布的价钱现在便宜一些了，大概十二三钱一尺，最好的也不过十四五。"

"这样啊，我还以为要更多呢。"

"布料也就花这么多钱，可能还要便宜些。不过这村子里的不行，多花钱不说，说不定里面能有虱子！"太太笑起来，"你要的又不多，下次我出去买的时候顺便给你捎带就行，又用不了几个钱。"

"真的？那就太好了，"勘次感激地说，"太太挑的肯定没错，只要是红色的就行。"

"也不用给我钱，帮我做一天工就顶了。既然她真想要这个，那就得给她买才对。我知道她为啥特别想要这个了，她过

---

① 全通，又称为"总柄"，指整条腰带全都有花纹图案。

完年就要十八岁了吧?"太太同情地说。

"她老是抱怨说没有这个,不给呢,就老是生闷气。这次给她买了,就了结她一个心愿了,我也松一口气。真是谢谢太太了,对这种事我真是一点都不懂。"

勘次简直难以抑制自己内心的喜悦。

"姑娘们对这个都是特别看重的,都是想穿得漂漂亮亮给别人看的。"

"这样啊,我是不管自己穿得多破烂都无所谓,可是女孩儿家就不一样了。我一直在愁着该咋办,不过觉得问一下您肯定是没错……"勘次对太太千恩万谢,好像又解决了一个莫大的难题一样。

十一

勘次在村子里的交际圈很小，这恰好和他瘦小的身材相匹配。他绝不是爱惹是生非的人，从不主动挑起争端，反而尽量避免与人起冲突，保持着平和的处事态度。只是人情交际是要花钱的，而对劳碌到手足胼胝才能勉强维生的贫困农户来说，每一文钱都是千辛万苦挣来的，除了怕得罪人不得不开支的份子钱，每一文钱都不愿多花。贫困境况本身也会滋生猜忌和怨恨，勘次和其他像他一样的贫民既被富户瞧不起，相互之间的交往大抵也是疏略的。不过勘次并不以此为苦，日复一日的生计问题就够他操心劳神的了，他不可能再去考虑改善孤立无援的状况。再说，他的所求实在不多。如果有一道篱笆挡住他的去路，他会安于留在原地踏步。哪怕这道篱笆很矮，哪怕篱笆本身已经快朽烂了，只要稍微用力就可将其推掉，他也不会想到碰这篱笆一指头。在冰天雪地里长途跋涉以后，从井中刚汲上来的水，对他冻得通红的脚来说就够暖和了，足以让他舒展一下，热水是不敢奢望的。就这样，他从没有过什么超出本分的希冀。

人人都在自然形成的阶级隔离下生活，由于长期的习惯，很少有人会反思造成自己境况的根本原因。一个外人或者长期知晓勘次生活内情的人，看到他如此穷苦，或许会以同情之眼投向他，但在实际接触到他以后，看到他畏缩不前的姿态、狐疑不定的神情，难免会感到讨厌，无法跟他成为亲密无间的朋友。在跟村里人的交往中，勘次就好比水上的一滴菜籽油。水若搅动，油也跟着起伏不定；水若倾覆，油也自身难保；但若水保持平静，油则会怯怯地凝集成一团浮在上面，不会融在水里。很难说是水排斥油，还是油躲避水。除非有外力改变它们自身的性质，它们可以平安共存，但永远无法相融。村子里只要不出什么大事，勘次就跟两个孩子相依为命，凝集成一团，独居在村落西边栗子树林畔。

诸如偷玉米这类的不轨之事固然耸动一时，不过大多数人只是将其作为谈资，对别人议论纷纭的事自己也要插一嘴。至于勘次本人，他们先前既不放在心上，也不会因为这事更在意他。这个事儿一旦过去，又有了别的新鲜话题吸引他们，他们也就将勘次一家置之脑后了。上了年纪的村民继续过着他们平静的生活，唯有那些年轻人还在持续关注着勘次家的一举一动，而这完全是因为阿次吸引了他们。只要体内还有热血沸腾，他们可不会轻易忘掉一个美丽的姑娘。出于矛盾的羞耻心，他们不会在白天随意流露自己的心事，但到了晚上，在夜幕掩护下，他们便可肆意坦白自己炽热的情愫了。

夜晚是年轻人的世界。

一个老练的渔夫荡舟在大洋之上，将一个系着绳子的红色陶罐从船舷丢下。陶罐沉到海底，再次拉上来时，里面可能已经进去一条章鱼，其腕足吸附在陶罐的内侧。采用此法，渔夫虽无灵眼可以透视海底的情形，也可捕获水下的活物。只是对村里的年轻人来说，要猎取姑娘的芳心，可不像捕章鱼这么容易。他眼看着自己心仪的对象一天天地成长，便在又长又黑的冬夜去找她，他们躲在叶子尚未落尽的树荫下相会，用棉袍袖子遮住脸，谁也认不出他们。而在短暂的夏夜，他们只能匆匆相会，然后回到自家散发着汗臭味的破蚊帐里补睡一个转瞬即逝的觉，次日强忍着困意去地里劳作。

　　找到姑娘并非难事，但不像渔夫的陶罐那样可以顺利沉到水底，他要面对重重阻碍，与那些时刻监视着女儿的父母周旋。哪怕到了晚上，父母们的眼睛仍是睁得大大的，恋人们要在其视野内尽量隐藏自己的行迹，想不被发现终非易事。万一被察觉，父母们就会在两人之间挖掘一道难以逾越的壕沟，切断恋人们接触的机缘。但恋人们为了幽会，为了在河边柳树荫下执子之手，会苦心孤诣地设下种种巧计，会急不可耐地飞跃这道壕沟，哪怕为野蒺藜所刺伤，哪怕全身沾满泥泞也在所不惜。

　　章鱼在陶罐里吸附得很紧，渔夫抓住它袋子一样的头想拖它出来，它的腕足却卡在里面，就像蛇的身体陷在洞里一样，无论手上用多大力气，都不能使之离开罐壁。用刀刺它也没用。为此老道的渔夫会在罐子底部留一个小孔，只要从小孔那里吹一口气，章鱼就会自动从中逃出。若是还不奏效，只要在小孔中注一滴热水，章鱼便因惊吓猛地蹿出，掉在渔夫脚下。与之相似，一个小伙子哪怕已经接近了意中人，成功躲过了其父母的监视，姑娘一开始对他也是拒绝的。此时，他既要能够忍耐，也要借助各种手段，冒各种风险，才能掳获姑娘的芳心。两人一旦堕入爱河，则可共同克服一切障碍了。

夕阳刚刚消失在西天底，余晖掩映下，一个姑娘坐在井边研米，唱着欢快的歌曲。歌声与研米声交错呼应，甚是和谐。她不时停下来注意倾听周围的动静，她所等待的青年可能就躲在附近的树荫里。或是在凉爽的夜晚，饭后她解下戴了一天的头巾泡在水盆里洗着，等待情郎到来，然后两人便隐藏在庭院里的柿子树或是栗子树底下，繁茂的枝叶投下的阴影正好可以庇护他们。皎洁的明月俯视着被丢下不管的水盆，窃笑不已。要是他们在阴影里逗留太久，月光便会从枝叶的缝隙间窥探他们。若是他们在情话里过于沉溺，将周围的一切都忽略掉，柿子树就会投下一颗青果打在他们身上，以示警诫。他们如梦初醒般瞅瞅四周，疑心是村里其他年轻人搞的恶作剧。树叶则在微风中欢笑细语。直到屋里有人怒气冲冲地呼叫姑娘的名字，他们才恋恋不舍地分开。

即使是农忙时节，他们每天也会设法见一面，不管次日去干活时有多累。只要在黑暗里耳鬓厮磨、唧唧耳语上几个小时，便是极大的满足了。若是被父母派到林子里干活，他们便可以一整天都待在一起。林子是他们的自在天地。他们扛着耙子将落叶耙到脚边，相伴着徜徉在林中。遗憾的是白昼越来越短，寒风越来越刺骨，他们的心也为之收紧了。

秋风吹拂着玉米田里宽大的叶子与叶间红色的毛须，飒飒声撩动着青年男女的心。从这时起，他们就开始在霖雨过后的林中，拿着镰刀成双作对地在繁茂的草丛里割草。此时的林地是专属于年轻人的，只有在庄稼都收割以后，年龄更大些的人才会来林地里收集柴薪。那时年轻人便躲到密林深处，在众人视野之外，以歌声向彼此昭示自己的所在之地。他们在上午卖力干活，将满满一筐柴薪背回家，下午则随心所欲地度过。

一对恋人若是在林中邂逅，他们会丢下手头的任何工作，在林间漫游，避开小路，轻易没人发觉他们。他们在微凉的地面上坐着，割草的镰刀丢在一旁，姑娘的白头巾在风中微微摇摆。他们漫无目的地闲聊着，或者只是微笑着享受这静默时光，倾听着无休无止的蝉鸣，心似乎都溶化在里面。蚊子在他们的赤脚周围麇集，肆意叮咬着他们裸露在外、被太阳晒黑的肌肤。他们浑然不觉，只在被咬后慌乱拍打几下，此时蚊子早已逃遁。有时从枝叶间筛下来的阳光亦甚毒辣，他们被青草的热气蒸得大汗淋漓也不管不顾，依然坐在一起，偶尔舒展一下麻木的一条腿，你侬我侬地反复诉说着同样的情话，丝毫不感到厌倦。他们就这样虚度着时光，直到远处的、近处的夜蝉一齐鸣叫，嘈杂的蝉鸣声吵到他们的耳朵，直到夕阳的斜晖提醒他们天色已晚，都像被轻纱笼罩起来似的。万物朦胧，树影变得苍白消瘦，他们才匆匆忙忙背着空篓子赶回家。如果回去的时间太晚了，他们就把空篓子倒背着，路上尽量捡拾一些小树枝，插到篓子的孔里，走起路来发出"沙沙"的响声，乍一看好像拣了很多柴火的样子。黄昏时分，他们回到自家院落，将篓子放在之前收集的草垛旁。此刻正是一天中最忙的时候，没人注意到他们所获不多。父亲在马厩旁喂马，马摇撼着鬃毛，尾巴甩在后背上驱赶蚊蝇。母亲在冒着缕缕青烟的灶台前生火做饭，连点亮屋里灯光的空闲都没有，同时焦急地等待着自家孩子回来。

　　姑娘怀着歉疚的心情，赶紧提起空桶去井边汲水，然后又突然想起要准备煮汤的蔬菜，慌慌张张地拿了菜刀开始切菜，哪怕收效甚微也要尽量避开母亲的牢骚。篱笆边的月见草正在齐齐地开放，在晚风中微微颤动，宛如几只黄蝴蝶稍稍落脚在篱笆上面，飘出若有若无的芬芳。它们心有戚戚焉地注视着正在匆忙干活的姑娘，知道当晚会有一个小伙子来到这里站在雨户外面，脸上蒙着一方蚊帐布，等待姑娘放他进去。他避开落在地板上的月光，藏在厢房那边的草席上；他将西瓜地、甜瓜地、路边的草丛里到处蹦跶的纺织娘捉来放在雨户的缝隙间，纺织娘的鸣叫正好可以掩盖门在推拉时发出的吱呀声。姑娘将恋人领进来，屋子太狭小，没有屏风分成若干隔间，实在没办法避开父母睡觉的地方。为了避免两双脚踩在木地板上发出的声音吵醒家人，姑娘将小伙子背起来，蹚过父母枕边。一天辛苦劳作后，疲惫的父母没有注意到女儿的脚步声比平常更重了。

　　以上所述的情形对于村子里的年轻人来说大同小异。偶尔他们会被父母察觉，痛斥一番。尽管当时会委顿一阵子，但次日就恢复了如火的热情，一如往常地伺机幽会。但只有阿次从未经历过这种事。

　　无论勘次如何压抑女儿的天性，他总不能钳制村里年轻人对她的思慕之情。年轻人一旦看上了一个姑娘，这马上会成为他的一种执念，开始试探性地进攻。如同谷仓外的鸡，将脑袋伸进狭窄的门缝、用爪子不停地扒搔门外的地面，试图进去吃里面的谷子。一次不得，又来二次三次，挥之不去，驱之复来，哪怕脖子上的毛都磨掉了，哪怕爪子在地上抓出血来，仍执念于此，无休无止。只是他们如何觊觎阿次，那是他们的事；他们若想对阿次动手动脚，则是勘次的事。他们若越界进入勘次的领域，必须承担行动的后果。勘次肯定要遏制他们的企图。人人都想追求阿次，万一某人心愿顺遂，独占花魁，其他人只能是对此人满怀着嫉妒、不快而空悲切。但由于勘次的警觉，谁都没有机会接近阿次，他们的怨恨便都集于勘次一身，只要三人以上聚在一起，他们必定对勘次极尽揶揄之能事，笑声不绝于耳。这与其说是出于怨恨，不如说是出于求之不得的焦躁。阿次本人对这些都是不知情的。

　　终于有个胆大的年轻人瞅到了机会。勘次看管得再严密，也不能禁止阿次晚上单独去厕所。年轻人在阿次从厕所出来时，从黑暗中闪出抓住了阿次的手，然后抚摸着她的胳膊，在她耳边柔声低语。阿次乍遇此事，因羞耻而吓得僵住了。

　　此后她稍稍习惯了这种暗中来访和对方的小殷勤。若是勘次在屋里喊她，她会及时回应。一开始勘次尚未怀疑什么，但几晚过后，他断定肯定有非同寻常之事。阿次和刚刚结识的年轻人还远未达到心心相印的地步，就引起了父亲的猜忌，结果是棒打鸳鸯各分散。

这晚，守候已久的勘次伺机而出。谁知门开得太猛，卡在形渐朽坏的凹槽里，勘次怒气冲天，左推右扯，总算拉开门冲出，朝厕所方向奔去。慌里慌张的阿次披着头巾磨磨蹭蹭地朝他走来，同时暗处的年轻人正要偷偷逃走，他的脚步声传到了勘次耳里。勘次随手抓起墙根的一个树墩子，使出全身的力气向树荫下的黑影投掷过去，树墩子在院子里打了几个滚，在土里停住。又有几个树墩子接踵而至。那形迹可疑者已经走远了，只是勘次的突袭令他惊慌失措，一不小心绊倒在一株柿子树突起的树根上，崴了脚踝，次日痛得只能一瘸一拐地走路。

勘次将呆呆站着的女儿推进屋子，从后面闩上门。几天前他们刚刚过了节分①，门口还悬挂着刺桂的枝叶和干沙丁鱼头。这天他们照例吃炒豆子来驱鬼，阿次吃了十九颗豆子，妙龄十八，也不算小了，但她毕竟只是一个天真可怜的少女，在这种场合缺乏巧妙应对敷衍过去的本领。她露出沮丧的神情傻站着，面对着怒火中烧的父亲，黯淡的灯光落在两人的身上。

"阿次！"他高喊道，因为过于激愤，千言万语都堵在嗓子

---

① "节分"即立春的前一天，习俗要将烤沙丁鱼的鱼头穿在树枝上，摆放在门厅，以驱除邪祟，然后开始"豆打鬼"的活动。首先把炒熟的黄豆供上神龛，到晚上打开门和窗户，一边喊"鬼出去，福进来"，一边撒豆子驱鬼。为了不让福逃走，撒完豆子要马上关门关窗，然后全家一起抓剩下的豆子，最好抓比自己年龄多一个数的豆子，然后把它吃掉，这一年就会福星高照。

眼里。

过了一阵子，他终于能开口问话了。"刚才在外面是咋回事？"勘次死死地盯着阿次。

阿次低着头，什么都不说。

"告诉我，别跟我扯谎！"勘次的情绪还是很激动。

接着，仿佛在忍受着万箭钻心的痛苦，他从牙缝里挤出声音道："能保证以后、再也不做、这种让我担忧的事儿吗？能保证吗？……能吗？"

勘次被绝望与愤怒撕裂着，像急病发作一般猝不及防，像是被谁夺去了自己期待已久之物一样失落，又像是被什么反复啃啮着身体一样焦躁。他沉默了一会儿，竭力克制住自己，重新用颤抖的声音要求阿次的保证。

小屋紧闭的门缝里漏出阿次压抑的抽噎声。

虽然暗自期待着与异性的幽会，但阿次心中终究摆脱不了愧疚和羞耻感。出于对父亲的尊敬，她保证下不为例，从此放弃一切金风玉露的机缘。刚刚萌芽的情愫就这样结束了。父亲是她唯一的庇荫，她不得不在他的意志面前屈服。至于勘次，无论他从这种胜利当中得到多大满足，也抵不过此事给他带来的刺痛的十分之一。这事让他更深地体会到失去阿品后的空虚，而已经失去那一个，他无法忍受再失去这一个。不论如何与世隔绝，像油漂浮于水面上，只要他们仨生活在一起，他就会得到安全的慰藉。可是一旦觉察到阿次也有离开他的可能，他就如芒刺在背，感到惊恐万端，悲伤得难以名状。他将村子里的年轻男子视若不共戴天的仇敌，而他们也将勘次看作毒蛇一般。尽管慑于他的威势，没有人会正面挑战他，但他们却联合起来搞出各种恶作剧来戏弄他。谁也不会直接用手触碰草丛里出没的毒蛇，但人们会向其投掷土块，或是用木棍来敲打它，直到它露出毒牙。他们也这样作弄勘次，远远眺望着他被愤怒扭曲的瘦削的脸。到了夜晚他们会在勘次家的篱笆边吹口哨，或是在他家门外留下木屐齿的印痕，或是尖声叫阿次的名字。这些都让勘次怒不可遏，然而就如雾里捉人，没法确认对方是谁，也就无从下手做任何事。时间一久，年轻人的兴趣转到别的地方，也就不再招惹他了。

春日与冬天遥遥相望，又彼此相邻。季节的变化循环往复，岁月无情地向前推移。

十二

冬日悄无声息地降临这片土地。岁暮将至，农闲时节，正是适宜婚配的时节。镇上的家具店门外摆了一长列箱柜之类的物件，粗制的金属配件在阳光下闪耀。

阿次上的缝纫班的师傅家里也要迎娶一位新娘。大礼那天，一大早，所有学徒都穿上平日舍不得穿的半缠和服、红色襻带过来帮忙，大扫除啦，洗山芋萝卜啦，边干活边叽叽喳喳地喧闹不休。阿次也来了，穿着一件红色大名半缠和服，用一根明黄色襻带系起袖子。每年天气转暖、农活开始时，缝纫班的学徒就得停课，直到冬天才能复课。耕耘季节之初，她们都得去师傅家助工一天。只是人多地少，都下地干活的话难免互相碍事，因此通常会有一半人只是站在一旁，倚着锄柄欢快地说笑着，同时打量着周围田地上干活的人。她们为别人注意到自己而得意，又不需要自己特别出力做活，对她们来说这是一段快乐的时光。婚礼上的帮工也是如此，由于人多活少，她们有充分的闲暇可以在一起放松地聊天。

"谁知道新娘子长什么样啊?"

"肯定很好看啦，能嫁到这家的……"

"快点来啊，等不及看她了。"

她们就这样凑在一起叽叽咕咕。

年龄最小的学徒问："她脸上会全涂上白粉吗？"

"怎么会用白粉？"一个大点的女孩笑道。

"听说是用水白粉……"

"现在有一种像水一样的粉涂在脸上了……"

从这种无根据的臆测她们又说到——

"帮着上菜可以，可是在那么多生人面前，感觉好羞啊！"

"别忘了新娘子比你还害羞呢！"

"真希望能有机会看看她是怎么穿戴的……"一个姑娘有点不耐烦地插话说。

到了晚上，学徒从后房来到前厅迎接新娘子。五六个村里的男青年从后门进来了，他们是来领乌冬面的，这是当地婚礼的惯例。他们领了一大筐白天准备好的面条，提着一壶清酒、一坛子酱油就出发了。经过门口时，他们转过身对着女学徒们故意发出滑稽古怪的声响，又一路喧闹着来到了村里的念佛堂。那里有另外一群身穿和服的年轻人等着他们，正在向围炉里添柴取暖。屋里摆好了杯盘碗碟，高高挂起从邻家借来的油灯，与炉火相互辉映，房间里亮亮堂堂的。

每次婚礼都要在酒后给年轻人上乌冬面，一则它容易做，再则细长的乌冬面也象征了婚姻的长久，切成小段的荞麦面就不行了。不管谁家结婚，年轻人都会来捧场吃面。若是该户比较穷困，供给的分量较少，他们也不会有微词；但若他们认为该户比较富裕，却出于吝啬没有给够分量，他们就会抱怨连天。过去曾有人为此埋伏在树荫下，等待新娘的车接近，威胁将其掀翻。如今这种出格的事儿极少有了，几乎每家都愿意给众人提供足量的乌冬面。

对婚礼本身来说，这种在后门讨要食物的行径并无必要，但却给了年轻人一个借口，让他们可以丢下揉稻草、搓绳子之类的夜间劳作，聚在一起大吃大喝、寻欢作乐。两性借助他人之手缔结良缘，这事常常给他们以微妙的刺激。他们也渴望与异性相知相恋，只是在此过程中，总会遇到重重阻隔、种种麻烦。这些往往会使他们的情感更炽烈、更持久，但当事人难免为这些事感到焦躁不安。周围都在举杯祝福新人，旁观的年轻人心头却醋意盎然。好在能跟大家凑在一块儿热火朝天地交杯换盏、大快朵颐，也能暂时忘记自己的失意。乌冬面本身并不能满足他们，但何必在意呢？

火上加热着结了一层烟垢的酒壶，之后他们各自斟满酒杯，也不管会不会烫喉咙，便一饮而尽。这倒并非他们特别渴酒，只是因袭这种场合中的旧习。哪怕真被烫到龇牙咧嘴，也必须全喝下去。酒洒了也不必可惜，总之是上来的酒就得全部喝光。此后便将碗筷在草席上摆开，从加了酱油的汤里捞起乌冬面，滋溜滋溜地吸着吃。

酒劲上来，他们都兴奋不已，脏话连篇。这边荤话脱口而出，那边接以更猥亵的话来回应，好似在挖空心思比赛谁说话最粗俗。平日在他人面前，各人都表现得畏缩、温顺，此刻跟同伴在一起畅饮，便无所顾忌，任意而行，爱咋样咋样，也不必在乎天有多晚。他们吃完乌冬面，将杯盘碗碟胡乱撂在一边，开始扳起指头数村子里有多少对野合夫妇。连一些独居的男女也被他们牵强附会生拉硬扯在一起。有几个年轻人听到父母被点名，感觉很不自在，也只能极力克制着不说什么。

在所有可能的对象都列举完毕以后，大家的兴趣开始衰退了，忽有一人喊道："勘次呢？我们该不该把他和阿次也算进来？"

这一突如其来的提议受到大家热烈反响，掌声雷动。

"谁去问问勘次啊？"

"你要敢去问，保准被揍得鼻青脸肿的！"

"那去问问阿次咋样？"

"那你得准备着断条腿了！"

"也不至于，但肯定挨上一顿木墩子砸！"

大家都哄堂大笑。

"今天我看见勘次了，在拐角那家店里自斟自饮哪，他气得跟疯了似的……"

大家都支起耳朵来听着，说话人继续得意地说道："你们都知道今天阿次跟别的学缝纫的女的都过来帮忙了吧？"

大家都点点头说知道。

"眼看着天快黑了，勘次还没有看见他家姑娘，再也受不了啦，在那里嘟囔个没完。我刚好进去买草鞋，他说的我都听见了。"

"听说他几乎每晚都过去喝两盅。"有人插话说。

"是啊，他因为在林子里垦荒赚了点钱，干完活就过去买酒喝。店掌柜跟我讲过了，他今天去得比往常都早，我听到一些很好玩儿的事儿。"

"别卖关子了，说吧。"其他人喊道。

"他一直在那里嘟囔着阿次也不给他做饭，怎么怎么不好，后来就派与吉去叫她。但她没有跟与吉回来，说等她吃完乌冬面再回去。勘次就冒火了，说：'跟她说，让她马上就给我滚回来！'看见他这样，真是好笑……"

说话人左右看看，大家都拍手笑着。有人问："那她回去了吗?"

"嗯嗯，好像当时已经走开了，与吉是在路上遇见她的。"

"那她进店了吗?"两个人不约而同地问。

"没有，也没跟他打招呼，直接就过去了。勘次叫了她几声，可她仍然往前走。勘次就喊了几句难听的，想要追过去，可因为太慌了，结账时候钱掉了一地。他至少喝了有半斤酒吧，那样子可真够瞧的！可是阿次不管他，连头都没回……"

"他是害怕天黑了，阿次留在那边，我们会过去闹。"

"对极了!"

有人愤愤地说："老混蛋一个！我们干什么了？真是多事!"

"他名声这么臭，估计真干过什么见不得人的丑事，也说不一定呢。"有人冷嘲道。

最早提起此事的那个说："你们看到了吗？阿次盘起头发来，还真挺好看的！"

"所以么，她爹就忍不住了哦！"油烟袅袅、摇曳不定的灯光下，年轻人们都用筷子敲着碗，大喊大笑。

勘次这年冬天因为垦荒挣了大概三四十元，尽管大部分钱都用来还债了，可他终于不再像以前那么憋屈了。只要兜里揣着那么几个钱，心里就踏实许多。不论别人在背后怎么冷嘲热讽，他总觉得倚靠东家是没错的。在三四年的艰苦日子过后，生活里终于有了些微光亮。

阿次眼看着就快二十岁了。

十三

　　初秋的风吹拂着悬吊的蚊帐。灶里熊熊燃烧着麦秸火，灶下的热灰里煨着玉米棒子，棒子包皮扔在四周。农人暂时放下田里的活计，准备过盂兰盆节。

　　这天勘次一直忙到过午，之后匆忙扫了院子，用镰刀割了一些长得特别高大的杂草。阿次将家里那个没有门、没有屏风隔挡、熏黑了的简陋佛龛擦干净，摆好佛器，供上一杯水，几片山芋叶子上摆着插了四根小木棍的茄子①，旁边一束短小的紫色的千屈菜花②。近黄昏时他们关上雨户，提着一个灯笼，穿过田圃，来到墓地。他们在阿品的塔婆和旁边的卵塔③前引燃线香，又点上灯笼，提着回到了家。阿品的亡灵将从冥途归来，寄居在灯笼的火焰里陪他们回家。因此灯笼只能在坟墓前点亮。

---

①　茄子下面插上四根小木棍，象征驮载先人亡灵的"精灵牛"。

②　千屈菜，日本汉字写作"禊萩"，"禊"指古代春秋两季在水边举行的清除不祥的祭祀。佛教传统认为，饿鬼喉咙狭窄，难以吞咽饭团，故需用萩花蘸水润喉咙。

③　塔婆，如木剑形状，上写有符文如"阿弥陀佛"之类；卵塔，卵形塔身的无缝石塔。

阿次今天穿了一件新的中形浴衣，是勘次有了余钱之后给她买的便宜货。阿次这年已经十九岁了。之前她与女伴们穿着汗湿的襦袢①，互相帮忙盘了头。浴衣外系上了红色的腰带。勘次穿着藏青色筒袖单衣，晒黑的腿从下面露出来。阿次的装束虽然普通，可在绿油油的稻田里却颇为醒目，四处开放的小白花就像一双双眼睛在羡慕地打量着她。他们三个到家后，村里其他人才老老少少倾巢而出，拎着灯笼向墓地奔去。

　　勘次用灯笼内的火点燃了佛龛前盛了菜籽油的灯明皿②，灯光黯淡，犹如从遥远的国度传来。线香升起的烟在阿品的灵牌周围缭绕。勘次和阿次轮流将千屈菜花浸了水，洒在垫着山芋叶的茄子上。勘次将所有雨户都打开了。阿次脱下浴衣，只穿着襦袢，将早上泡的糯米放在灶上蒸着。勘次也脱去上衣，在井边洗好了捣米的杵臼，放在屋檐下。他们之所以提前去墓地，就是为了早点回来做米糕。

　　糯米蒸好了，屋内已经黑下来。日落之前就已经悬在高空的月亮刚才还是白色的，现在抹上了淡黄色调。它窥视着庭院，将柿子树和栗子树的阴影投下来。阿次站在屋檐下，将蒸熟的糯米饭从蒸屉一勺一勺舀出到臼里。升腾的热气中月亮蹙起眉头，面影朦胧。与吉站在一边，眼巴巴地望着，阿次时不时给他一点吃，若是糯米黏在手指上，她自己也舔着吃点。勘次使劲用杵捣着又热又黏的糯米，杵头上黏了一层以后，阿次就用

---

①　襦袢，穿在和服内的长衬衣。
②　灯明皿，一种油灯，形如小碟子，通常用于在佛龛前供奉。

泡过水的勺子将糯米刮下来，团成一团再甩回臼中，勘次又接着捶捣，如此反复多次。院里树下的阴影愈发深了，臼里月光闪耀。院里凉风习习，如水的月光沐浴着周围的一切。阿次伸手揭下做好了的米糕，在食盒里铺上阳荷的叶片，一块块摆好。

阴历十三，月亮接近正圆，月光如流水一般静静地泻在阳荷叶上。微风撩拂着柿子树上的叶子，屋后的竹林亦萧萧不已。

阿次忙得大汗淋漓，匆匆进屋将放在阳荷叶上的米糕供奉在佛龛前，又将米糕和一碗豆粉在堂屋的灯下摆好。与吉立刻坐下来等着吃饭。

吃完饭，刺透夜空的太鼓声从远处传来，召唤舞者前去。而此时屋檐底早早聚集了一大群蚊子上下飞舞着，正等着入袭房中。勘次抓了一把麦秸铺在狭窄的门廊，将上午割的青草摆在上面，划着火柴，小心地点着了。浓烟升起，蚊子向四方散去。若是火烧大起来，勘次就往上浇水。他站在烟中，脱得只剩下兜裆布，鼻子和眼呛得涕泗横流，若是烟飘向别处，他就用簸箕再扇到屋子这边。

打扫完厨房，阿次站在井边擦洗身上的汗。每次她把手巾浸入水中，月亮的影子就搅碎了，等她拧完起毛巾，水面恢复平静，水盆里就又有了一枚完整的月亮。本村的鼓声越来越响，仿佛就在院子外一般；远村的鼓声则像是在繁茂的树林上空回荡。阿次听得入迷了。她羡慕地想到自己的同伴，她们肯定都去跳舞了。柔和的月光下，她的肌肤纯净得瓷白。她心不在焉地将散落的头发整了整，穿上了浴衣，开始缠腰带。

"爹，鼓队是从哪边来的呢？"

"哪里的鼓队？听起来远的那个？我怎么知道？"勘次对这个毫无兴趣，他现在关注的是熏蚊子的火堆。

"肯定是从另一个村来的，正在往我们这边走。"

"你怎么知道的？"

"我今天跟她们在一起盘头时听说的，他们从别的村过来，跟我们村的合在一块儿。"

"哦哦，你说这个是要……"

"我也许可以过去看看，带上与吉。"

"你自己去？你觉得我会让你自己去吗？"他一下子火大了。

"我想南邻家大婶也会去，可以让她带我们去。"

"说啥都不行！你脑子怎么了？这几天每天都会有跳舞，急什么？你就等不及要去显摆一下，是不是？"

勘次一个劲儿训斥着，阿次解下腰带丢到一边。

次日晚，每年盂兰盆节的第二天，照例要打乌冬面。勘次和阿次在小麦粉里加水，再加少许盐，和成面团，用草苫子裹了，反复用脚踩几次，等面结实了，再用擀面杖擀成薄皮，然后叠起来，切成细条。剩下的边角料他们捏成小三角形，像是斗笠一样，放在食盒里供在佛龛前。这是给亡灵戴的斗笠，他们要陪着农人去地里看看正在生长的豆子和稻子。

天一黑，鼓声又响起来，召唤舞者前去。今晚勘次没有准备熏蚊子，他穿上一件藏青色单衣，扎上三尺带，开始关雨户，并不耐烦地催促阿次道："快点去准备，我带你去看跳舞！"

三人离开院子，关上大门。月亮从云层后面现身，在柿子树梢宁静高悬。

盂兰盆舞会①每年都是在村里神社旁边那株高大的枞树下举行的。三人到达时，已经有很多舞者聚在那里了。一靠近林子，就听见太鼓声振林樾，响彻夜空，让人心动不已。男女舞者以太鼓为中心围成一圈正在踏舞，不时用手打着拍子，随着节奏或是前进，或是后退，或是辐辏向中央，或是散开向四周。女人们在袖口缝接了手巾，让它们更长一些，又在襻带上结了扱带②，长长的扱带垂落在身后，舞动时长袖飘飘，扱带摇摇。男子们跳舞时有些蛮横胡来，瞅准各种机会靠近女人们，故意和她们摩擦碰撞。女人们有时会停下来呵斥一两句，但为了和舞队的步伐保持一致，只好缓和片刻继续绕着太鼓转圈跳舞。舞者数量渐多，在之前的圈子里面又组成了另外一小圈。鼓手一旦倦怠了，大家就会大声唱歌抗议，催促鼓手："太鼓敲得好，舞才跳得好！"原来的鼓手累了，新的鼓手会接替上阵，舞者的步伐又恢复了原来的节奏。

舞者都戴着花笠，上面绑着很多用来包裹馒头的白纸片作

① 盂兰盆节是一个佛教节日，而在神社跳盂兰盆舞，一方面说明了日本宗教融合的特色，另一方面是因为"寺院是为个人生活提供精神支持，而神社则是共同体集团生活的精神上的代表"（清水三男《日本中世纪的村落》）。长塚节曾担任冈田村初代青年会长，当时的政府以有伤风化为由禁止盂兰盆舞，长塚节就让村里的青年人在自家院子里跳舞，为此丢了青年会长的职位。

② 扱带，一种用整幅布制作用来作装饰的带子。

为装饰。舞者于树下舞动时，纸片也跟着摇摆，在半明半暗的夜色里甚是鲜明，而且咔嚓咔嚓地有节奏地响着，为此景增添了不少欢趣。盂兰盆节结束后，这些纸片则被弃置路边，散乱在尘土里。

舞队周围是村里来看热闹的人们。旁边有个小贩铺开一张席子，上面摆了一些便宜的糖果、梨子、甜瓜和西瓜之类吆喝叫卖。一盏尘垢很重的马灯冒着滚滚油烟照亮了他的小摊，其中暗红色的切片西瓜最受欢迎。退下来的舞者满身都是尘土，却毫不在意，只想吃一片西瓜来解渴。女孩子们害羞，三三两两地站在灯光外围，用花笠遮住脸，伸手接过递来的西瓜。小贩站在草席边上，很难看清灯光与树荫之间姑娘们的身姿，只有时不时地眯着眼，才能把西瓜递给她们。一拿到西瓜，姑娘们就躲到树荫底下，爆发出阵阵笑声。被灯光限制了视野的小贩，不停地伸着脖子、眯着眼睛，透过黑暗打量着眼前喧闹的人群。他的那副模样，在树荫的暗处看来显得很是滑稽。在与吉的央求下，勘次也给他买了一块西瓜，顺便在席子边上坐下。阿次在旁边站了一会儿，之后便离开灯光所及之处，带与吉去了树荫下。勘次发觉他们不在身边，仔细搜索着，直到找到他们才罢休。

"阿次！你也过来了，真好……"站在枞树旁的一个女孩跟她打招呼。她刚从舞队里退出来，胸前衣襟稍稍敞开，用袖子扇着风，擦着脖子和额头上的汗，一个劲儿叫道："好热，快喘不过气来了！"

"你也来跳舞吗，阿次？"

"不想去，我爹在看着我呢。"阿次小声说。

邀请阿次跳舞的那个女孩看到勘次盯着她们，好像怒目圆睁的样子，赶紧偷偷走开了。其他女伴看到勘次也都立刻明白是怎么回事，都躲到一边去。

由于勘次坐在灯光下，树下的人都能看到他。站在一旁观看舞蹈的村里的女人们，也都指指点点，互相暗自窃笑。就连小摊上的马灯也表示所见略同，光焰就如议论纷纭的舌头，在夜空中摇曳。

一时间，勘次在树下的人群中看不见阿次了，就跳起来向树边走去，见他过来，姑娘们纷纷向后退。他很快发现了阿次，她只不过稍稍挪动了一两步。

早先，五六株枞树的树荫完全遮挡住了月光，为讨厌光亮的舞者提供了他们需要的庇荫，现在由于明月西斜，舞者们围起来的圈子都被照亮了。斗笠上装饰的白色纸片在月光下闪耀着。舞者的兴致愈发高昂了，似乎已不知疲倦为何物，舞步越来越狂野。有人将浴衣卷到白衬衣上，有几个臂上挂着草鞋的年轻人从舞队分离出来，像海啸时的潮水一般涌向站在外面观看的姑娘们。她们捶打着年轻人，边笑边喊请他们走开，乱作一团。忽然，有个年轻人逼近阿次，抓住她的头发，她惊叫一声："干什么？"这人已经拔下她的梳子跑掉，消失在人群中。

阿次整了整头发，察觉梳子丢了，气愤地咕哝着："竟然拿人的梳子！"没有多想，拔脚就奔向人群寻找那个胆大妄为者。

还没跑几步，勘次已经跟上来，一只手抓住她的后颈，另一只手在她鬓角处打了一个耳光。阿次惊恐地回过头，父亲又在她鼻子上打了一下。阿次疼得捂住脸，弯下腰。其他姑娘了解平常勘次对待阿次的所作所为，都不敢向前，畏缩在一旁。

"你行啊！凭啥让人拿你的梳子？别装模作样的，说！你个小婊子，说！"勘次厉声呵斥着女儿，并使劲推了她一把，阿次差点摔在地上，还好她用双手撑着，才没有倒下。

"爹，你怎么了？"阿次慌忙转过脸，声音颤抖地问道。

"我怎么了，真见鬼！你告诉我凭啥让人拿你的梳子，告诉我！"

"不知道！"阿次羞愤交加，用袖子遮住了脸。

"你不认识那个家伙吗？你以为我会信你这一套？一个生人会平白无故拿你的梳子？"他咬牙切齿地咕噜着，狠狠盯着她，又踢了她一脚，"娼妇！"

阿次向前扑倒在地，但并没有哭。

"好疼啊！"人群中有人故意尖声尖气地叫道。舞队已经因这事停了好一阵子了，在四周围得水泄不通。意识到自己被围观，阿次伸手理了理凌乱的衣服。

有人起哄道："拿梳子的人就在这里！"

"让他赶快拿出来！"另一个人帮腔说。

一个人捏细嗓子装成哭泣的口气打诨："好讨厌啊，爹爹会揍我一顿的！爹爹会原谅我的！"

之前默默围观的人群，现在越来越骚动了。

"嘿，爹爹啊，点上灯吧！"有个声音在后面嚷嚷。人群中一阵哄笑。

阿次猛地站起来，向外面跑去。

"你去哪儿?"勘次喊道。他伸手想抓住她，却被她挣脱了。他急忙跋上草鞋，跌跌撞撞地跟在后面，口里忙不迭地唤着："阿次，阿次！"与吉不明白出了什么事，从刚才开始一直在哭。

鼓声一停，舞队就乱了，想继续跳的舞者男男女女做伴，沿着田间小径从这一村到下一村寻找别处的鼓声。有些人跟在勘次后面，有的飞奔几步超过他，一路唱着曲儿嘲笑他："烤米糕烫到了手，这手却捏和尚头！"① 跟在后面的人把手指放在嘴边"咻咻"地吹口哨。对这些戏弄勘次怒不可遏，却无可奈何，只能默默拉着与吉跟在阿次后面。

神社的林外是白色月夜，等他们仨到家时，看热闹的人都已从岔路上各自回家，只剩他们自己了。月光皎洁，鼓声仍回荡在夜空中，歌声时远时近。夜晚现在完全属于舞者了。他们边唱边跳，向着远方的鼓声而去。行走在田间，心随着玉米叶子的飒飒声而撩动，玉米花粉的清香也让他们暗生情愫。他们渴了就从路边的地里偷摘甜瓜和西瓜，吃剩的瓜皮和瓜子扔在路边草丛里。后来，有几个喜欢恶作剧的年轻人潜行至勘次家门外，但见门窗紧闭，只有他们几个的影子胡乱映在庭院地面，

---

① "烤米糕"在日语里和"心里火烧火燎的"谐音，表示吃醋的意思。和尚头，一种饭团。这句暗示勘次因为嫉妒而迁怒，拿阿次来出气。

月光照着破旧的雨户，白晃晃一片，周围像是哭泣刚刚止住似的，一片寂静。他们不免觉得有些无聊，终于各自散去了。

次日一早，阿次去找她的梳子。这时朋友们都知道是谁拿的了。一个女孩对她说："我听人说你该在家里的柿子树杈上找找看。"阿次急忙回家，果然，在柿子树低矮的树杈上找到了它。这把梳子是仿制玳瑁梳，有两根齿断了。阿次瞧了损坏的地方一会儿，又把它插到头上。

梳子的事就这样完结了。之后勘次还是一有什么事就"阿次、阿次"地叫，一家人看起来还是挺和睦的样子。但村子里议论了好久，尤其在女人们中间，此事更是被反复提起。

"勘次干的事也太过分了吧！"

"简直就是个疯子！"

这种批评之声不绝于耳。

有人故作神秘地叹气道："我听说的事，关于他的，真不敢相信！"尽管没有明说，但每个人都清楚她在暗示什么。"真是可怕，讨厌！"她们用这种含义莫测的话结束了交谈。

在村里的年轻人中间，这事也经常被提起，并且激发了一些最为荒诞不经的传言和猜测。

十四

夏日又至。

烈日驱策下，农民们身上焕发出惊人的活力。他们赶着马，驾着板车，将已经收割的麦子从地里运出来。仅仅几天之内，旱田里的麦子都收割完毕。之后天气突变，连着好几天大雨滂沱。梅子黄熟时枝条上爬满的蚜虫，这下可遭遇了灭顶之灾，几乎被无休止的雨水冲洗一净。刚刚收割后的麦田里的豆苗和陆稻苗都在贪婪地畅饮着雨水，积蓄生长的能量。几天之后，它们的绿叶便覆盖了整块田地，不留分毫空隙。院子里被踩得发硬的地面上，蔊菜和石龙芮都开出了小黄花；就连屋顶的梁栋间也长出了青草。大自然的意志是要将每一方寸的土地上都覆盖上新绿，她唯一的遗憾就是稻田了，这里虽已被农人仔细打理过，但依旧还是光秃秃的，大自然失去了耐心，将倾盆而至的雨水灌满了稻田，淹没了附近沟渠里的野草。农人深知哪怕晚种一天，都会在秋天收获时减产，因此他们放下了手头别的活计，赶着马来到田里，人和马身上都溅满泥泞，一心只想耕好地。随即他们披着蓑衣，蹚着水，左手拿一把秧苗，右手一绺一绺地抽苗插秧，一步步在泥地里往后退着。尽管身上淋得湿透，却一路欢唱，处处都能听到他们爽朗的歌声。黄褐色的泥田渐渐换上了浅绿色妆容，等到插秧全部结束后，早先插的秧苗已经变成深绿了，就好像大自然动手染过一样。野草也在田垄间蓬勃生长，再也看不见裸露的黑土。大自然终于心满意足了，擦拭掉苍穹的阴云，让明媚和暖的阳光洒向大地。田垄上的萱草开花了，在系着红腰带的姑娘们还没来得及除草的日子里，为田野增添了一抹艳丽。

如今插秧工作完成，也该犒赏一下这些差点把脊梁累断的农人啦。早苗飨①节日到了。

勘次和阿次帮南邻家插秧，在他家过了早苗飨。隔在南邻家与勘次家间的桑树田刚刚采摘过桑叶。桑树间隙种着马铃薯，每一株都开花了。南邻家里养蚕，为了给它们采桑叶，耽误了插秧，大家都快干完时，他这才慌忙雇了好多人帮他干。天气晴朗，大家都干劲十足，意气风发，干完的时候太阳还挺高的。见一切都很顺利，南邻大婶便带着阿次早点赶回家准备晚餐。女人们急急忙忙筛好麦子，炒香了好做炒面。

干完活的男人满身泥泞，他们来到水田边的沟渠，有些人直接跳进水里，站在里面漂洗自己的裤子，有些人脱下裤子泡在水里搓洗，溶解了的泥巴在水里如烟似雾般散开，向下游飘去。他们一路吵吵闹闹、嘻嘻哈哈地来到了南邻家。后门一株

① 早苗飨，庆祝插秧工作完成，感谢神、人帮助的节日。"早苗"即秧苗。

柿子树底下正在烧洗澡水，火焰伴着烟气如牛舌头一样舔着锅底。雇来帮忙做活的一个女人揭开盖子搅了几下水，接着又拿起吹火竹呼呼呼地吹火，火焰越来越旺。

盖子再次掀开，水面上开始有泡泡冒上来，由于浴盆此前没有彻底清洗过，还浮了一层灰垢。但农人们对此并不介意，一个个轮流进去泡澡，他们只是用毛巾稍微擦洗一下就出来了，脚趾头上的泥都还在。

一个农人光着屁股从浴盆里出来，他还没擦干身上，就一边穿鞋一边提醒下一个轮到的人说："好多烟，太呛了。你最好把下面那根冒烟的木头抽出来。"

"没事，我不在乎这些。"下一个看来无所谓的样子，就这么眯着眼进了浴盆，让水一直浸到脖子底下，坐在里面洗了一会儿，见阿次从旁边经过，逮着就喊："嘿，阿次！太呛了，能过来帮一下忙吗？"

他叫阿兼，农闲时做马贩子。

阿次用轻微埋怨的口气说："你要是嫌呛，刚才进去前怎么不自己先弄弄？问别人也行啊，非得找我，我是负责挑水的，不是伺候你的！"她将两个水桶放下，抽出那根冒烟的木柴。

旁边一人说："他啊，只有阿次帮他弄他才愿意，别人都不行！"

阿兼拍打着水站起来，说："现在没有烟，空气太新鲜，我受不住，不能洗了！"

阿次将那根冒烟的木柴戳到他面前，说："你这人真是，要是不喜欢我帮你，就继续吸烟吧！"

阿兼身子弯向后面，避开那根木柴，说："好啦好啦，我道歉，恕罪恕罪！"

阿次又回到水桶前。"嘿，等一下，我有样东西要给你看看。"阿兼又叫住她。

"算了吧，我已经受够你了。"阿次侧过身，抓住水桶的提手，正要提起来时，阿兼叫着："好吧，你看着！"一样东西向她扔过来，正好落在一个水桶里，扑通一声，水溅到阿次脚上。原来是一个还没熟的柿子，刚才从树上掉到浴盆里的。

"讨厌，你怎么这么多鬼把戏啊？"阿次转过身，禁不住微笑着说。

旁边一个农人对阿兼说："你能啊，让她回过头来了。"

阿兼说："嗯嗯，这样我可以好好看看那些雀斑了。"

"你净知道捉弄人！对人说这种话！"阿次捞出柿子又扔回他。

"看来她是看上你啦，哈哈！"旁边的农人对阿兼说。

阿次羞得满面通红，慌忙提起桶逃走了，水从装满的桶里泼出好多。在浴盆附近的农人正为这事说说笑笑间，勘次从后门进来了。他刚穿过桑田回家换了件衣服，在来这里的路上听见嬉笑声，又看见阿次正在跑开，总觉得不对头，肯定出了什么事。他怀着猜疑、皱着眉头进了院子。嬉笑声戛然而止，大家没再说什么。

斜阳照射着竹林下面潮湿的地面，井栏阴气中绽放的山栀子花上也抹上了一层余晖。屋里点上了灯，男人们在厨房隔壁的客厅里盘腿坐着围成一圈，几个雇来帮工的年轻媳妇与阿次在厨房炉灶边。每个客人面前都摆上了温好的清酒。

南邻大叔开口道谢："多亏大家帮忙，今天一切都很顺利。现在请大家开怀畅饮……"

"好!"大家同声应答，各自拿起酒壶斟酒时，南邻大婶刚从火上端下锅，手里还抓着端锅用的洗碗布，急忙忙过来说："能再等一会儿吗？还没敬灶神呢!"

"啊，真是，把这个给忘了。"南邻大叔有点手忙脚乱地拿起一壶酒，下了厨房。灶台上熏黑的神龛里摆上了一把从地里采来的秧苗，大叔在上面洒了些酒。

阿兼满不在乎地打趣说："意思意思就行了，别在那上面浪费太多酒啊。"

阿次嘀咕说："有些人为了喝酒，都替主家吝惜起来了。"

阿兼说："酒造出来就是给人喝的。不信，只要让我喝那么一点，马上我就能让大家看出它的作用……"

南邻大叔又在秧苗上撒了些炒面，象征稻穗开花时的样子。阿兼看到了，自己也挤进厨房，嚷嚷道："我也要点面粉，一小捏就行，谁能给我拿一点啊？阿次，能给我一点不？"

阿次小声道："你这人怎么就是忘不了显摆啊？"得到南邻大婶的允许后，她给了他一小捏面粉。

阿兼在秧苗上撒了些面粉，秧苗有些变白了，说："好了，现在我们的晚稻开花了!"

旁边的一个女人说："现在很少有人种晚稻了吧。"

"我现在还种着这个，村公所的人也说不应该种这个，但晚种总比不种强啊，我要是不种这个，那我就一点收成都没有了。地总是种得不及时，而且收割的时候太冷了，可是有啥办法呢？村公所的人都跟我说不要再种晚稻了，可是我不种我吃什么呢？"阿兼笑着兀自饶舌不休。

一个女人插话说："你这个人就是好跟别人不一样，种晚稻啥的，啥都跟别人不一样……"

"我跟别人不一样？才不呢！"他弹了弹秧苗上撒的那些面粉，说，"看，我跟你说什么叫跟别人不一样，你看这些像不像米虫？"①

"米虫？米虫才不长这样呢，再说，稻穗上哪来的米虫？"

阿兼煞有介事地压低嗓门说："有的，勘次就把这叫米虫。"

女人听了，用袖子遮住脸以免别人瞧见自己在笑，阿兼自己也憋着笑回到客厅坐下。

还是孩提时候，勘次被玩伴欺负，经常哭鼻子，其他小孩就给他起了个绰号叫"鼻涕虫"。勘次对这个绰号厌恶至极，哪怕到了四十多岁都忌讳说"鼻涕虫"这个词。此事在村子里人尽皆知。去年秋天，阿兼恰巧捉了一条鼻涕虫，从勘次田地边的小径路过，见他正在割稻，就把鼻涕虫拿给他看，问这叫什么。勘次没好气地说叫"米虫"。阿兼听了不觉莞尔，认为

---

① 以下 4 段原文某些词牵涉到日语中的谐音词，中文难以还原其趣味，故译者酌情修改，与原文略有出入。

这是莫大的胜利，便将这个段子传遍了整个村子。从此，有些人一见勘次父女来稻田干活就嘲笑说："嘿，看，来了一对米虫。"

现在每个茶碗都斟满了酒，大家都郑重其事端到嘴边。

南邻大婶放下两大盘白花花的炖土豆，说："能吃就尽量吃啊，还有好多呢。"

他们很快就喝完一杯，开始献酬交错起来。斟酒的举起酒壶，接酒的举高杯子靠近酒壶，都小心翼翼的，不让酒洒出来。坐姿也都挺直端正。

南邻大叔举杯道："大家别太客气了，能喝多少就喝多少，还有呢。"

"好，好。"在座的都向他的慷慨致谢。最近清酒很贵，大家都不敢奢望在这样的场合能开怀畅饮。南邻刚刚卖掉第一批蚕茧，没想到能挣这么多钱，而且桑叶也有剩余，心里高兴，就索性花了一元钱来买酒庆祝。因为还需要买酒宴上的酱油，他在晌午后就挑着担子过了鬼怒川买这两样，直接去批发商那里可以用更优惠的价格买到更好的清酒。

这个酒也确实比他们平常喝的要好，他们不习惯一下喝这么多，很快就有点东倒西歪了，说话声音也粗声粗气起来。有些人把酒杯都摆在不胜酒力的人的跟前，一齐起哄道："喂，别把酒放在桌上不喝！快干了啊！"一面劝他喝酒，一面看着他的窘态取乐。勘次一个人坐在角落里，一杯接一杯地喝下去，比起别人更早显露醉态，额头上青筋都已暴起。"我，我是没有刨子的木匠，可是还有凿子哩。"① 勘次咕哝着，往厨房望去，瞪着里头那些女人们。他的头垂下去，又抬起来，如此反复数次，忽而又爆发出一阵抑制不住的笑声。他旁边有一盘炖土豆，里面还加了牛蒡和油豆腐。他叉了一块土豆，像是拿了一样危险物品，两眼直直盯着，慢慢填进嘴里。阿次躲在厨房的阴影里望着他。

有人评论道："这些土豆个头真大。"

南邻不无自豪地说："这是桑树间种的，没想到能长得这么好。"

"在桑田里能长成这样真是不错。"

"我们围墙外那片地又硬，又是红土。我把家里的垃圾都扫过去埋在里面，没想到长出来的马铃薯还行，就是不知道对桑树好不好。"

"不用担心。土豆能找到肥料，桑树就能找到。你都想象不到桑树的根能扎多深。它们虽然没有眼睛，可是能一下子找到哪里有吃的。"

"真是没想到，我们平均每棵桑树收了一升桑叶。"

好几个人同声赞叹："不错，不错，真不错。"

有人撺了一块牛蒡，说："这些牛蒡也不错，是怎么保存得这么好的? 麻烦不?"

南邻答道："不麻烦，就是埋在院子里，埋的地方踩实了就行，这样到耕种季节还能吃。"说着自己也撺了一块牛蒡。

---

① 大概是一句俗语，表示自己某方面不行，但在另一方面擅长。

有人抱怨道："我们家也是这样存的，结果被人偷了一次，就再也不那么存了。"

阿兼笑着说："我嘛，都是存在肚子里，这样谁都偷不了……"

勘次从他那边插话说："牛蒡要是挂起来晾的话得小心点，它们和草绳不相宜，沾上容易烂。"

有人不太相信，问："真的?"

勘次对别人质疑自己感到不太自在，小声说："什么真的假的，我就遇到这么过一回，对吗，阿次!"他将头转向厨房。女人们刚好站在客厅与厨房之间的阴影里，观察他们这边的情形，有人戳了一下阿次说："你不应他一声?"然后便嘻嘻地笑。勘次眯着眼看着她们那边，脸上又浮现出猜疑的神色。

一个女人说："她在这儿呢，别因为你看不见她就认为出了什么事。"

勘次的位置在房间边角，靠近厨房的台阶，他不时弓下身，将大家喝完的空杯子收集起来递给女人们拿走。

阿兼在自己衣服里摸索了一会儿，取出一个小纸包来。"嗯嗯，这是啥东西，我好像把它放在这里了。对，在这儿，好大的家伙!"他打开纸包，从里面钻出一只螳螂来，举着大刀，昂首阔步地走着。阿兼用指头挑逗螳螂："看，它神气不? 威风不?"

一个女人故作嫌弃："那么大了还跟小孩似的在那儿玩儿!"大家都笑了。

与吉本来跟姐姐在一起，现在也靠到阿兼这边来，说："我知道这是啥，是从乌鸦巢里抓来的。"

勘次柔声对他说："你不认识这个东西的。"

与吉用手戳着螳螂："我认识！我看见过有一只从鸟窝里爬出来！"

勘次旁边一个农人笑着叹息道："你看，送他们去读书就是这样，还没去读了几个月，他们就跟你说，爹，我这也知道、那也知道，就再也不听你的话了。"

众人你斟我饮，聊起马的事儿来。有人提起，不管性子多烈的马，只要给它灌上两杯酒，就会温顺许多，然后就可以将其卖给不知情的买主了。这种事以前常有，次数多了以后大家都小心提防了。又有人说，现在很多没钱的都不买马了，要么只买人力板车，要么买朝鲜牛，那种牛瘦巴巴的，简直比狗大不了多少，实在是离谱。

阿兼旁边一个农人开玩笑说："马贩子没一个不骗人的，就连阿兼都想骗我哩。"

"我可没骗你！我也从来不骗人。"阿兼说，"有的人就是太吝啬，又想买好马，又不愿意出一个公道的价钱。这个人缠着我给他压价好久了，老是犹犹豫豫的，那怎么行，不舍得花钱咋能买到好马。"

另外一个人打诨说："不管咋说，你们看看吧，做马贩子没一个发财的，这就是他们骗人的报应。"

阿兼不服气，与旁边的人商讨起来："我再让你看看那匹白马咋样？你再多出一点，军队是不会征用白马的……"

"那匹马还好啦，就是不值你出的那个价。我最多再加一袋米，不能再多了。"

"那可不行，光鞍褥都得值六钱了，而且这匹马是纯种的，还有血统证呢。"

"血统证？我在白河骡马市见过这种东西，上面无非就是写着公还是母，有啥稀罕的？"

邻座一人眼看着两人为了一句玩笑话要吵起来，就高声说："今天咱不管这些，就比比谁更能喝，来，都满上！"他把两人的酒杯换过来，满上酒，说："都干了！"

阿兼旁边的人得意扬扬地说："怎么着！马贩子，能喝吗？没有人偏袒哪一方哦。"于是就这样结束了这场争执。

有人转换话头道："我们家老爹到底多大年纪了？他头发有点花白呢。"

南邻大叔拍拍自己的头发，说："是啊，有不少白头发了。"

大婶怀里抱着他们最小的孩子，笑着说："他虽然有白头发，可是一点都不老哦。"

孤零零在一旁喝酒的勘次插进来说："我们俩一样大。"

"真的？你确定？"有人问。

"当然了！没得错。"勘次嘟着嘴，不客气地说。

大婶也在旁边问："真是一样大？"

有人刨根究底地问："那勘次你到底是多少岁？"

"我已经说了，我跟老爹一样大，他多少岁，我就是多少岁。"勘次很早以前听过类似的话，记在心里，现在不过是在重

157

复不知是谁的老话。

"真没劲儿……"对方笑着说。

南邻大婶仔细打量着勘次和自己的丈夫，说："还是勘次更年轻，他头发一点都没白。"

"对，勘次还是十七岁哪！"阿兼立马跟在后面说。

女人们都用袖口捂住嘴，尽量忍住不笑出声。阿兼转过身，见她们正在灯下端着手上的炒面吃，就说："你们可别笑啊！"结果她们一听阿兼这句话，都笑喷了，炒面飞扬得到处都是，有几个呛到了，不住咳嗽，连忙去水桶舀了点水，才慢慢平静下来。

一个女人擦着呛出来的眼泪，说："哎哟，可真厉害啊，我鼻子里都呛进去了！阿兼，你这人可太不咋样了。这旁边要是有根棍子，我非揍你一顿不行。"

"我刚才可是提醒过你们，吃炒面不能笑的啊，你们该听我的才对。"他若无其事地答道，又忽然提高声音对众人说，"我给大家说一段赶马的故事。"他一口气喝干杯里的酒，用空杯敲着木地板模拟马蹄声："我们要从三春把马赶到白河，一整团的马系在一起，背上是鞍褥，听着，当时是这样……"

大家都静下来听着他一边用杯子模拟马蹄声，一边嘴里表演着赶马时的吆喝声。"咿——唔——驾！驾！我们一整天都在赶路，驾！驾！一直走啊，一直走，咯嘀，咯嘀，咯嘀，终于来到一片大的草地……都是好的干草，周围全是油菜花，都是很好的油菜花，然后才停下来，"他瞑上眼，稍稍抬起头，模仿马悠长的嘶鸣，"叮——马叫着，都累了……"

此时阿兼的脸更红了，额头上都是汗珠子，在灯下闪着光，他用手抹了一下。

有人没好气地说："肯定是个没趣的故事，天还不怎么晚，我已经困了……"

"行了吧你！"阿兼吼道，"把耳屎掏干净仔细听我说！第二天早上我们又出发了，驾！驾！前面是（唱）一山连一山，雾中上云天啊……踢，踏，踢，踏，我们翻过了这座山，前面还有座山，这座山很陡，前面那座山更陡，马都这样叫：噢——噢——到白河一共要翻过二十三座山哪，到了晚上我们才到了第七座山，前面还有十六座，真的是人困马乏，这些石头山坡本身就难走，还得看住马，不能让它们跑了，也不能让它们互相咬起来，更不能让它们跌跤。有些小路太陡，马都吓坏了，不敢下来，我们得给它们唱曲儿安抚它们，把它们慢慢、慢慢地领过去……"

阿兼解下腰带把自己的衣服脱到一边，浑身上下只穿着兜裆布。他的腰带，用的是蒙马头的红布来镶边，也在他身旁和衣服堆成一堆。

"最后我们终于把它们送到白河的马棚里，这才安全了。它们在里面都浑身颤抖着，开始刨地，嘶喊着，像是疯了一样……"他拿起一块被汗水和灰尘染成土色的脏毛巾擦了擦身上的汗水，"哎呀！好痒！"他突然叫了一声，举手拍了一只蚊子。

大家都用筷子敲着碗打节拍，跟着阿兼一首歌接一首歌地唱，只有勘次默不作声地直盯着黑乎乎的厨房内，像是在找什么。

"阿次！"他猛地嚷道，脸有点止不住地抽动，"再给我拿些土豆来！"说着将碗向前一伸。

阿次小声埋怨说："爹你咋了？你旁边那个盘子里还有好多呢！也不能因为喝多了，就颠三倒四的。"

"哦，我看见了。"勘次抽回碗，有点不好意思地傻笑着，眼光掠过厨房角落里的女人们，说，"来，都过来吧，我敬你们一杯！"

南邻大婶说："嗯，这也好，你们也都过去喝几杯。"不过年轻女子们都没有动窝，依旧待在原来的地方笑嘻嘻地窃窃私语。阿次则跪在地上，抚摸着与吉的背，他正揉着惺忪睡眼在抽泣。在宴席上的嘈杂声中可以听到她对与吉柔声说："好啦好啦，你今天是不是吃了梅子？你们老师都跟我说了，现在肚子痛了，对吧？再忍忍吧，很快就过去了。"

大婶为膝盖上酣然入睡的小孩赶着蚊子，向这边望过来："他肚子痛是吧？给他吃点药吧。我这里有一些，是给我家里这些娃儿准备的。这时候梅子啊李子啊都是正在熟的时候，不管你跟他们说啥别吃啊别吃啊，他们总是不听话还是跑去吃那些……"

勘次含糊不清地嘟囔："他要再乱吃东西，我就把他肚子剐开，看他还敢不敢……"

"爹！别说了！"阿次厉声道，"他都这样了，你又来吓唬他，他不哭得更厉害？"

勘次闭上嘴，又拿着筷子去叉土豆。与吉渐渐安静下来，发出轻微的鼾声。

宴席上的唱歌声、说话声也渐渐停止，有人喊道："上米饭吧。"女人们便忙活着上米饭。

南邻大婶看着阿次说："阿次真的长大了！二十岁的大姑娘了，可真是家里的好帮手！"

勘次将一些饭粒掉到地上，用拿着筷子的手在地上摸索着捡拾饭粒送入口中。阿次伸手给他扶住碗，说："爹小心点啊，别把碗打了。"

"勘次！"南邻大婶用郑重的口气叫了他一声，勘次只是醉眼游离地看着她，"勘次，也该到了让阿次嫁人的时候了吧。"

勘次冷淡地说："我现在还不想那么干，家里还需要她照顾呢。"

一向口无遮拦的阿兼在一旁说："你要是需要有人照顾家里，怎么不等她出嫁了，自己再娶一个？"

"我不想听这个，我要是想再娶，很容易就能再找一个。"勘次斥责道。

南邻大婶劝说："可是说真的，要是你现在不赶快让她嫁出去，那她就越来越大，再往后就太晚了。我自己也嫁过女儿，跟子女分开，总归是一件挺难受的事儿，只是到了什么时候就得干什么事儿。"

"行啦行啦，"勘次像是要吵架似的用大舌头搪塞，"我不会一直留着她到三十岁的，到了时候我就给她招个女婿。"

南邻大婶不再说什么了，嘴角浮现了淡淡的冷笑，目光收回到自己膝盖上的婴儿。

阿兼一边狼吞虎咽地吃着米饭一边说："不能老是这样子啊，勘次。老是这样子，你要是把碗扔出去，饭撒得到处都是，再收拾可就难了。"

此时大家都吃饱喝足了，再次谢过南邻主人的盛情款待，吵吵嚷嚷地各自找木屐准备告辞。勘次也摇摇晃晃站起来，对阿次嘟哝着说："叫醒与吉，我们要走了。"

与吉睡熟了，不管阿次怎么摇晃他，都睁不开眼。阿次慌手慌脚地想给他套上草鞋，勘次又在院子里喊她了："阿次！怎么还不出来？"

南邻大婶帮忙解释说："她还在叫醒与吉哪。"

"不管啥时候都这么磨磨蹭蹭的！"勘次怒气冲冲地说。

"爹，你能不能再等等，让我跟她们把这些都收拾完了再走？"阿次望着屋里一大堆碗碟说。

大婶谢过了阿次的好意，赶忙说道："先别管这个了，回家吧。你爹喝太多了，别再惹他发火了。"

这之后，女人们收拾碗碟时议论说：

"真是弄不明白勘次这个人！"

"简直比老公还吃醋，他这样子！"

"像他那样过那种生活，真是可怕！"

"要我说，看来他是不会再婚了。以前他提过好多次，可现在再也不提这个了。"

每个人都在暗示同样的一件事，不过没人敢直接说出来。

勘次三人出门时，有个女人急慌慌地跟在后面溜出去了。等她回来时，有人说："跟在人家后面偷听人家的私事，这样子可不大好啊。"

"这是说我？我可不会干这种事！"

"那你干啥去了？"

"就是去小便了呗，"她这样说着，嘴角却忍不住笑意，"勘次喝得大醉酩酊，阿次可气疯了！"

"看来你还是……"大家都笑起来。

外面夜色渐深。从远处传来的蛙鸣声，听起来就像气球哗啦哗啦地互相碰撞摩擦的声响一样，声音起起伏伏、纷扰不休。

十五

　　冷霜悄悄地覆盖了大地，晚秋的寒气让一切愈显干燥。独活的枝叶依然舒展，一群绣眼鸟在啄食果实，它们的叫声既愉快，又有些忙乱。草木已开始枯萎，这个世界很快将重归荒凉。这里的冬季是严酷无情的，不管是否喜欢，都无可回避。但寒冷的日子里也有暖和的时候，这让冬季的步伐看起来有些迟疑。当下是早霜，除了常绿树木，草木都骤然冻成僵硬扭曲的姿势，直到来年春天的降临。冬季的霜是有洁癖的，将已然萧疏摇落的枯枝败叶又在地上蹂躏一番。农活都做完了，田野一片寂寥景象。冬麦还是一片像毛刷刷过的绿色。农人都被寒冷赶进了户内。他们忙着用稻草编袋子，然后将装满粮食的袋子放到屋子里，看到这些辛苦劳作的报偿，他们心里颇感欣慰。

　　此时，冬日还未完全来到，凛风还未开始呼啸，按本地的习俗，每个村子都会根据惯例于定好的某日在神社举行秋祭。勘次的村子也是如此。

　　这天，神官穿着白色的狩衣向神社进发，后面跟着四五个衣衫不整的氏子总代①，尽管都穿着羽织绔，可纽带都没有系紧，下摆也都耷拉在泥地里。有一人举着一个簸箕，后面两人用一根粗木杠扛着一个称为"四斗樽"的酒桶，当行列前行时，桶里浑浊的甜酒便来回晃荡。

神官白色衣角上也沾满了泥巴。到达神社后，他在拜殿积满尘土的木地板上铺了一层席子坐着，拨弄了一番榊木②，又在供桌上摆好供品。总代们则在外面两株枞树之间拉好注连绳③，将簸箕系在上面。秋祭所需都准备安妥了。

村里人着盛装聚集在神社前。最引人注目的自然还是年轻姑娘们，虽然衣服整体是简单的手织棉材质，但腰带和前垂围裙则用了精纺的美利奴面料，把她们衬托得甚是娇艳。十岁到二十来岁的女孩都要穿前垂围裙，若这个都没有，就显得太寒酸了。她们脚上穿着不怎么合体的、皱巴巴的白色棉袜。木屐底板据说是用远山的木头制成的，表面则是橡胶材质的。她们根据年龄三五成群聚在一起，牵着手在墙边或路口聊天，时不时地走来走去。虽然是秋祭，她们却只是凑在一块儿，没有特别的目的和娱乐事项，所以不会错过一丁点儿不同寻常的事情。

神官端坐在供桌前，供品是一些筑波蜜柑、粗点心、干鱿

---

① 此处的神社是祭祀氏族祖先的神社，该氏族的人称为氏子，祭祀时选出的代表便是总代。

② 榊木，亦称杨桐树，在神道教中用以区分圣所或装饰圣所。

③ 注连绳，是系有白色"之"字形纸带的秸秆制粗壮绳索，表示神圣的界限。注连绳通常设置在鸟居、社殿和神树、神石等具有灵力的物体上。

鱼。他展开祝词开始吟诵。祝词写在一大张厚纸上，用别的纸包着。由于要经常打开又卷回，难免有些污损。祝词很短，尽管神官尽量用悠长的音调来吟诵，还是很快就读完了。无论去哪个神社，他都带着同样的经卷，只是在诵读时将祝词里的"某郡某村某神社"①替换成当地村社。今天，他的任务圆满完成，并无纰漏。

此后，神官坐到供桌一侧用笏板示意，总代们便一个一个捧着榊木玉串走到供桌前献上玉串并击掌，只是出于拘谨，都没怎么击出声。有一个人不小心踩到了羽织绔的下摆，踉踉跄跄地差点摔倒在地，慌慌张张地看向周围。村里人都争相涌向前面，观看这些仪式。阿次也牵着与吉的手在人群中，勘次则远远站在后面的枞树荫下。

简单的祭祀仪式就这么结束了，接下来要用长柄勺给周围的人分四斗樽里的甜酒。节日前几天，专司此事的人会在村子里转一圈，从每家每户募集一些白米，到了晚上当值者们会用这些米做晚饭，剩下的米则用来酿酒。因为没有足够的时间来发酵，他们都用热开水来酿酒，这样做得较快，但会带上一点酸味。在秋祭前一夜，他们还会邀请几个邻居过来尝一下味道。为了补上喝掉的酒，只好再往里加一些水。这样的甜酒自然比不上自家酿造的好喝，但是大家为了凑热闹，都熙熙攘攘地围着四斗樽，轮流用那个大茶碗来分酒喝。尤其是小孩子，尽量

---

① 村子里的神社并非以"某村神社"来命名，而是有另外的社名。作者所在国生村的神社叫桑原神社。

想多喝几杯。与吉也挤在里面，抓住茶碗就不放手，阿次拉着他的手阻止道："稍微喝点就行啦。"

之前在树下溜达的几个乞丐也凑上前来，拿着小碗伸手要酒喝，总代不住地厉声呵斥他们：

"往后排往后排，等轮到自己了再伸手！"

"不要跟别人挤，脏了别人的衣服！"

"别吵别抢，别把碗伸到桶里，勺子都抽不出来了！"

过了一阵子，神官离开了神社，人群也渐渐散去。鸟居旁边的两根白柱子直指天空，上面的棉布旗帜在猎猎风中不住震颤，发出噗噗声。日近西沉，乌云在东边的天空聚集。厚厚的乌云给人一种强烈的压迫感。在夕阳的照耀下，原本气势逼人的乌云被抹上一层柔和的色调。神社周围槭树与榉树混种，余晖倾泻于树梢，树梢浮在如同天鹅绒一般的乌云里，有一种惊人的庄严。神社笼罩在阴暗里，落叶在风中飞舞，暴雨很快就要来了。村落已不见身着节日盛装的人的踪影，阿次带着与吉急忙回家。

到了晚上，雨歇了。

村民聚集在一家失明歌女留宿的小店门前。店门大开，里面的拉门也开着。歌女们在各家各户吃饭，还没有回来。每年秋祭，歌女们都会在各村巡回表演。先来到收留她们的旅店，再挨家挨户演出，村民会各留一个歌女在自家吃饭。到了晚上，双目正常的领路人会拉着歌女到相应的家里吃晚饭，然后再把她们一起领回店里。双目失明的歌女好不容易到了主家，也只能索然无趣地坐在客厅一角，等待主家把饭端到自己面前。从去主家吃饭到吃完饭拄着竹杖回家，其间要花很久。

旅店的房间里只有歌女的行李包和装在袋子里的三弦，看起来很冷清。一个巫女以其特有的仪态端坐在屋子正中央，她把一个须臾不离身的盒子放在膝前，继续保持端坐。店门口的人越聚越多，无来由地喧哗起来。有几个人大大咧咧地走了进去，见巫女是一个阿婆，便不像对着那些涂着香粉的歌女那样有兴致。

有人开言道："谁来招个魂看看?"

人群听了这话也都兴奋起来。如同沼泽边丛集的芦苇，微风一吹便骚动不已。几个年轻人注意到阿次也在，交头接耳起来。

"可以招一下那位的生魂啊!"

"好主意!"

后面有人喊："我们看不见啊!"

老板娘喊道："那就上来吧。"

人群一拥而入，转瞬间塞满了屋子。勘次和阿次几乎都没地方坐了。老板娘将满满一碗水放在一个有点掉漆的托盘上，说着"借光借光"，从人群中穿过，将水放在巫女面前。

"好啦，谁先来啊?"老板娘站在那里，面带微笑巡视四周。

一阵静寂，巫女坐在那里等待着，膝前是那个须臾不离身的盒子。

一个年轻人起身来到阿婆面前跪下，问："招生魂多少钱?"

巫女平静地回答："五钱。"

"我就坐在这里，什么都不说就可以吗？"

"对，你只要想着那个人，那个人就会来的……"

不等巫女进一步指示，人群里有人热心地提醒说："你需要搓一个纸捻子，在水里搅三下。"

年轻人将一张白纸搓成纸捻子，一端浸在水中，小心地搅了三下，然后放开手。

老板娘打趣说："看着哟，马上就要来了，好可怕……"

巫女双掌合十，将肘部支在盒子上，口中念念有词，历数诸神之名，召唤他们汇聚一堂，降灵于此。本来还在喧闹的人群此刻鸦雀无声。有人低声怒吼了一句："慢着点，不要挤！"后面的人跟着小声嘀咕了一阵子，但很快就平静下来。

"依着白纸，依着水，依着纸捻……"巫女一句一句地念叨着。她掉了几颗门牙，因此吐字有点含糊不清，但依然念得畅行无滞。渐渐吸满水的纸捻子在水上点了几个头，沉下去了。

"我俩虽不能缔结良缘，棒打鸳鸯各一方……"

"来了！"有人低声说。

"我系身不由己，若能随心所欲，何须求助灵媒？"

巫女把同样的话反复好几遍。

有人嘟囔说："这个出窍的灵魂好啰唆啊！"他也拿了个纸捻子要去搅水。

有人挡住了他："没听说再搅一次就不灵了吗？"

"切莫为我雷霆大发，切莫对我置之不理，若能再次相见，还望把手言欢……"

人群后面有人叫嚷道："只是爹爹怎么办？他会气哭的！"人群又开始躁动起来，但又不想错过巫女的一词一句，于是又安静下来。巫女调整了一下姿势，人群又渐渐喧闹起来。只有勘次和阿次凝然而立，在躁动的人群中显得格格不入。人们满是嘲讽地看向勘次父女，但他二人仿佛浑然不觉，只专心听着巫女的唱词，完全不理会身旁一副看好戏表情的年轻人。

店门口忽然骚动起来。原来是盲人歌女们吃完饭，手牵着手回来了。小伙子们半真半假地挡着路，闹了好一阵子，她们终于还是进来了。一个跟着进来的老汉发怒道："怎么可以这样欺负眼睛不好的人？"可年轻人却对他一片嘘声。老汉看见勘次也在，打招呼道："这种年轻人来的地方你也来了？"

每个相继进来的盲人歌女都经历了同样的骚扰，她们的脸上涂了白粉，白头巾下露出脑后的发髻。她们进来后本能地避开灯光，聚集在客厅一个角落里坐下。屋子里热闹起来，年轻人对她们冷淡的态度有些不满，有人调笑道："对面那个戴白头巾的姐姐，我要招她的魂跟她说几句！"

之前那位老汉有些看不惯，说道："真是胡闹！"

他们不理老汉，说："不管咋样我们都是要招她的魂说几句的，先搓好纸捻子再说！"

"一帮什么人啊！"老汉把他们搓的纸捻子扔掉了。

几个年轻人趁着混乱摇晃店门前的糖果柜台，老汉生气地说："你们别想着偷糖、乱动这个柜台，也别碰那边的酒桶！"

一个年轻人说："你看错了，柜台是自己动的，我还被它绊了一下呢。"

老汉说："你们要是打坏了玻璃，店主生气了，看你们怎么赔!"

"仔细看看这个柜台，它可不是好惹的，我跟你说，它脚上还穿着鞋哪，你看，这两只脚上是罐子鞋，那两只脚上是碗鞋，被它踢一下可了不得!"一个年轻人耍贫嘴说。

"是了，它刚才出去走了一圈，鞋上都是土。"另一个帮腔道。

大家都被这两句话逗乐了。他们都知道：柜台四个脚上之所以会套着罐子和碗，是为了在夏天时往里面注水，防止蚂蚁顺着爬上去吃糖。

一个年轻人从后面挤过来，走向里面，嘴里说道："要是别人没这个意思，我就去招个魂……"

老汉脱口而出："你有这个钱吗？没钱可不行。"

年轻人说："唉，算了。你有钱，怎么不把你家老太婆从阴间招回来听听她说话？"

"我可不想，要是她跟我说'我等着你快点来跟我见面'之类的话，我会很为难……"老汉挠着头说。

一个出了名的促狭鬼伸手摸了摸老汉头发稀疏的脑袋，还摇晃了几下，说："你最近咋老是挠头啊？是不是想你那个死老伴想得太厉害，头发都快掉光了!"

老汉惊讶地睁大了因白内障而模糊的眼睛。

他的脸因天花而留下一脸痘痕，促狭鬼又为此取笑他说："瞧你的脸！是不是'打豆子'的时候摔了跟头，脸朝下跌在里面印上去的？"

促狭鬼每说一句周围的人就跟着哄笑一阵，他也越发逞能。

老汉生气了："胡说，要是真有谁的脸这么软，刮大风的时候在外面走路，恐怕都要被风吹歪了。"

"你头上怎么戴着红手巾啊？"促狭鬼又说。

"我没戴红手巾……"

"就因为你没戴，疱疮神①才会喜欢上你的啦！"

"我管他喜欢不喜欢……"老汉嗫嚅着说。面对众人的哄笑，他有些神思恍惚。

促狭鬼又故作若有所思状，说："这样吧，我回去捆扎好牛蒡，明天挑着担子出去卖，得先准备好红手巾，免得途中惹上麻烦。"

老汉反击道："你们这些染坊店的年轻人，挑着一担子像人的胳膊腿儿的牛蒡，走起来倒也够人瞧的啊。"

"本来挣不了几个钱，可也关系到家里四五个小饿鬼的口粮性命啊。看来，顶着红手巾走路，这个主意倒不错，可以放心啦。"

---

① 疱疮神，是日本民间将天花（日语称为疱疮）拟神化的凶神，相传疱疮神不喜欢红色，出痘后若不变紫，而是变红，就表明病人会康复。因此，各地流传以红色钱币或者绘有红色钟馗的护身符等祛除疱疮神的风俗。甚至在天花患者周围摆放红色物品，未感染天花的孩童则给予红色玩具、穿红色内衣裤。

他又摸了一下老汉的脑袋，走开了。人人都在捧腹大笑，年轻姑娘们也都伸直了脖子想看看老汉的样子，用袖子遮住脸咯咯直笑。老汉羞赧难忍，拔脚来到门外离开了。

另一个年轻人将手放在巫女的盒子上，要解开那个包袱，问："这里面是什么？人偶法师？"

"笨蛋！里面是供品，剪纸一类的东西。"人群中有人说道。

巫女推开年轻人的手，说："不能看里面，要是给你看了，我就没法通灵了。"

当这些乱七八糟的事接二连三地发生时，勘次慢慢挪到前面，侧身挤在巫女面前，说："我也想招魂，是一个亡魂。"

巫女说："亡魂的话，你要在水里投一片竹叶。"

"这里有竹叶。"一个声音在后面喊道，一小片竹叶从发声处一个接一个传到勘次手里。众人都安静下来。勘次用竹叶搅了三下水，然后放开手。水上的竹叶还是绿色的，浸在水中的部分则像水银一样闪着光。巫女又如之前那样把胳膊肘支在盒子上。

"承蒙夫君厚意，唤我魂魄归来……"巫女拉长了音调，反复吟诵着同一句话。

勘次木木地坐在她面前，手放在膝盖上，低着头。阿次也一脸谦恭低着头。当天一大早，她在勘次的特许下和女同伴渡过鬼怒川去盘了头发，是岛田式发髻，发髻上还涂了油，在灯下闪着光。

"我虽无形，无处不在；我虽无明，无所不见。我变幻成各种形状，但无人能认出我。下雨时我是蓑衣，是竹笠；天晴时……"

尽管缺了门牙，巫女却一个字一个字说得很清楚，众人都默默听着。

"若遇怪事，皆缘于我。不止一次，两次三次。多次提醒夫君，夫君知否？"

巫女的声音开始颤抖了，勘次和阿次都屏息静气、纹丝不动地坐在那里。

"花开有时，切莫迟疑。时令一过，花已枯萎。劝君无惧艰苦繁难，定让花蕾绽放。鸦雀啼鸣之时，草叶葳蕤之处，我思君无绝期……"

听到这里，勘次已经满眼泪水，阿次也在哽咽。

"阴阳悬隔，我只能暂时来此；乌鸦又在啼鸣，现在只能归去。莫相忘，思君绵绵无绝期……"巫女的声音越来越低，到最后和耳语差不多了。

勘次抹着眼泪，泣不成声："对不起，我错了！"

一个年轻媳妇对旁边的人小声说："她真的来了，是吧？看他哭成这样，我都觉得难过了……"

又有几个人找巫女通灵，之后盲人歌女解开包裹，取出三弦。巫女把盒子绑在背上，回到自己下榻之处去了。

"刺棱。"三弦响起。屋里一下又活跃起来，就连灯光看上去也更明亮了。勘次无法忍受这些喧嚣，拉着与吉的手来到屋外的黑暗里，阿次跟在后面。

大家注视着他们仨离开，有人喃喃自语道："真是想不到，真不知该说什么好，我……"

"原来他是那么想念阿品的，不是今晚看他这样，还真是不知道……"

"之前他们说他那些话，实在太不应该了……"

"还有那些说他……简直是……"

这一晚过去之后，大家发现勘次的举止大为改观了。他不再禁止阿次单独出去，给了她一定的自由。他们察觉到这个，都在猜想这种状况是否会持续下去。与此同时，他们依旧审视着勘次，各种捕风捉影和飞短流长一样也少不了。

十六

不管旁人怎么对自己嗤之以鼻，勘次并不怎么在乎。哪怕真觉得不自在，只要兜里能稍微攒下点钱，这些他都可以置之度外。

阿品生前曾问东邻的太太："像太太这样的人家，肯定不会有什么可担忧的事儿吧?"

"你为什么会这么说呢?"太太惊讶于阿品的想法。

"我见太太家里从来都不愁吃穿用度，才这么想的。"

太太感觉阿品似乎有话外之音，不知她是真的这么想，还是因为生活太辛苦了发牢骚，便仔细询问她与勘次平日都是怎么过活的。阿品则如实说明他们一年到头都要操心生计，没日没夜地干活，可总是不够糊口。因此他们觉得不愁吃的人，真的是什么都不用愁了。

阿品死后这五六年，勘次家的状况慢慢改善了一些，终于不再为每日的口粮担忧了。勘次为东家在林子里垦荒，每年冬天可以挣四五十元钱，这对他来说是一笔了不起的大数目。尽管挣得的钱大部分都用来偿还旧债，毕竟还是可以剩下一些足以支撑他们度过青黄不接的春天。阿次差不多二十岁了，与吉也开始上学了。面对他人时，勘次不再像以前那样总有一种低人一等的感觉了。只是对东邻，他仍然出于习惯保留着深深的敬畏。

这几年他与卯平只见过一次面，是在阿品过世后第三年的盂兰盆节。卯平将近八十岁，白发已稀疏，但身材仍旧很魁梧，脸色看上去也依然润泽。除了晚上巡逻以外，他白天也会帮东家除草或做一些其他的零活。当感觉太忙太累时，想想年底东家给他的茶点、毛巾，还有工资以外的奖赏，他也就不想抱怨什么了。出于谨慎，他也会提醒自己要攒点钱，但往往会把攒的钱都花在杯中之物上。

野田离家乡不算远，工厂在逐渐扩张，因此村里的年轻人来这里务工的越来越多，农工的薪水都跟着提高了。由于工人轮换得比较快，故而卯平虽身在野田，却能通过这些老乡了解到村里发生的事情。他尤其关心阿次，上回见面，她还是十六岁。那时她与阿品惊人地相似。听到老乡们议论时，他总想着能再见见他们。他也知道阿品去世时他去了野田是他不对，虽然心里很后悔，但如果硬要自己主动找讨厌的勘次说话，顿时觉得脸上无光。于是，一直也就不了了之了。一年一年过去，每年都觉得日子越来越短了。特别是到了冬天，刺骨的寒气就如浑浊的江户川上牛吼一般的汽笛声慢慢渗入身体，卯平的腰又开始疼了。他去厂里专门给工人看病的医生那里问了下，医生说这种慢性病很难治愈。毕竟年龄不饶人啊，也许喝点药会管点用。药也不贵，卯平喝了不少，但并不见效。太疼了，白天大部分时间他只能躺在床上。

到了年末要换班的时候，因病痛之苦，卯平都要纠结一阵子要不要续约。但他总是劝慰自己说，只要挺到来年春，一切就都好起来了。那时到处桃花盛开，树荫下麦苗青青，江户川上渡船的白帆看上去也显得温暖宜人。这时候大家都会抽出一天来在花下漫游，而他也会暂时忘记自己的病痛。

卯平爱好整洁，不用人提醒，他都会把院子打扫得不见一根杂草。狭小的工人宿舍也被他打扫得一尘不染，并在周围洒上水，还在土里种了一些牵牛花。这让他在厂里的生活不那么清苦，可他也深知这样的生活不可能长久持续下去，自己总有一天会什么活都干不了。而事实上，绝大多数像他这个岁数的老人都不会出来做工的，自己现在这个境况也是被逼无奈。他精神头还好，可也明显感觉身体越来越弱，再也力不从心了。

这年冬天他又添了一样新的病症，去看过医生，说是风湿。得了这种病，在寒冷的夜风里巡逻真是要命，但卯平还是挺了下来。年底续约时，他犹豫了一阵子，最终还是决定留下来。从村里人那里得知勘次最近过得还不错，他心里又动摇了，可是因为与勘次长期不和，他觉得不能这样空着手回去，得节制喝酒，多攒点钱。饮酒对他来说曾是莫大的慰藉，可目前攒钱更重要，况且老喝酒对身体也没啥好处。春天来到时，他感觉好了点，回家的念头又淡了。

不管他怎么卖力工作，周围的人都注意到他已经手脚不利索了。邻村一个乡亲在厂里做师傅，力劝卯平回乡引退。这位师傅回去过几次，听说勘次境况已改善，自告奋勇地提出去跟勘次谈谈卯平的事。卯平一声不吭地听着，但深陷的眼窝、褐色的眼睛以及皱纹纵横的嘴角都流露出一丝笑意。

不久这位师傅就趁着回家去见了一回勘次。

勘次用油盐不进的生硬口气说："既然他也是家里一员，那么我照顾他也是应该的。"

"我听说你现在日子也过得不错了？"师傅试探着问道。

"还不能那么说，还是每天都得干活才不至于挨饿。有人说我赚不少钱，可是债也多啊，老丈人欠下的债到现在还没还干净呢。要是没有这些债，我的日子会好过很多，可既然有，那就得继续好好干活才行。"

"那一旦债都还清了，你也就好过了吧？"

"应该会吧。"他嘟哝着说。

"我见你存了不少粮食啊。"

"那是得多存一点才行，三张嘴吃饭呢，"他含糊地回答着，随即转换话题说，"你知道不，我刚进这一家时，正好生病了，但是他们只给我吃碎麦粒，他对我可是真的不咋样，我从来没忘记这个。"

师傅回去以后没有转述勘次的原话，而是继续催促卯平尽快回家："再磨蹭下去，难道真要别人用担架抬着你回去吗？趁着手脚还能动，还是自己尽早回家为好。"至于和勘次怎么相处，他不觉得这个问题有那么难解决。卯平事无巨细地问了他好多，房子啦，阿次啦，邻居啦，眼里热热地闪着光。

此时他已经攒了一些钱，就收拾好自己的衣服，装在两个大包袱里，先把不急需的那一个用渡船托运过去，又准备了一包烟叶放袖子里，穿上工作裤、草鞋，将另一个包袱背着。他用两个啤酒瓶装满酱油，用莎草绳扎好提在手里；又买了一包脆饼①给与吉，用平常用的手巾包着，又用小绳子在外面系好，作为与吉的礼物。和卯平分别时与吉只有三岁，在他五岁时又匆匆见了一面，现在该八九岁了吧？酱油和脆饼卯平都买了最好的。

由于风湿，他只能慢慢地走。渡过利根川，走进连绵不绝的枯树林，卯平不时停下来在路边歇歇脚，抽几口喜欢的烟。将包袱从背上卸下来时，他摸到用报纸包裹的脆饼，听着"嘶啦嘶啦"的声音，便觉得很安心。绿色的小窝雀在他身边的落叶堆中蹦蹦跳跳，又一跃飞上枝头，他对之视若无睹，只是用齿龈含着烟管，深深吸着。吸的时候两颊深陷，唾液和烟一起咽下去，然后吐出烟，看着它升到枝条间，很快消散得无影无踪。他看上去又疲惫又狼狈。抽完烟后，卯平站起来，伸展一下四肢以缓解背痛，然后又背上包袱上路了。他扔掉的火柴引着了路边的枯草，火势蔓延开来，但他没去理会。

从野田回家不到十里②路，但是没等他进家门，冬日就已西沉。等他到家时，提着酱油瓶的手冻得生疼。他在门口喊了一

---

① 脆饼，一种糕点，类似今天的雪饼，有甜味的，也有咸味的。

② 1日里约合3.9公里，见第18页注①。

声勘次，但屋里又黑又静。他用手摸了一下，门是锁着的。他咕哝着来到后门，后门挂着门钩，但还好没有闩。他把烟管伸进门缝里挑开挂钩，推门进来，擦亮一根火柴。油灯还像往常一样挂在原来的柱子上，他点亮灯，往火盆里加了些柴，好暖和一下自己冻僵的手脚，又将熏黑的水壶放在火上，然后脱下草鞋。路很干，因此他的脚没怎么脏，但他还是用手擦了擦才进了主房。

勘次他们去南邻家洗澡了。干了一整天活以后，勘次觉得太累，就不想在晚上还继续干活了，再说现在也有点积蓄，用不着那么辛苦，因此除了偶尔搓一些绳子，晚上他都是去泡澡，跟人坐在一起聊聊闲天、喝喝淡茶。

今晚南邻大婶给了与吉两大块薄荷糖。他们穿过桑田回家时，与吉一直"嘶嘶嘶"地吸着薄荷糖。

"我也想吃一点。"阿次说着把与吉手里的糖掰下一小块塞到嘴里。

"姐姐掰得太多了，讨厌！"与吉着急地抗议。

"原来是薄荷，好清爽啊。也给爹吃一点吧。"

她又要伸手去拿，勘次拦住她："剩下的都给与吉吃好了。"

就这样，他们从黑暗中的小径上回到家。见到自家门缝里有亮光，阿次蓦然停下来，小声问："怎么了，爹？"

勘次也愣住了，没有作声。

阿次从门缝往里瞅了瞅："好像是姥爷。"勘次也瞅了一眼。他们开锁进去。与吉已经不认得外公了，在姐姐身后害羞地躲着。

"姥爷！今天一路走回来的?"阿次过去迎接卯平。

"爹回来得好晚。"勘次也打了声招呼。

"可能我起得还不够早吧,"卯平疲倦地回答,"也不想到家这么晚,可是腿脚不行了,没法一直走,要歇歇才行……"

阿次又折了些树枝放在火盆里:"姥爷,你在这里等了好久了吧?"

"刚好,回来时火还没灭,"卯平说着,瞥了阿次一眼,"阿次长大了好多,要是在路上见到,说不定就认不出来啦。你没忘记我吧?"

"我怎么也不会忘记姥爷的。"

卯平听见阿次轻柔的声音很是开心。三年前他回来参加阿品的三年祭,也不知道怎么会突发奇想,给阿次买了一个花簪。阿次从来没这么高兴过,一直记得他的好。

水开了,咕噜咕噜地响,阿次伸手提下水壶,问:"姥爷喝点茶吧?"接着便去洗茶碗。

本来,卯平回到家就像进了一个浓雾弥漫的森林那样觉得不安,可是阿次对他的亲切让他放松下来,见与吉还在门口躲躲藏藏地吸薄荷糖,就对他说:"你肯定已经不认得我了,你也长大了这么多,我都认不出了。"

"他最近开始上学了。"阿次一边倒茶一边说。

卯平日常都寡言少语的,今晚却特别想说话,他把脆饼向与吉晃了一下,说:"这是给你的。这可是野田最好吃的脆饼了。阿次，把外面的手巾解开吧。"接着，还没等阿次动手，他自己已把它解开，将盒子放在勘次面前，拿了一块递向与吉。

"姥爷给你买的礼物，与吉吃吧。"阿次说着，将茶碗放在卯平和勘次面前。

勘次也对与吉说："过来拿着。"与吉脱了草鞋上来，腼腆地进了主房，伸手接着脆饼。

阿次也拿了一块，说："这可是姥爷大老远买回来的，与吉觉得好吃吗？"

与吉躲在阿次袖子后面，小声说："我不怎么喜欢吃。"薄荷糖的味道还残留在他嘴里，酱油味的脆饼他不觉得有什么好吃。至于姥爷"大老远买回来"的情谊，他更是难以体会。

"哪有这么说话的？姐姐真想打你一下。"阿次斜眼看了他一眼，小声呵斥道。

他们三个都嚼着脆饼，发出咯吱咯吱的清脆声。卯平牙都掉了，只能吃软的东西。他又把两瓶酱油拿给阿次，说："我还带了这个，是他们那里做得最好的酱油。今晚你们已经吃过饭了，就先放起来吧。"

阿次把它们放到柱子旁边，说："姥爷背那么重的东西，还拿这个……"

卯平衔着烟管，说："也没有很多东西，我身体还行，也背不了太多……"

"姥爷还没吃饭吧？"阿次一边问，一边担心地看了勘次一眼。

"没事，我怎么都行。"卯平有点不自然地说。

"姥爷肯定是饿了，就别客气了。"阿次说着从架子上拿了碗筷，又问，"再加点腌菜吧？"

"别麻烦了，我牙不好，嚼不动。"

"那我切细一点好了。"阿次切了菜，又掀起锅盖，"汤里啥都没了，与吉把山芋全吃了吗？"

"用不着汤，就简单吃一点饭就行。"卯平慢条斯理地说。

"那就加一点酱油吧。"阿次将饭菜摆在卯平面前，拿起酱油瓶子往上倒。

"哎，不能提起瓶底向下倒。"勘次忽然插了一句。从一进门开始，不知是生气还是觉得脸上挂不住，勘次一边回避着卯平的视线看向四周，一边又偷偷拿眼瞟着他，因此此时飞快、及时地提醒阿次。阿次还是倒出很多酱油，腌菜都快漂起来了。

"你看你干的啥？"勘次不悦地咕哝着，见阿次把酱油瓶放在柱子旁边，又提醒她，"那是放东西的地方吗？放橱柜里，别碰倒了。"

卯平提起水壶倒水喝，整整喝了三碗。饭虽然是熟悉的酱油味，但里面混了很多碎麦粒，卯平怎么都嚼不动，就囫囵咽了下去。

阿次准备收拾碗筷，勘次指着小碟子里剩下的酱油，吩咐她说："这些酱油也都好好放起来。"

阿次小声嘀咕道："你不说，我也不会扔了的。"她觉得勘次在外公面前这样讲话很不给人面子。

"姐姐，我能再吃一块吗?"阿次洗碗筷时，与吉小声问。

"你不是说不喜欢吃吗? 怎么又要了?"

"本来就是给他买的，他吃多少都行。"卯平拿了脆饼递给他。

与吉一边接过凹陷着双眼的卯平用粗糙的手递过来的脆饼，一边用眼睛偷偷向上瞟他。

十七

村小学的老师每天会特别表扬第一个到校的学生，因此孩子们都争先恐后地想早一点出门。与吉也不例外。阿次还在准备早餐，与吉已经吵吵嚷嚷地要出门了，催促姐姐快一点。终于准备好了，他背上装书的包袱，拿上便当，又问："我能再要一块煎饼吗？"

"又来了，"阿次呵斥他说，"老这样要啊要的，姥爷会生气的。"

这时，勘次正在墙根那里劈柴，卯平已经醒了，但还没有起床。由于常年做守夜人，他都习惯晚起，而且前一天的长途跋涉也让他累坏了。再说，刚刚回到家乡，也该好好休息一下吧。

"他想要就给他呗。"卯平嘟哝着说。阿次依言拿了一块，与吉等不迭地一把抢了过去。阿次在他肩上打了一下："真烦人！快去上学吧。"与吉趿拉上小木屐，嘎吱嘎吱地跑出了白霜覆盖的院子。卯平慈爱地注视他远去的背影。勘次将劈好的柴装在筐里并搬到炉灶前，坐下来盛了一碗饭开始吃早餐。

阿次问："我要叫一下姥爷吗？"

勘次没吭声。阿次随即喊道："姥爷，饭做好了！"

"不用管我，你们先吃吧。"卯平答道。

勘次吃完饭，扛着唐锹，带着阿次离开家，这天他需要阿次帮忙开垦大麦田。

卯平一个人留在家。过了一阵子，他起床来到外面的井边洗了脸。多年来，这是他第一次用冷水洗脸。他从来没起这么早过，脚趾头冻得生疼。火盆的火灭了，他拿了烟管去炉灶下点烟，也只有冷灰。勘次不吸烟，阿次也没有留着火的习惯。哪像在野田啊，一天到晚都是煤炭炉子，炉火熊熊燃烧，啥时候都不缺热水，哪怕夜深了都热气逼人。卯平坐下来吃饭，米饭也不像在野田的大锅里煮得那么软。汤也难喝。为了增加味噌的味道，连酱油粕也加进去了。

卯平茕然独坐，看着没有开窗的黑咕隆咚的屋子，一种莫名的沮丧之感油然而生。屋顶下的炉灶上方全是烟灰，他住惯了酱油坊里干净明亮的房间，对眼前这般景象已经有些陌生了。他又想起在野田早上开工时的喧闹，小伙子们只穿短裤，挑着热气腾腾的开水在酿造间里来来去去，嘴里唱着豪壮的歌儿。与之相比，家里实在太冷清了。只是一天的工夫，他像是已经老了许多，没什么活力了。家里的被褥都卷起来靠墙放着，枕头上非但没有铺纸，且由于灰尘油垢太厚重，枕套上的花纹都辨认不出了。土间的墙边挂着竹筐做的鸡窝，里面满是粪便，臭味扑鼻而来。这里曾经是他常年生活的地方，他也深知贫穷的农民总难免要跟灰尘污垢打交道，在去野田之前他也没觉得这有什么。虽然他只过了几年干净的生活，却正好助长了他爱好清洁的天性。之前他回到这里，无论是阿品的葬礼也好，三年祭也好，房子都被特意地彻底清扫过，他都没注意到这里的污秽。而如今眼前这些景象实在让他有些无所适从，像是从夏日明亮的阳光底下突然被拽到了冬日的阴冷里。

他抽了一阵子烟，日头终于高一些了，天气渐渐暖和起来，他便起身出门去拜访邻居，又去和为数不多的还健在的老友叙旧。勘次和女儿中午回家时，卯平没在，直到天黑以后卯平才慢腾腾地走回来。勘次正好要去院子里，刚拉开门，正好碰上回家的卯平站在门外。卯平用没牙的嘴紧紧衔着烟管，尽管行动迟缓、身材消瘦，仍给人以异样的威压感。勘次像是在草丛里踩到一条蛇似的吓了一大跳，急忙闪开了。

接下来的五六天里，卯平每天都出去闲逛，很晚才回家。勘次每天扛着唐锹去林地垦荒，如不需要阿次帮忙，阿次便偷暇去缝纫班。这些年她由于各种原因缺了很多次课，以至于到现在很多针线活还是不熟练。

通常在卯平慢悠悠地拿起筷子准备吃早餐时，勘次已经急急忙忙地穿好草鞋准备出门。阿次要为卯平给火盆生火、盛饭什么的，还不能马上跟着走。勘次将已经扛起的锹重重扔到一边，进来又出去，出去又进来，三番五次地来回走着，在阿次没有出来之前，他就一直在院子里走来走去，嘴里不住嘟囔。哪怕他们不是去同一个方向，他也不肯先走，一定要等她出来一起走。阿次有时会故意为难一下勘次："我要照看一下姥爷，爹你先走吧。"勘次怒气冲冲地站着，瞪了她一会儿，又瞥一眼卯平，然后扛着唐锹出门了。

见阿次因为自己耽搁了，卯平说："甭管我，我自己就成，你去吧。"

刚回家的几天卯平都是去找老友叙旧，往往不知不觉就天黑了，他们会留卯平简单地吃一顿饭。只是很快大家就觉得没那么多可聊的了，卯平待在家里的时间便越来越久，一个人默默坐着吸烟。中午只能吃又粗又硬的混着碎麦粒的米饭，他感到下不去筷子，就去村里买一块豆腐果腹。现在他没牙的嘴只能消受这个。他先用筷子撬下一小块来尝一下，如果是冷的，就借店家的小锅热一下再吃。再要一杯酒慢慢啜饮着消磨时光。

回来前他也攒了不少钱，可他也知道老是这样钱总会花光的，得省着用才好。有时他会一整天都盘腿坐在已经变冷的火盆前发呆。与吉从学校里兴冲冲地回到家，见只有卯平孤零零地在家，就静悄悄地将书包在屋里放下，又跑回院子去玩。

"等一下，与吉，我有东西给你。"卯平从兜里掏出一个五厘钱的铜子，扔到门口草席的边上。与吉站在门口的阴影里，盯着那个铜子，很想去捡，又不好意思去碰它。卯平只好慢慢吞吞地站起来、走过去捡起铜子递给他。与吉接过来冲出去买糖。卯平望着他的背影，家里又只剩他一个人了。

有时与吉从村里的小店门前经过，远远看见外公在玻璃门外懒洋洋地吸烟，就在原地站住，既不向前也不离开，卯平给他买了糖，与吉接了，不好意思马上吃，要跑开一段路才放到嘴里。

老板娘说："与吉有福啊，每次都有糖吃。"

卯平听了这句话心里很得意。

渐渐地，与吉在外公面前没那么害羞了，放学回家后便站在门口喊："姥爷，要给我那啥吗？"他不想直接说出自己的要求。

卯平明知故问道："你想要啥啊？"

"想去买好吃的，姥爷啊！"

卯平乐此不疲地跟他玩这个小游戏，到最后总会满足他的要求。

没用多少天，与吉就和外公变得亲近了。至于勘次，则是另外一回事，仍旧是爱理不理的。不过，就像鸡在临睡前躁动不安地不住扒拉着草屑，但最终做了个窝趴下来一样，卯平也慢慢习惯了与勘次在一个屋檐下生活，他的身心都安定下来，不再思前想后的了，哪怕对勘次时常发作的脾气也学会了视若无睹。不管咋说，这都是自己的家，在家待了五六天，已经像待了好几个月一样熟稔。时间似乎变慢了。唯一让他还不习惯的就是每天都吃不到软饭。年轻人只有吃粗粮硬饭才能撑得久，要让他们吃老年人喜欢的软饭，他们很快就会觉得饿了。在很多家庭，这都是两代人之间难以调和的难题。卯平也不想抱怨什么，端给他什么就吃什么。阿次自己从小也都是吃硬饭，因为外公从来都是一副闷闷不乐的样子，所以也没注意到他吃饭时的表情有什么异常。卯平也知道阿次都是尽心竭力地照料自己，不想为这个特别麻烦她，更不好责怪她什么。

尽管卯平经常去村里买豆腐吃，勘次还是发觉粮食消耗得比以前快了，他也知道，毕竟是年近八十的老人，饭量不会太大，只是一想到存的粮食不能像以前支撑那么久，他难免会感到焦心。当卯平不在家时他自言自语地嘀咕这个事，与吉也听到了。

一天，卯平坐在火盆前，与吉刚从他手里领了一个铜子，一会儿用牙咬咬，一会儿又抛在空中用手接住，这样玩着，忽然说："姥爷，我听说你来了以后我们用了好多米。"

"是吗?"卯平把烟管从嘴里取下来。

"是你爹说的吗?"卯平的神情有些黯淡。

"爹爹说了好多遍呢。"

卯平将烟管又放回嘴里，手微微抖着，重复道："说了好多遍哪。"他盯着对面墙上的一道裂缝，没再说别的。

有只鸡在院子里霜融的湿地上扒搔着，忽然，像是受到了什么惊吓，举起一只爪子，看看四周，就冒冒失失地跑进来，伸长脖子歪着脑袋望着卯平。卯平突然将烟管扔了过去。那只鸡扑棱着翅膀慌忙逃遁，在门槛那里绊了一跤，爬起来大声狂叫着，踉踉跄跄地跑远了。草席上散落一地鸡毛，泥巴也踩得到处都是。卯平的烟管在门槛弹了一下，落在外面的地上。

过了一会儿，与吉悄悄地说道："姥爷，我帮你拿回来吧?"

卯平一下没反应过来，过了片刻才答道："好吧。"

与吉拿回烟管递给他，他也没擦一下就塞到嘴里，这才发觉上面沾了泥巴。他咧嘴苦笑了一下，吐出泥巴，用袖子擦了擦嘴，点上烟，见烟管的竹根部裂了一道缝隙，就从袖子里拿出一小张纸，用唾沫润湿了，仔细地包好裂缝处。接着他忽然站起来出了家门，天黑以后才回来。

勘次见到一地鸡毛，以为是黄鼬来偷鸡，便房前屋后地到处找。若是黄鼬所为，得手一次必定还会再来，那可就麻烦大了，勘次为此很糟心。

与吉说："那个鸡是姥爷赶跑的。"

勘次睁大双眼问："他赶鸡干吗?"

"它进了屋，姥爷用烟管扔它，我还替姥爷捡回了烟管。"

勘次在地上撒了饲料，已经回鸡窝的鸡一哄而上，吵吵嚷嚷地开始争食吃，好一阵子才安定下来，勘次数了一数，确实少了一只。

卯平照例在村里吃了点豆腐、喝了点清酒，皱纹纵横的脸上带了点红晕。回家后，他不再想吃别的，只是盘腿坐在火盆边一语不发。阿次试图跟他打招呼，但外公木木地没有回应。阿次也就不再说什么了。勘次尽量离卯平远远的，脸上表情阴沉。与吉已经无忧无虑地睡着了。

那只受了惊吓的鸡躲藏在外面过了一夜，第二天早上又回到了鸡群，只是一瘸一拐的。勘次把它扣在竹筐里，在门口放了三四天，好像是在故意提醒卯平这只鸡是他弄伤的。卯平则照旧闷闷不乐地坐在那里吸烟，烟管裂缝处贴了纸，吸的时候发出咻咻声。

卯平喜欢干净，一个人在家时，便拿笤帚清扫玄关处屋檐下的烟灰，然后将那只鸡在门口扑腾出来的稻草屑清理了。他把主房的草席也都收拾干净，还教阿次起床后如何将被褥叠整齐。勘次倒也不在意家里变干净，只是卯平将家里的东西动来动去让他老大不自在。他也留意到卯平在村里花了不少钱买吃买喝，因此猜疑卯平借打扫房间的名义搜寻他藏的钱。

快到旧历年底了，大家都在忙着磨小麦和荞麦面。

卯平不时会去拜访一下东邻。太太见他看着还算康健，就是瘦多了，便怜惜地问他："现在身子骨还好吧？"

"唉，还行吧。"卯平漫不经心地回答。其实他是很高兴别人关心他的。

"勘次对你还好吧？"

"他啊，跟从前一样。"他有点没好气地说。

"阿次呢？"

"阿次跟他就不一样了，毕竟是我从小看着她长大的。"

"过年用的面磨得怎么样了？还算多吗？"

"还行吧。他跟阿次每天都去南邻家磨面，不过面都放到木桶里盖起来了。我也不晓得到底磨了多少。"

"勘次有没有特别给你做点软的东西吃呢？"

"还是跟以前一样，吃那些粗拉拉的东西。要是牙好，我也不在乎这个。"

"我给你一些荞麦粉，你拿回去可以做些糊糊，这个容易做，吃了也暖和。"

太太找了一个棉布袋子，在里面装了两升多荞麦粉，一面又说："现在勘次日子也过得宽裕了，对你也该好些才对，你们俩一直都处不好，是不是？像你这么大年纪了，也是没有办法啊。有时也只能忍耐一下。他要是太不像话，别人也都看在眼里，会说他的。"

卯平小心地将面袋子放好。勘次去林子里干活，卯平就自己烧了开水，做点糊糊。这时他从野田带回的两瓶酱油已经全用完了。本来他对这个也没上心，可是后来有次他发现自己在家时酱油不怎么动，外出一天回来时却一下子少了很多，就感到有些不痛快。现在他见另外一个酱油瓶底还剩了一点，就把它加到糊糊里调味。这是一种便宜货，用做优质酱油剩下的粕兑成的。很久以前他可能还会喜欢，但在野田他都是用好酱油，现在尝了一下这种便宜货，感觉太咸不说，还有些苦味。但不管咋说，吃了糊糊觉得通身暖和，舒服多了。之后，他用开水涮了一下碗喝干净，将筷子放在碗里搁到架子上，便出门了。

勘次回到家看见卯平用过的碗筷，觉得不对头，疑心重重地检查了一下放荞麦粉的桶，又找了找四周，发现了卯平的面袋子，便问阿次："你给过他面粉吗？"

"啊？我没动那些啊。"

"那么就是他自己倒出来做糊糊的了。自己做！用了好多粉哪。"勘次抓起酱油瓶迎着光看了下，又摇了摇，说："酱油也都用完了！"

阿次说："那里面本来也不剩多少了吧。"

"别回嘴!"勘次呵斥道,又嘟嘟囔囔把卯平袋子里的荞麦粉全倒进桶里。

卯平回来时,屋里已经点上了油灯,灯火昏暗不清。如往常一样,他坐在火盆边,没有去碰给他留的饭,右手紧握着烟管含在嘴里。

"阿次再加点火吧。"卯平嘴里吸着没有点火的烟管。

阿次又在水壶下面的火盆里加了些柴,水开了,卯平慢腾腾地站起来去找面袋子。

"姥爷是在找什么吗?"阿次问。

"嗯,一个袋子。"卯平回答得甚是简单。

"是这个吧?"阿次举起那个面袋子,"我们也不知道姥爷是要做什么,就又装回去了。为啥要把荞麦粉放到袋子里呢,姥爷?"

"那是东边太太给我的,让我做糊糊。"卯平又坐回原来的地方。

阿次喊道:"哎呀,那我们可真是弄错了,我再给姥爷装回去。"

面桶放在勘次睡觉那一边,阿次斜着瞅了勘次一眼,装回去的荞麦粉比之前的还要多。卯平舀了荞麦粉准备做糊糊,与吉去提水壶,说:"我帮姥爷倒水!"卯平让他将开水倒在碗里,自己用筷子缓缓搅动着。

"做好了吗?"与吉手搭在卯平胳膊上眼巴巴地望着。

阿次呵斥他道："别老是缠姥爷，你不是已经吃过饭了吗?"

"没事，再让他吃点呗。"卯平把糊糊分给与吉一些，将剩下的吃干净，又倒了碗热水冲着喝了。

勘次一直也没过去烤火，他离卯平远远的，皱着眉，一脸冰冷，也不说话。夜越来越冷。

十八

多年以来，这是卯平第一次在故乡迎接新年。将松枝和竹枝扎起来悬挂在院门两侧的小柱子上，这就是唯一的装饰了。屋里的神龛上也装饰了松枝。今年是勘次的本命年，装饰工作都是他来做的。卯平则用新鲜柔软的稻草很细心地扎了一只大虾①供奉在神龛上，有了这只虾，灰头土脸的神龛也面目生动起来。

开年的三天里与吉脱下脏了的旧衣服，换上了一件新的和服。阿次让一位邻居帮她盘了头，哪怕是做饭的时候也穿着外出时穿的半缠，用襻带挽起袖子来干活。勘次没法忍受在家里过安逸的日子，照常到地里垦荒。一想到每一锹挥下去，就能挣更多钱，他就干劲十足，心里满是愉悦。

他们照例准备了年糕、乌冬面和荞麦面。卯平很期待能吃上软软的年糕，特别是用陆稻做的年糕，不是特别黏，只要稍微煮一下，就会变得非常软，放在口中简直可以溶化掉，非常

———————————

① 过年时神龛上供奉的草虾寓意为长寿（因为虾的身形像一个驼背老人）。

适合他吃。阿次这样为他做过，让他满心欢喜。他很想能煮一块自己吃，不过只在新年祝岁时大家一起吃了一次。分量没那么多，没有可供卯平自己慢慢品尝的。之后，阿次把年糕切成小方块，勘次把它们都放到自己床铺边的桶里，并吩咐阿次不要动它们。他从来不跟卯平直接讲话，什么东西都要偷偷摸摸藏起来，即使指甲盖大小的东西不见了，也会嘟嘟囔囔好半天。有次阿次趁他不在家时拿了几块年糕烤了给卯平吃，勘次察觉后大发雷霆。

"可是与吉说要吃，等我做好了他又说不吃了，我该咋办呢?"阿次用温柔的声音反问道。勘次哑口无言，没法再继续斥责她。

时候一过，年糕在冷空气中变得像石头一样又干又硬，哪怕慢慢烤过，表皮仍然像铁甲一样。卯平放到嘴里嚼得牙龈生疼也嚼不动，比起这个，混着碎麦粒的米饭还更容易下咽些。但对勘次而言，似乎没有比这更对他胃口的了。每顿他都要求上这个，吃得不亦乐乎，越嚼越带劲，而卯平则紧锁双眉，额头上的皱纹变得更深了，最后只能用舌头吮几下就搁到一边，便宜了放学后肚子饿得咕咕叫的与吉。

勘次也做了荞麦面，他在里面掺了黄蜀葵粉，这样可以省下一些荞麦粉。勘次把黄蜀葵种在旱田周围，它们长得不高，暑天会开出黄色的大花，根风干以后做成粉加到荞麦面里，只需一点就会觉得很饱。所以勘次总是把它掺到荞麦面里。他吩咐阿次煮面的时候只煮一小会儿，捞出来的面用冷水过一下。

面像杉木筷子一样粗，因为加了黄蜀葵粉，又韧又滑，放在碗里仿佛获得了生命，老是要往外跳。卯平吃的时候，面条老是从他嘴里溜出来。

阿次吃这种荞麦面，也是要小心地接住老是溜出来的面条，她看见外公这样，就说："姥爷好像吃不惯这些，爹做得好像不够细。"

卯平略带嘲讽地说："这个不管做成什么样，我都是吃不下的。"

勘次一声不吭，只是稀里哗啦地大嚼特嚼。

时令到了春分前后。树篱边上卷耳之类的杂草开始冒芽了。桑树林中过冬的荠菜长得像线香一样，越来越高，开出像碎米粒一样的小花。杉树似乎没什么动静，但仔细观瞧，它的枝条上也长出了红色的芽苞。早春的暖风唤醒了冬日荒芜景象里的万物。太阳在南天升得还不够高，但阳光已经有了暖意。早上，一夜春雨过后，阳光斜斜地照在依旧枯黄的桑田与绿油油的麦田上，田野里升腾起一片水蒸气，就像湿布在火上烤一样。一切都笼罩在白雾的面纱里。

从野田回来后，卯平像村里别的老人一样进了念佛团。他们聚在一起毫无顾忌地说说笑笑，可以暂时摆脱照顾孙辈的负担或是独自生活的孤寂。春分这一天，念佛堂里尤其热闹，村里每家每户都为了这天的仪式提供了饭食，卯平这还是第一次感觉真正吃饱了肚子，可以满足地擦擦嘴了。

天气变暖以后，他发觉自己身上的疼痛减轻了，再也不用每天彻夜巡逻，可以随心所欲地休息，这让他的精力恢复了许多。仅从健康方面而言，现在是这些年来最好的时候。他暗暗后悔应该在野田再多待几年，却不知正是这种懒散的生活才让他常年劳累的身体得到了休养。

田里让雨水浇透了。太阳偶尔破云而出，带来几丝暖意，但日落后仍旧很冷，在地里劳作的农人们都能感受到寒意。如烟似雾的蒙蒙细雨飘落在刚刚露出的麦穗上，麦芒上停留着细细密密的水珠，看起来白茫茫的。天空偶尔会突然转晴，卷曲的豌豆藤上纤柔的花朵便重新昂起头微笑着朝向太阳。旱田四周的林地里，阳光从嫩叶间斜照到下面柔软茂密的草丛里。松树间传来春蝉的啼鸣，轻轻震荡着人们的耳膜，他们的心也为之振奋。卯平也感受到了这种召唤。看到勘次为粮食储备减少而烦忧，总是进进出出忙着干活，卯平自己也坐不住了，出去到处找活儿干。

尽管看上去行动迟缓，卯平的手还是很灵巧的，很快就有不少人雇用他编草袋子。收麦子，将堆肥运到地里，都需要很多草袋子。卯平不紧不慢地干着活，几乎不间断，只偶尔停下来抽一袋烟，他含着烟嘴，像是为了什么事苦恼着而陷入沉思，嘴里慢慢逸出的烟升到鼻梁上，他陷下去的眼窝蹙起来，将落在手上的烟灰吹掉。卯平就这样不紧不慢地编着草袋子，慢慢地攒了不少的工钱。

到了夏天，工作更容易找了。收割、打麦、除草、打谷、运送，他什么活都能干，有时离开村子，一去就是五六天。这里的活儿干完了又去下一处。他还挺喜欢这种漫游生活的。在路上，若是瞧见好看的花，他会跟人要点种子或是分株拿回去，种在自家院落的栗子树旁边。干活时他头上裹着一块毛巾来抵挡烈日，身上穿着一件旧工作服，像鬼怒川上船夫的衣服。他把破烂不堪的衣服仔细缝补好，并漂洗干净。虽然有好多年在外做守夜人，年轻时候练就的农活技能可没有荒废。他抱着一捆麦子，将麦穗对准横在他面前的石臼腹部的外壁，高高举过肩膀，不慌不忙地甩下来，麦粒纷纷脱落。他看起来慢条斯理的，但干的活可不慢。

渐渐到了晚秋，又是农闲时分。此时卯平用攒下的钱买了柱子、檩条、板材、秸秆，决意自己建一个小屋，跟勘次分开过。他打算把房子建在勘次家东边，这样可以避开凛冽的西风。勘次只要是不用花自己的钱，对此并没有什么反对意见。

小屋很容易就建成了。木匠只帮着干了很少的一点活，其余的工作在邻居的帮忙下，只用一天的时间就差不多完成了。卯平预先搓好了足够的绳子，大家就用卯平买的秸秆和他搓的绳子为小屋盖了顶。涂墙又花了两三天工夫。勘次也没有袖手旁观，屋顶盖好以后，他就借了邻居的马去拉土。有一家农户的旱田和水田相邻，要把自己的一部分旱田改成水田，多出来的土可以随便拉去。土里还有不少麦苗的绿叶。勘次花了两天时间拉土，每晚归还邻居家的马时，让阿次煮一篮大麦加上切碎的稻草作为饲料给对方。又另外切了一些稻草准备和泥。先把一大堆土中间铲空，做一个大圆圈，在里面注入水，用唐锹搅拌一遍水和土，然后赤脚在上面踩，一边踩一边加入碎稻草，和好的泥搁了一夜。卯平征得东邻的允许，从筱竹和苦竹混生的林子里砍了些筱竹①劈成竹片，在房柱之间扎成网格来支撑屋顶。勘次又在泥里加了不少水，再和得软一些，让阿次用盆运泥，自己将泥抹到网格上。由于不是专业的泥水匠，未免抹得粗枝大叶。还剩下一小块，卯平自己抹好了。

现在小屋里面又黑又湿，卯平每天早上都在地上生一堆火，好让墙泥干得快些。涂抹在网格外的泥渐渐变干以后成了白色，屋里亮堂一些了，勘次又在里面抹了一层泥，这样竹片编的网格就全盖上了。小屋又黑下来。勘次帮忙盖房很卖力，让卯平感到欣慰，可是勘次干活时总是一语不发，一起吃饭时仍然一副拒人于千里之外的神色，卯平等不及小屋墙泥干透就住进去了。小屋里太狭窄，没法挖地炉，只能放一个火盆。他在墙上钉了钩子好挂水壶和小锅。勘次分给他一些麦和米，现在他可以随心所欲、按照自己的口味来做饭了。

只是有时小屋里未免太冷了。勘次外出时，他只好回到老屋里，坐在大地炉前，在里面加些木柴树叶来取暖，把手脚和脸都烤得红红的。勘次发觉自己带回家的柴薪烧得太快，责骂了阿次好几回。

独居以后，卯平知道自己必须节约每一文钱，再也不能过衔着烟管到处溜达的悠闲日子了，得做点副业挣钱才行。于是他开始搓绳子、做草鞋来卖。他没有用勘次的稻草，而是看到

---

① 这里暗示筱竹可以免费取得，但苦竹是经济作物，不可以随便砍。

哪里有好的稻草就买下来，扎成一捆背回家。每次买五钱或是十钱的稻草。一小捆只需要一钱，可以搓两束半绳子或者做五双草鞋。他每天可以搓二十根绳子，或是做五双草鞋。绳子一束二十根可以卖七钱五毛，草鞋一双可以卖一钱半。这样子他一天可以净赚六七钱。一天的饭食要花两钱，因此仍可以剩下四五钱。当然，要干一整天才可以挣这么多。有时他要出去卖自己做的绳子和草鞋，有时他也不想干那么累，得歇息歇息。即令如此，他也挣了足够让自己安心的钱。

　　勘次从来不会向卯平的小屋里瞅一眼，但阿次每次做好饭都会过来叫卯平过去吃饭，不管他来不来。有时，他专心于搓绳子编草鞋没有时间自己做饭，或是嫌麻烦不愿做，或是觉得总是一个人茕然独坐太冷清了，想跟人在一起拿着筷子热热闹闹地吃，便也过去跟阿次他们一块吃。他做草鞋时，以四根小绳为经，以柔软的稻草为纬，搓、拧、缠，用拇指推紧挤压，在这种反复的轻微的运动中，想到勘次言谈举止间流露出来的对自己的排挤，心头便不由自主地怒火直冒。可是一听见阿次温柔的话语，看见她长着雀斑却更显娇柔的脸，心里的怒火就平息下来。

　　勘次不在家时，听见母鸡"咯哒咯哒"叫起来，阿次便马上过去看，拿着还暖的鸡蛋"咕噜噜"地滚在卯平屋里的草席子上。为了不让目光敏锐的勘次发觉，她每次只能给他一个。卯平在蛋壳上钻一个小孔，心怀感激地将鸡蛋吸着吃了。蛋壳他不会随便乱扔，而是小心地拿出去放在别人家的墙根下。

他也时时盼着与吉来。与吉每天都会过来，好让外公给他一个小钱。小屋的门很窄，即使是与吉小小的身板站在那里，也会挡住光，此时卯平手头的稻草微暗下来。卯平每次都会给他一个沾着稻草屑的五厘钱的铜子。与吉也曾想自己打开卯平的钱包，但金属扣太紧了，他没力气打开，气冲冲扔在地上，过来搂着外公的脖子撒娇。卯平故意装作承受不了他的重量，和他摔倒在地上。

勘次知道卯平会给与吉零花钱，因此自己从来不给。卯平也知道这回事，但他对此却并无怨言，反而因为与吉如此依赖他感到慰藉。在独居以前，他从野田带回来的钱就已经花光了，现在他必须省着点花。偶尔，或是因为干了一天的活太辛苦，或是为了排遣对勘次的不满，他想起来就去喝上一两杯。因为自己的钱是一根绳、一根绳地搓出来的，也不敢太贪杯。喝得高兴了，他会想，若是他身体还好，与勘次的关系也还融洽，兴许他们两个可以在一起喝上一两杯。至于勘次，干了一整天活儿以后都会在回家路上放下唐锹，在村里的小店喝一点，但他从来不带酒回家，也从来不让卯平看见自己酒气熏人的样子。

腰痛太厉害，或是手僵硬得干不了活的时候，卯平就会躺下来钻进被窝，火盆就放在枕边。他平日沉默寡言，又总是一副眉头紧锁的神情，勘次不知道他为风湿所苦，见他躺在小屋里，只道他是像大多数老人一样倦怠、贪睡。枕边的火盆烘着卯平满是白发的头，他觉得渐渐好些了，就又爬起来去做草鞋。虽已衰老，他在编织方面的灵巧劲儿可没有丢。编好的草鞋凑够五双，他就用一根草绳串起来，用包袱皮裹了，等天暖和的时候背出去卖。他身材魁梧，扎紧腰带，裤腰提得高高的，看上去干净利索。

对勘次来说，卯平不过是一个随心所欲的古怪老头儿，有时干活，有时睡觉，用小锅自己做饭。卯平偶尔用旧报纸包着一条沙丁鱼带回来，用铁火箸架在火盆上"滋滋滋"烤着吃，不小心掉在下面沾上灰的话，他呼呼吹一下，用手弹一弹就接着吃。火箸上留下点点白色的盐渍，腥味也会残留很久。一闻到烤鱼味儿，勘次便怒火中烧，对卯平充满嫉恨。与此同时，卯平在天黑以后听到隔壁勘次和两个孩子的说话声，则深感凄凉。尤其是想起自己和他们在一起时，他们之间似乎是互相隔阂的，但现在自己不在那边了，他们看起来却亲密无间，这更让他觉得酸楚。不管怎么用被子蒙住头，他都能听到他们在说话。阿次的声音娇媚动听，与吉的声音天真无忌。对他们仨这种天伦之乐，他又羡慕又愤慨。若是再回去和他们住在一起会怎样？卯平闭着眼睛，左思右想，愁肠百结。风湿又发作了，身体一阵阵抽紧，更觉得自己孤苦伶仃。直到听见阿次或与吉喊他"姥爷"，从枕上抬起头，见白昼又至，不禁悲喜交加，热泪盈眶。

勘次每天都使唤阿次干很多话，以至于阿次白天根本没什么余暇。到了夜深人静之时，阿次就过来给卯平揉腰捶背，不管多累都不撇下他。阿次每一出来，哪怕知道她就在外公这边，只要她没有马上回去，过不多久，勘次就会大声唤她。

"我就在这边，爹，没必要那么大声叫我，您是要什么？"

她温柔而又明媚的声音在他耳边回响，勘次静默下来。过了一阵子，他使劲拉开门走出去，一会儿又拉了一下门，做出好像已经进去的姿态，却让门留着一道缝，自己屏住呼吸，没穿鞋，蹑手蹑脚来到小屋旁。里面没有点灯，一片黑暗死寂。勘次又溜回来，进了屋子，悄无声息拉上门。阿次一回来，他半带可怜半带责备地嘟囔道："你要在那边待到天亮吗？"

"别担心，爹，我保证耽误不了明天干活。"阿次的话让勘次无法反驳。

卯平总是说："不用费劲了。"他并不是因为顾虑勘次，只是不愿给阿次添麻烦，可是在心底里却暗自盼着她过来。

这是他回家后的第二个冬天。风湿慢慢侵蚀着他的健康，在夺去他的生命前，不遗余力地折磨着他。腰痛有时会减轻，却从未消失。冬日越来越短，他一天天这样挨着。

独居小屋的生活并不像他想象的那么如意。

十九

"啊，太热了，咋这么热呢？"

阿传穿着前驹木屐，一步迈进院子里，大声嚷嚷着："不错嘛，一根草都没有，看上去真干净啊！咦，收了不少荞麦呀！"

她走近勘次。勘次正在栗子树荫下与阿次打夏荞麦，面前放着两个石臼。和打小麦一样，都是抓起一束，从肩膀后面向石臼腹外壁甩过去，在那里摔打。阳光现在已接近直射，三棱形的荞麦种子带着少许绿叶一起落下，有些会滚落到树荫外的阳光里。跟小麦不同的是，夏荞麦比较湿，种子熟得也不均匀，有些还带着青绿的种子粘在里面，摔打好几次种子都落不下来，只能解开捆扎的草，将粘在里面的种子剥开壳，再继续摔打。卯平为了打麦提前拔了草，将院子用笤帚扫得干干净净的。

因为天热，勘次只穿了一条蓝色的裤子，上身赤裸，露出晒黑的肌肤。为了避开从茂密叶缝间倾泻下来的针尖一样扎人的阳光，他头上像往常一样戴着蔺草编笠，用麻绳紧紧系在下巴底下。每天都是大汗淋漓，这种强韧的纤维在浸湿后会变脆，在秋凉之前不管怎样都要再换一根。不过勘次的系绳尽管充满汗渍，却可以一直用到秋天，他为此颇为得意。

树篱缝隙间出现了阿传的身影，勘次不快地皱起了眉头，装作没看见的样子继续摔打着荞麦。阿传肩上撑着一把褪色的褐色毛呢洋伞，轻手轻脚地注意着不踩到飞扬出来的荞麦粒，来到勘次身边。她的装束和几年前差别不大，一件大的鸣海绞浴衣，左袖耷拉到腰下，下摆一角扎在腰带里面。现在勘次不能再装作听而不闻、视而不见了。他停下去抓荞麦的手，将汗气腾腾的身体转向阿传，皱着眉的脸上带着厌恶的表情。

"姐，你来干啥？"

他无意识地问道。胸膛上涌出的汗分成好几道弯弯曲曲地流下，冲洗着粘在身上的灰尘和碎荞麦秆。

"没啥事，就是过来看看，"阿传故作轻松地说，"好久没来了。这是阿次吧？都成大姑娘了，可帮家里干好多活呢。几年没见，都快认不出来了，不像我们这些上了年纪的，好几年也不带变样的……"

她站在那里喋喋不休地唠叨着，看着栗子树梢垂下来的南瓜，似乎在寻找合适的话头挑明来意。

阿次转向阿传，将手放在菅笠檐上微微欠了欠身。她穿着一件白衬衣，尽管天热，却不失女性的矜持，用襻带束袖，用手剌护手，除了露出脖颈，身体的其余部位都严实地遮盖着。阿次放下手头的活，摘下菅笠，整理了一下乱发，擦了擦脸颊上的汗，小跑着去烧火。阿传将打开的洋伞放在栗子树旁边，伞柄朝上仰着，默默去井边打了满满一盆水。

"你们这里的水真不错，很凉爽，不像我们那边的水，用瓢舀出来都是热的。"阿传又自言自语起来。勘次见她已不在身边，又开始打麦了。阿传洗了洗擦汗的手巾，又拧干了在脖子周围擦了擦，重新换了一盆水。过了一会儿，屋檐上升起了淡淡的青烟，在暑日下慢慢消散。

"爹，茶水烧好了。"阿次从门口出来小声告诉父亲。

"嗯，"勘次从喉咙底部应了一声，招呼阿传，"茶水准备好了，姐。"不过仍没有停下手头的活计。

"我上茶了，姑姑。"阿次在勘次身后稍稍提高了嗓门说。

阿传将拧过的手巾展开，啪嗒啪嗒地甩了甩。井边一丛繁茂的凤仙花在烈日倾泻的白光下蔫蔫的。手巾的一头甩到了花朵，花朵陨落在地。旁边有几株高大的向日葵，无惧烈日，傲然开放着。又有几株夹竹桃，也是葳蕤明艳。

"花开得真好。我也喜欢花啊草的，可惜没工夫种。早晨凉快的时候肯定很好看。"阿传把湿毛巾叠好拿在手里，收起栗子树边上的洋伞，不紧不慢地向屋里走去。阿次因为烧火，又出了不少汗，她擦了擦汗，将乱发理了理，用梳子卡起来，又喊了声姑姑。阿传心不在焉地将洋伞放在墙边，跨过门槛。

"天真热啊，是吧?"阿次打着招呼，将茶端给她，然后解下了襻带。

东邻院子里很多人正在用连枷打麦。沉闷的声响透过树林，震动着地面。有一人领头喊着"嗬——嗬——嗬——"，其他人也跟着一起喊"嗬——嗬——嗬——"，听上去振人心弦。三个人似乎听得入了迷，沉默了好一阵子。阿传脸上带着微笑，瞅瞅杯子里的茶叶，又望向院子里。在她望向院子时，勘次端详了一下好几年没见面的姐姐。阿传已经五十好几了，脸蛋小小的，圆圆的。尽管皱纹已经很深，头发却又黑又亮，很显然是染过的，由于药力抵达不了肌肤，染过后过一段日子发根就呈现星星点点的白。勘次大声啜饮着不大容易凉下来的热茶。阿次也偷偷打量着几年不见的姑母。

"夏荞麦这么着看上去颗粒都挺大的啊。"阿传开口说，她一眼望去首先看到的还是荞麦，然后是两个石臼，石臼腹外面已被柔软的荞麦茎秆染成淡绿色了。

"雨下得很猛，只有秆子呼呼地长，不像别家那么好，不过也还行吧。"勘次不咸不淡地说。

庭院里的油蝉越是天热就越是叫得欢腾。闲寂的村落一角，久未谋面的姐弟兀然相对。

"刚才我就瞧见了，院子里这些花真漂亮啊。"阿传又一次提到花的事。

"浪费了不少肥料呢，种这些没用的东西。"

"不是你种的?"

"是老丈人种的。从外面讨的种子。去年这里种了一行玉米，也打不了多少粮食，不想为这点东西再跟他嚷嚷。"

"我好几年没过来也不知道，这么说他从野田回来了?"

"快两年了吧。"

"年纪也挺大了吧，身子骨还结实吗?"

"结实着呢，平时想干啥就干啥，到处晃荡，赚点小钱。"

"忙的时候他也帮一把吧?"

"他没帮过我，我也用不着他帮我。"

"我记得他年轻时干活倒是一把好手，不过也不是特别愿意干的样子，现在是想干啥就干啥了?"

"这还没完呢。他讨厌跟我住一块，另外建了个小房子，花了不少钱，大部分活都是我干的。毕竟是老丈人，想怎么着就由他去吧。也只能顺着他的意思……"

"这样啊，就是旁边那个小屋吧，我还以为是你们放肥料的地儿。人老了行事就是脾气偏啊，跟年轻人处不来，要是他们让着点，也不至于这样两边都难过吧。"

"现在多了一张嘴吃饭，更不容易了，我是成天操心着粮食够不够吃。就这么着他每次吃饭都是一张苦兮兮的脸拉得老长，也真够人瞧的。一见了他这样心里就烦得慌。"

"这也真是，好好说两句话就不行吗? 都在一个屋檐底下，也得照应照应吧?"阿传的视线又落到门口鸡窝底下堆着的粮袋子，"你真是能干啊。我这不是奉承你，存了这么多粮食，一般人家啊还真办不来。"

勘次上钩了，露出微笑："我挣到这个地步，也是不容易啊。以前受的那些罪真是说也说不完。不过也确实过得比以前好些了。"

"阿次也真能干，看着大方利索，刚才见她在那里打荞麦，一点都不含糊，穿得也像样子，都是她爹调教得好啊，"她把目光投向阿次，又感叹道，"长得真像她妈啊。"阿次听言，好像有些回避这个话题，提着手桶去了院子里。

"她妈刚没的时候我也是一筹莫展啊，都没想到阿次能帮上忙。"勘次说得很恳切。阿传听见他提到阿品，微微苦笑了一下。

"那时候我们也很想来的，可是正好要去远处办点急事，就没能来成。你别把我们想得太坏了。"这样简单道歉后，她就站起来看着墙，转换话题道，"刚才就看见你在墙上挂着的这些家伙，镰刀啥的都磨得锃光瓦亮的，这样用着也趁手，用得也长久。"阿传虽然有些慌张，但尽量让自己平静下来，一点点展开话题。

"这把唐锹可真大啊，提一下都费劲，我完全用不了。"她故意站在了那把唐锹旁边。

"嗯，我很爱惜这把，很少拿去给铁匠修。"

"这么大，挖土的时候得使多大的劲儿啊。"

"姐，你看这。"勘次伸出手掌给阿传看。他的手虽然不大，但又厚又硬，握柄的虎口处都结满了老茧。

"有钱谁都能买一个大唐锹，可不是谁都有这样一双手，你看看这个就能知道我干过多少活了。刚开始我的手筋疼，但想到要靠这个赚钱，也就忍过来了，差不多两三年我的手就这样了，现在手筋也不疼了。"勘次脸上的表情放松了，在阿传面前夸耀起来。

"帮东家开垦山林，每年都能开垦出四五反地来。有些地方可以种上陆稻，我也种了三四反。今年看样子还不错，以前陆稻的收成不行。"

阿传惊叹说："真是能干啊，竟然种了三四反。"

"也没干多少，新开垦的地长不了多少草，也不用施很多肥就能长得不错，出了穗，也就收割时要花点时间。再过三年，那边那片山林就全都变成旱田了，收成肯定会比较可观。"

"今年收成应该不错吧？"

"抽穗的时候雨水足，一反地应该能收四袋米吧。"

"陆稻真是好东西。现在不像以前了，老百姓在这种地方也能过得很好。我们那边也想种陆稻，可老是遇上洪水，还是山林地好啊。"

"嗯，我们这儿是个好地方，不用担心洪水。"

跟阿传说着说着，勘次已将往日的芥蒂忘怀。毕竟是同胞姐弟啊，身上流着相同的血，很容易就敞开心扉。

"给我们拿一点腌薤①来，阿次！这是在土用②前采了接着腌上的，味道应该不错。"

阿次从一个老酱油瓶里拿了一些腌的薤白盛在碗里，放到阿传旁边。勘次拿了一块，咯吱咯吱大口咀嚼起来。

阿传一直面带微笑听勘次讲话，屡次犹豫不定是否要切入正题，但勘次与阿次都没有发觉。她拿起茶壶想倒点茶，发现

---

① 薤，类似小葱的一种菜。
② 土用，四立（立春、立夏、立秋、立冬）前约18天。民间多指立秋前18天。

茶碗还是满的，就端起茶碗一饮而尽，说："听你讲这些真高兴，咱们是姐弟，就应该互相通气照顾才对。"说着起身去了厕所，等回来又在板间框上坐下，她故意装作漫不经心地说："我这次来其实是有点小事的。"

"啥事？"勘次又回到一开始那种紧张不安的神色。

"不是什么大事，就是我那个眼不好的儿子，我想给他娶个媳妇，所以……"

"就为这个事？姐姐想给他娶媳妇，别人是管不着的。"

"对，对。不过咱们是姐弟，我得跟你说一声，免得你往后抱怨我没知会你。"

"我没啥好抱怨的……"勘次以为阿传所担心的只不过是这个，安心下来。

"那就好，他现在二十七了，你也知道，我是一直担心他，想好好照顾着，可是我自己也有好多麻烦事要操心，有时也顾不上他。你自己呢，也有自家两个孩子要管……"

勘次没再言语，脚尖在地上来回划着。

"他本来干活是一把好手，结果眼坏了。不过现在也不差，你也知道的，难得有人愿意帮他说亲，我还真是去了一块心病。过日子最要紧是能干活，对不对？就像你，大家也都说你活干得好。我也见过那个闺女了，相貌虽然不咋样，可是对眼不好的人来说，这个有啥要紧的，心眼好就行。"阿传絮絮叨叨地说着，想让勘次对这门亲事由衷感到满意。

"不错，挺好的。"勘次只简单咕哝了一句。

"你也知道，他在这个村子里干活，婚后也没必要把他和媳妇带到我那边去了。他眼又不好，对他这样的人来说，最好还是待在跟大家都熟的地方，也好有个照看，我也就不用担心啥了。我就想给他在这里租个房子住，一打听，人家说得有个本村的人给他做担保，我想你应该行……"

"啥？不行！我不干这种事！"勘次匆忙说道。

"咋就不行呢，这有啥好担心的？他这个人又稳重，又可靠，也只是走个形式而已。"

"不像话！你说得好听，可要是他欠租了怎么办？我不得替他还上？我会赔掉裤子的！不行，我可不想扯上这事！"

"你又何必这样？他现在又不是一个人，还干着活的，三十钱、五十钱的租金肯定没问题，你就只担保一两个月行不？看看咋样，要是觉得不行以后就不担保了呗！"

"那也不行！我不想再听这一套了！"勘次毫不客气地甩下她，又跑到院子里，抓起夏荞麦开始干活了。

阿传让勘次的话噎住了，望着他的背影说："真的就有这么忙吗？"

"对！等会儿我还得去水田里除草。土用以来，就晴了几天，一直在下雨，都不知道草长成啥样了。这时候谁都没有闲工夫！你听听东边！"

邻家院子里的连枷打麦声、号子声比刚才更热闹了。

"还是自家姐弟哪，就这么对待姐姐，你真会招待人！"阿传生气了。

"我要是听你的话去做担保，还不知道出啥事呢！"勘次边说边把荞麦摔到石臼上，瞥都不瞥她一眼。

"我不管干过啥，可没偷过别人家东西，勘次！"阿传忽地站起来，眼角里带出恶毒的神色。

此时，卯平的巨大身躯出现在门口，依旧微蹙着茶色的深陷的双眼。阿传立刻改变了说话的腔调，说："哟，这不是老爷子吗？好久不见！都好吧？"

"啊，你来啦。"卯平把阿传带到了自己的小屋门口。

"我出去了一阵刚回来，这是怎么了？"卯平忽然说道。

"其实吧，可能别人也不一定想听。就是我那个瞎了眼的儿子，快三十了还是一条光棍，不想老让他打光棍啊，就给他娶了个媳妇，要在村里租个房子，得找个人作保。可是我跟他这么一说，他一点都不顾情分！租金才多少啊，也就三十、五十的，一个瞎了眼的残废外甥，勘次啥都不想管，说这么着他就要赔掉裤子了，他就这么对我！您也上了年纪了，也知道老了得有个依靠，我们都得依靠子女对不对？我孩儿这个媳妇心地好，我觉得我能依靠她。我这也不是光为了自己，我就是实话实说，要找就得找一个孝顺的、心肠好的媳妇，要不然还不如不要！"阿传站在小屋门口，一面喋喋不休地说着，一面用洋伞尖戳着地面，不时向勘次那边瞅几眼。

"嗯，对，是……"生性寡言的卯平应和了几声，手上拿着烟管，皱着凹陷的眼窝。

勘次坐在院子里，觉得卯平的话在煽风点火。他抓起一捆打过又扎起来的荞麦猛地用力扔到远处，正好落在井边的凤仙花上，一根枝子被压在了下面。

"我这个姐姐可真会说，估计她还记得自己是怎么对待自己公公的吧?"勘次自言自语道。

阿传听见，狠狠瞪了一眼勘次。

"爹，你少说两句吧，"阿次轻声劝着父亲，"午饭做好了。"

"好，我走了，就这样，老爷子保重啊。我再多待一会儿就妨碍到别人了。老爷子你也得小心点，别讨人家嫌。"一肚子火还堵在心里，她嘴里停不下来，"存了这么多粮食，担保个三五十的有啥难的，结果!"

"姑姑吃了饭再走吧?"阿次怯怯地问。

"用不着! 不稀罕!"阿传直直穿过院子，也不管脚底下会不会踩到荞麦颗粒了。等她出了院子，又转回头，说:"勘次，你照顾老人照顾得这么好，在村子里名声也是响当当的，我听说了，都觉得脸上好有光彩哪!"

东邻又响起了喧闹的连枷声，好似在嘲弄这边安静下来的庭院。勘次心无旁骛一个劲儿地打着荞麦。阿次茫然地站在那里，一直到小洋伞消失。

卯平坐着吸了一阵子烟，注意到凤仙花被压倒的枝子。他慢慢走过去，一脚踢开那捆荞麦，拿了一根短竹棒，插到土里，想把被压倒的凤仙花枝子绑在上面。一扶起来，枝子从花茎断下来。卯平气冲冲地将它扔到一边。凤仙花旁边的向日葵因干燥酷热，底下的硬叶子已经干枯了。枝干仍昂然高耸，硕大的花朵已经不会再跟着太阳转动。在大多数花草都在太阳面前低眉顺眼时，它像盘子一样高举的花朵仍傲然睥睨着下方的芸芸众生。

卯平插在地上的小竹棒依然陪伴在凤仙花身旁。

二〇

秋日又至。

繁茂的枝叶全盛期已过，如今微露凋零迹象。太阳对漫长的白昼业已感到倦怠，不再每日放射灼人的光芒。天上地下，色调渐变。无心之云在南天汇聚，骤雨倾泻而下。瞬时之间，旱田里的浮土化为泥水，飞溅到庄稼底部的叶片上，浑浊的泥水泛着白色的泡沫流向低地。之后太阳重现，天空如擦拭过一般澄澈，缠绕在桑树上的昼颜花争分夺秒地绽放笑脸。但晴日转瞬即逝，骤雨接踵而至，让那些天刚破晓便起来打麦并在庭院里铺满草席晾晒的农人叫苦不迭。当地人说，连阴雨一日不止，必下三日，三日不止，必下五日，总之要"数奇"① 而止。瓜田里的藤蔓叶子遇上连阴雨相继枯萎，境遇悲惨。夜空中，天上的云朵时而安稳如山，时而躁动似火，高高低低地上下翻滚，将月亮吞没，继而又将之蠕蠕吐出。秋风四起，草木在风

---

① 　原文直译为"要下够奇数天数"。译文借用古汉语中"数奇"一词，"数奇"是命运不好，遇事多不利之意。古代占法以偶为吉，奇为凶。

中摇动，无边落叶萧萧而下，发出阵阵悲鸣。栎树、楢树等各类杂树在狂风中哗哗作响，全无往日的威严与矜持，树皮也剥落开来。入夜之后，枝叶犹在寂寞之中喁喁耳语。豪雨持续多日，将暑气一扫而光，草木则屡遭摧折。洪水溢出河川，舔舐着沿岸的土地。

就像过度疲劳后陡然衰老的人们，洪水过后，草木迅速枯萎，残枝败叶在风中无力地摇曳。鬼怒川堤岸上繁茂的筱竹丛中，缠着竹根的鸭跖草茎叶上满是淤泥，仍抓住最后的时机开出楚楚可怜的花儿。蟋蟀在下面微弱地哀鸣。灰色的白头翁成群结队飞往远处，又从高空冲下，在枝梢间寻觅可以栖止之处，"咯咦咯咦"叫着，久久不能安息。竹林和灌木丛中生长着据说吃了会掉牙齿的毒仙人草，唯有它仍旧生气勃勃，藤蔓上开满了白花，在秋风吹拂下如小小的白帆，仿佛也在夸耀自己。

密生的筱竹根在泥土里盘旋萦纡，保护着鬼怒川的堤岸，洪水没有冲垮堤岸。勘次的村落又是在台地，损害微乎其微。不过因为连日下雨，洪水从旱田冲到稻田，再从稻田退却，也花了好几天时间。被淹没的稻田为数不少。勘次日夜蹚着水在田间转悠，为庄稼担忧不已，最后发现基本没什么损失。打完粮食以后，他听说别处受灾的情况，不禁暗自庆幸。

这天，他将收好的大豆运回家，真是难得的好天，艳阳高悬，照在栗子树上，果实正在爆裂。大豆在水里泡了几天，带着黄褐色的豆荚、淡绿色的茎，都被淤泥染得黑乎乎的。

趁着天好，勘次想快点打出豆子来，就叫南邻大婶来帮忙。

220

他们经常互相帮工，你帮我，我再去帮你，彼此都方便。大豆运到庭院里，一捆一捆地立着暴晒，一袋烟的工夫，成熟的豆荚就开始爆裂，发出噼噼啪啪的声音，听起来清脆悦耳。他们将豆秸放倒，阿次和南邻大婶在这头，勘次在那头，各自举着连枷砰砰砰打过去。干硬的豆秸窸窸窣窣地响着，豆荚爆开，淡绿的豆粒跳出来，躲藏到豆秸底下。三人又来回踩了一遍，豆秸都扁下来。

阿次烧好茶水，准备午饭。饭后三人在栗子树底下蹲着聊天休息。

"哎呀呀，好多豆子啊，你们这边看来挺好的嘛。"阿传一步一步溜达进了院子。她身量瘦小，腿却挺粗的，照旧打着那把洋伞，扛着个包袱。

勘次站在栗子树前，瞥了她一眼，又望向远处。阿传若无其事地来到门口，放下肩上的包袱。

"好累啊。"她用一只手擦了一下额头上的汗，将洋伞倒放在地上，包袱放在伞里。

南邻大婶站起来。

"呀呀，好久不见啊！"阿传热情地跟她打招呼。

"听说你们那边洪水闹得挺厉害的，是吗？"

"唉，说出来都没人信啊。现在雨都停了一个来月了，还不知道该咋办呢。我们住的地方到处都是水，实在是不想住那里了，你们这儿可真是好啊，好像啥事都没有啊。"

"也不全是那样，村里也有好多人损失也不小。"南邻大婶

221

低声说道。

"嗯哪，不过看起来都还好。我这一路过来，我们那边好多房倒屋塌的，只能在河堤上用草苫子搭一个棚子先住着，天好还行，碰上下雨可就麻烦了。我们家里也都是水，只能放倒一些大木桶，在上面铺上木板，待在木板上，这样才能勉强做点饭吃。可是只能困在家里，出不去进不来的。我们那一片都是这样。还有淹死的哪！我能活下来就算万幸了。"

阿传见有人愿意听她讲话很高兴，继续绘声绘色地讲着。

"想要躺下来睡点觉基本上是不可能的。水就在耳朵边上晃荡，哐啷哐啷地响。我们都怕被水冲走了淹死。你伸手到木板边上就能摸到水。后来我们找了一条船弄进屋里系在木板边。都冻得要死，挤在那么一小块地方。得时刻看着点，一不小心头就碰到天花板。还好，我们都挺过来了，还算走运，房子没塌。白天还好，能看见周围是啥样，到了晚上可就惨了。青蛙啊，蛇啊，时不时就游过来，用棍子赶它们走，可过一阵子又游过来了。我们怕万一有个闪失，整晚上都点着灯，估计就是这个引来了它们。那个油灯就那么点亮光，直到它们靠近了才能看见。猛抬头一看，它就在那边探着脑袋盯着你，吓死我了！"

勘次在栗子树荫下也对阿传的讲述产生了兴趣，况且因为有南邻大婶在这里，他不能显得太无动于衷，就说："看来姐姐那边真是遇到困难了啊。"说着就请她进屋说话。为了阻隔打豆激扬起来的尘土，雨户都关上了，屋里又黑又热。阿次像刚才一样点上炉子，舀了几勺水倒在茶壶里烧起来。

跨过门槛时，阿传抓了一把豆子看了看，说："不错啊，你们这边真好。我们的地都在下游，也在稻田四周种了些豆子，前两天收了在河堤上晾着，豆荚都萎缩了，豆子都没成形哩。"然后她拿起包袱和洋伞进了屋坐下。

"因为到处都是水，我们啥活都干不了，只能用竹竿拴上鱼钩钓鱼。我在自家院子里钓到过好几条鲤鱼呢！不知道的人见了，准以为我们都是些浪荡闲汉哪。"

阿传喝了几口茶润润喉咙。阿次和南邻大婶都睁大眼睛听着。勘次也专注地听着，不过一直皱着眉头。

"水退了以后日子也是难过，地上到处都是泥。后来清理完了，地板泡得都长白毛了，只能拿去晒着，到现在还没铺上。地里啊，一股腐烂的臭味根本没法闻！我之前还担心庄稼怎么样，结果一看，就连地里那些桐树、栗子树都不行了，叶子全掉光了，估计活不了啦。"

阿传说着解开拿来的包袱，里面是三个煮牛肉罐头，还有四五枚用纸包着的像冰糖一样的盐块。

"我们那边受水灾的家里每户都分了些这个。我一直想过来看看你们这边的情况咋样，总不能空着手，就带了这些给你们，也不知道味道怎么样。"说着，她把空空的包袱皮叠了起来。

"咦，看上去挺不错的哪。这是盐吗？从来没见过这样的。勘次，这些可都是好东西哦。"南邻大婶仔细地看了看那些盐。阿次也对这些盐很有兴趣。勘次用指甲抠下一小点，放到嘴里，微笑着说："是盐没错。阿次把这些收起来吧。"

他又转向阿传，打量着她染黑的头发下面星星点点的白发，说："看来你们的庄稼受灾很严重啊。"

阿传哀叹道："米啊啥的，一粒都没剩下！"

"还可以煮点菜汤啥的吧？"

"开玩笑吧，那边地上唯一能见到绿的地方就是河边的草了。现在就是过一天是一天吧。"

"那我可以给你一点南瓜、茄子啥的。"

勘次的同情心被触动了。

"我去给你拿点葱吧。"南邻大婶说着，沿着桑间小径，一路回家去拿葱了。

阿次说："也给姑姑一些米吧，她家也要吃饭啊。很快就要收陆稻了，我们的米应该够吃的。"

勘次嘟哝着："嗯，应该还行吧。"他从半空的米袋里量出约五升米，装在一个南京米袋①里。

"再给点碎麦粒吧。"阿次说。

勘次看着阿传说："我跟米混在一起放行吧？"

"放在一起就行。"阿传轻声说。

勘次加了差不多同样分量的碎麦粒，又去摘了三个大南瓜放在阿传面前的地上。

"真是太谢谢你们了，我今天只能先拿米和麦回去，明天再

_____

① "南京米"指从中国进口的米（产地除了中国，也有可能是印度或东南亚）。南京米袋一般为麻袋。

过来拿南瓜。能再借给我一个大的包袱皮儿吗？我自己这个太小了。"

阿次说："我们这里没有，不过我记得姥爷有一个。"

她连忙去了小屋。卯平刚从外面回来一小会儿，坐在那里抽烟。

"姥爷你在啊，我还以为你没回来呢，还想着拿你的东西也没法跟你说一声。我姑姑过来背一些米回去，要用一个大包袱皮，姥爷那个能给她用用吗？"

"行。"卯平弯着腰去拿了包袱皮儿，跟着阿次也来到这边。

阿传满脸都是笑："我们那边遭了洪水了，多亏勘次救了我们。你看这些南瓜都是他给的，我现在拿不了，明天再过来拿。"

南邻大婶提着一把用草绳捆好的葱回来了。

"真是太感谢了，还有葱哪，你们真是太好了！"她又坐下来喝茶，看着外面的栗子树，"哟，你们的栗子都熟了！"

"前几天刚开始熟的，已经落了一些，"阿次兴奋地说，拿过旁边一个小篮子，里面装满了栗子，"姑姑想要就带一些回去。豆子打好了也可以带一些。"

"嗯，我拿一点。"阿传用手巾包了一些栗子，拿起一罐煮牛肉给卯平，说："这是我们那边村公所分的，老爹你也尝尝，挺好吃的。"

刚才勘次让阿次收起阿传送的东西，阿次因为阿传还在，觉得这样很不好意思，就没有动，东西还留在草席上。勘次眼睁睁瞅着卯平拿起那罐牛肉，心里无比惊愕、不快。

阿传将重重的包袱背在肩上，在胸前挽好结，跟大家告别道："那，明天见！"她自言自语着走出院子："这一次来可真好啊。"

勘次盯着卯平手里的牛肉罐头，痛惜不已。他追出来在阿传身后喊道："明天别忘了把米袋子拿回来！"

阿传沿着篱笆转到屋后的林子，进了田间小径。道边的竹林让风吹得前后摇摆，停不下来。毒仙人草骄傲地开着小白花。身量小小、嘴儿尖尖的山雀鼓起雪白的两颊，以胜利者的姿态在天空高唱。

夜里发生了一件意想不到的事故，事后想起来则有些滑稽。

那天晚上，与吉偷拿了一块阿传给的盐，以为是一种没见过的糖，开心极了。他把它掰成两半，将一半填到嘴里咽了下去，结果卡在了喉咙里，与吉苦不堪言，抓挠着胸口大声哭着在地上打滚。勘次和阿次惊恐地赶过来，弄清是怎么回事以后，勘次骂道："混蛋！咋还这么笨！"

阿次埋怨他："你骂他能治好他吗？"

卯平听见吵嚷，赶过来，弄明白原委后，平静地说："给他喝点水。"阿次端来一勺水，与吉抓着勺子柄咕咚咕咚喝了。

"小鸡要是吃了纳豆之类的东西卡住喉咙，就马上灌它一点水，用不着大喊大叫的。"他又给与吉喝了一些水，让他躺下来睡觉。三人守在旁边，整宿都没睡。与吉喝了很多水以后睡着了，第二天起来没啥事，又活蹦乱跳去上学了。

稍晚些，阿传又过来，对自己无意识造成的事端毫不知情，还像昨天那么兴冲冲的。勘次因为没睡好觉，窝了一肚子的火。

阿传用自己的包袱包好南瓜，有点犹疑地问："这是昨晚给我的那几个？"

"应该是吧。"勘次嘟嚷着答道。事实上，他在阿传来到之前把那三个大南瓜换成了小点的。

"记得昨天还说要分给我一些豆子？"

勘次装作没听见，不吱声。阿传一脸不悦，背上南瓜和葱，将包袱皮还给卯平，和他讲了几句话就回家了，没再跟勘次说别的。勘次看着她拿回来的空米袋子只觉得心疼。

犹如守财奴牢牢盯紧自己的钱包，整天提心吊胆，唯恐有什么意外，农人们也时刻操心着自己的庄稼。在他们面前，庄稼是大自然的慷慨馈赠，似乎唾手可得，但有多少会真正变成自己的呢？有多少会被暴风雨毁于一旦呢？从俗称为"二百一十日到二十日"① 的秋收前的这十来天，相传总会有大风大雨，每年这个时候农人总少不了担惊受怕。还好今年暴风雨没有再次光临，天空乱云飞渡，没日没夜地刮了几天干燥的风。芒草的叶子坚硬如刀，且生着不怀好意的锯齿，谁不小心碰到它们，往往会被划出血来。它们高举着粉色的穗子，在风中喧嚣不已，仿佛在哗众取宠。

之后天空便灿烂晴朗起来。陆稻的穗子黄澄澄、金灿灿的，

---

① 从立春算起第二百一十日到二十日，有些地方将其作为节日，连续跳舞来避免暴风雨破坏秋收。

在阳光下点头示意。荞麦经秋雨洗涤，又被秋风吹干。反复几次后，由嫩绿转为白色，简直要把黑夜照亮。黄白相间的田野随着台地起起伏伏，如波浪般一直延伸到鬼怒川的河堤。旱田的周围是高耸的玉米，强劲的茎秆擎着穗子，像是一道道疏篱连接着一处处旱田，一直到鬼怒川河岸。玉米的高度堪比河岸的筱竹，在南风的吹拂下，玉米穗子就像一只只手臂在向着溯流而上的白帆船挥舞致意，又像是在抚摸远处的山峰。爽朗的秋日就这样拉开了序幕。

遗憾的是，勘次家的陆稻不是种在开阔的田野，而是在他刚开垦的林间空地上。麻雀很喜欢这片与世隔绝的僻静之地，成群结队地过来偷袭。勘次在上方用棉线拉了一张网，又在上面挂了一些布条来吓唬这些鸟儿，但对这些狡猾的家伙根本不起作用。没有完全成熟的稻米柔软香甜、鲜嫩多汁，麻雀们用小嘴快乐地啄食，留下一片谷糠。勘次还以为这些都是风吹下来的，没怎么在意，对收成仍然保持乐观。直到收割完毕、开始打谷，他才发现实际的收成远比自己在夏天时预料的要少得多，不禁大失所望。

一想到自己一时心软，让阿传骗去那么多米，他就怒不可遏。阿次和与吉都是他亲手养大的宝贝儿女，他没法在他们身上发泄怒火，于是他的憎恨就全集中到卯平一个人身上。卯平现在已经成了他的眼中钉、肉中刺。

二一

　　勘次一路小跑来到鬼怒川岸边时，正是大雾弥漫之际。直到离河水五六米的地方，才勉强看到水面。岸边没有看到系船，勘次估计船可能在对岸，就不耐烦地扯着嗓子喊了一声。船夫的回应很近，勘次震住了，没再说什么。一会儿，船头从雾中出现，勘次登上船，船底传来轻微的吱吱呀呀的声响。初秋时的洪流在河中央冲击形成了一个大沙洲，为了避开沙洲，船走了一条迂回的远路，再加上船夫撑篙慢条斯理的，勘次不禁嘟囔："还不如我蹚水过去呢。"

　　"行啊，你要是想全身都湿透的话，那就去呗。"船夫不客气地回应道，继续不慌不忙地撑着竹篙。突然，船底好像碰到什么东西，猛地晃荡了一下，勘次差点就摔个四仰八叉的。他猜着肯定是船夫故意捣乱让自己难堪，之后便缩在那里没再吱声。

　　沙洲一直延伸到岸边，船没法在以前的渡口靠岸。勘次想船夫会不会随便把他扔在什么地方。还好，最后停靠的地方显然已经有很多人走过，岸上的草丛里有不少别的乘客的足迹，且修了简易的台阶。周围长着不少枸杞，结满了红色的小果，大片的叶子已经枯黄了。一排河柳形容枯瘦，勘次抓住一束柳枝，踏着前人留下的足迹，两三步就来到岸上。枝叶扫过他背上卷着的草席子①。岸上满是洪水冲刷来的淤泥，现在已经干裂出一道道深沟。割过穗子的玉米在雾中悄然而立，形影甚是凄凉。勘次回头瞅了一眼，船已经消失了。他沿着秫秸上前人踩出的小路向着远处的大堤走去。

上了大堤，俄顷之间，雾散去了，空气突然变得透明，万千景象尽入眼底。勘次如梦初醒般茫然望着四周洪水肆虐后留下的一片狼藉，甚是愕然。上游的几条小船吸引了他的注意，船边还有几根竹竿。他马上认出这是捕鲑鱼的船。渔夫要到夜深人静之时才撒网捕捞，有时好几晚都一无所获，但他们时刻保持着警醒，耐心等待着。一旦察觉鲑鱼经过的迹象，他们便及时下网。鲑鱼很难逃脱他们敏锐的目光。到了早上，捕捞到的鲑鱼哪怕只有一条，他们也都用青竹叶包了挑到市场上去卖。没有捕获的时候，他们就躺下来睡觉。白天，狡狯的鲑鱼会在一些静止的水泊里避难，只有这时，彻夜未眠、疲惫不堪的渔夫才可以睡上一觉。在这个清冷的早晨，渔船纹丝不动，以渔船为中心的世界一片沉寂。远处的村庄从树梢袅袅升起炊烟，逐渐消失在冷空中。勘次看着这一切，发了一阵子呆，蓦地回过神，沿着大堤向北走去。

---

① 勘次背的草席可以展开来作为蓑衣，是防雨用的。据说这也是作者外出徒步旅行时的必备装束。

随着鬼怒川曲折的流向，大堤一直延伸向远方。勘次走着走着，大堤变窄了。原来是大堤内侧的草丛堆满了刚刚收割的稻子，摊开在那里晾晒。野蔷薇的枝从稻草堆中探出来，叶子早已脱落，小小的枝头结了鲜艳的红色浆果。逃过了镰刀刈割的繁缕①缠绕在野蔷薇带刺的茎秆上，花朵上带着清晨的湿气。

湿漉漉的稻谷的味道扑鼻而来。蛐蛐儿听到脚步声，匆忙远遁。勘次从一个稻穗上剥了几粒米，放在嘴里嚼了几下，又猛地意识到自己在浪费时间，急忙重新上路。他打了绑腿，穿着草鞋，背上的草席子不断发出簌簌声。终于，他走下河堤，折向东走去。

眼下这条路一直通向远处台地上的一片树林。路两边是一方一方的稻田，树林里散落着村庄。勘次以往走过这里时，这条路弯弯曲曲的，没过多久，已经修得笔直，周围人工整理的耕地和沟渠也都井然有序，让他感到大为新奇。

日已渐高。一切都沐浴在阳光下，只是眼前已见不到生动的绿色。还未收割的稻田反射着黄褐色的光。只有分散在旱田各处的桑树顶上还保留着四五片小小的绿叶，村子周围的树木上的叶子都已变成暗红色。天与树相接，其间线条分明，天空无比澄澈。原来如此。天空将大地上植被的绿色全都夺去了，来年春天用春雨将它们溶解后再度归还。届时，湿润的枝条将再度抽出新绿，野草也会在意想不到之处蓬勃生长，无论农人怎么耕地翻土，怎么除草，都无法阻止它们。越是下雨，野草

---

① 原文"嫁菜"。繁缕，又名鹅肠菜、鹅耳伸筋、鸡儿肠。

便越是茂盛。毋庸置疑，正因晚秋的天空吸掉了所有的绿，大地才呈现一片干枯与荒芜。

太阳升得越来越高，已是明亮的白昼。从水田到像小岛一样散布其间的旱田，偃伏在地的食用菊花的黄色尤为耀眼，愈远愈是鲜艳夺目。勘次低着头走路，始终将用手巾包扎的右肘抱在胸前。路边狭窄的沟渠中，干巴巴、乱糟糟的狼把草和慈姑浸在水里，水滴滴答答的。蓝天映在浅水中，闪着深远的光。白云好似迷失了自己的路，寸步不离勘次身旁，一直陪着他向前走。看着这一派景象，勘次只感到头晕目眩。前一晚他几乎没睡着，胸中积攒的怒火驱使着他大步流星往前走。他必须把自己的伤给人看看，在他心里他受的伤要比实际情况严重好几倍。搁到平时，他是很不情愿丢下地里的活儿的，但这次他简直气昏了头，不想再去顾及耽误农活带来的损失。太阳晒得脸颊暖烘烘的，但天气依然颇为清冷。青蛙因为天冷停止了歌唱，静静待在水沟里，在勘次经过时直愣愣地瞪着他。路上只有他一个人。地里有几个农人在劳作，似乎是为了逃避路人的审视，他们弯着腰心无旁骛地割稻。勘次孤独的身影于他们不过是广阔天地间的一粒微尘，毫无注意的必要。

稻田尽头，勘次经过一个村庄，农人正在篱笆上摊开收割的稻子晾晒。喜欢窥探行人的农人们打量着步履匆忙的勘次。勘次觉察到别人在注视自己，便用左手小心地扶着右肘。

过了这个村子，他来到台地上的林子里。这里开垦出了一些旱田，勘次仔细查看了一下土质和庄稼的情况。又过了一个村子，眼前是大片旱田，刚收割的陆稻一捆捆倒在地里。他用脚尖试了试稻茬，看看它们长势如何。附近有几个农人正在犁地，准备种麦。刚翻过的黑土地还没有晒干，干净平整，赏心悦目。村子周围的杂树林叶子都变红了，尤其是边上白胶木的叶子，如一团熊熊燃烧的火焰，与黑土遥遥相映。

勘次想到自己家的地还没有耕种，而去年仅仅晚了两天，冷空气突然来了，收成大大减少。这一惨痛的教训让他暗自为自己定下规矩，一定要在指定的日期播种，结果他现在却为了这点伤浪费时间！想到这里，他脑子里一片混乱，但他确实很想让别人看看自己的伤，一门心思想得到一点同情和慰藉。

一块绿油油的萝卜地。仿佛天空夺走地上的绿以后，将浓厚的绿沉淀下来形成绿的结晶体，化为萝卜的叶子。这是天地之间唯一夺目的绿色了。秋气渐浓，草木萧瑟摇落，昆虫的声音也沉入地下，庄稼留下种子以后便都倒下了。萝卜独有的绿叶也无法长久抵抗这晚秋之气，终将匍匐在地。田里的土壤则只能等着变冷冻硬了。

勘次终于来到正骨医生的门前。房子外面是一圈竹篱笆，里面一株高大的珊瑚树将院子笼罩在树荫之下，四周寒气森森。篱笆后面有一个门板做的三角形担架①。想到这东西必定运送过伤势严重之人，勘次不寒而栗。他对自己这身煞有介事的装束，未免感到有些羞耻和不安，怯生生地进了屋子。玄关里候诊的

---

① 三角形的担架，是指一块板在下面让患者躺卧，另外两块搭成人字在上面遮盖患者的抬送病人、伤员的用具。

人还真不少。有人在脖子上悬挂了一圈白布带，将缠了绷带的胳膊吊起来。有人躺在地上，脸色苍白，表情扭曲。勘次躲在他人后面，等着轮到自己。屋里的药味让人憋闷。医生在揉一个病人的患处，快速瞥了勘次一眼。勘次莫名觉得他的眼神里有蔑视之意。

医生在一块木板上撒了些黄色药粉，掺进白色的糊糊，又用像是酒的液体将这些混合物和了和，用长剪刀剪下一张白纸，又用黄铜小勺把和好的药膏涂抹在纸上，贴在病人的患处。其他人都在一边默默坐着观看医生熟练的手如何操作。勘次为了看清楚，在后面踮起脚尖。

简单治疗过两三个人以后，一个穿着工作服的二十四五岁的农人背着一个十二三岁的男孩来到医生面前。医生在走廊边上摆了个蒲团，男孩一见到医生就觉得害怕，呜咽起来。医生对他的哭泣无动于衷，宽大的身体悠然盘坐在蒲团上，冷静地检查着男孩，男孩的左臂无知觉地耷拉着。

"你抱住他。"医生抬抬下巴示意那个年轻农人。农人脸色苍白，迟疑地从身后抱住男孩。

"抓紧一点。"医生命令道。他把脚放在男孩肚子上，双手抓住男孩脱臼的胳膊拉了拉，男孩疼得号啕大哭。医生放开了手。

"这样不行。你是他哥哥吧？舍不得用力啊。"出于骨肉之情，年轻人不敢抓太紧，弟弟哭得越厉害，他就抱得越松。医生无法实施治疗，就让家人去附近再找一个年轻人过来。那位哥哥脸色苍白地坐在地上。

"从树上掉下来的?"医生问道。

"对,我正在耕地,还没弄明白咋回事,就马上带他来这里了,都没来得及换衣服。是一棵柿子树,我跑过去,他躺在那儿,脸煞白,我想把他拉起来,可是他老说痛,然后就是哭,我把他的袖子挽上,胳膊就当啷当啷的了,真不敢相信啊……"

旁边有个阿婆说:"这种事最近几乎天天都有,孩儿们爬树,结果就掉下来,送到这里来了。都是这么受伤的。养个男孩可真是让人操心啊。不过,谁都有意外,一点小事没注意到,一下就坏事了。我好好地穿着木屐走路,一没注意就摔倒了,伤了手腕子。"

年轻农人说:"他爬树可能咧,几乎每天都爬,只有下雨的时候才不去爬。这次也没下雨,我估计是他抓的树枝上有一条蛇,他一见,吓破胆了。当时我听见树枝响动,他喊了一声,我再去看,他已经摔在地上了。"

勘次注意地听着,心里很是害怕。

对面有个伤者说:"蛇爬树啊,一般说明又要下雨了。正是我们有好多活要干的时候,真盼着好天能持久一点。"

勘次听了这话,又不安地担心起天气的事儿。

医生找的年轻人到了,紧紧抱住了那个男孩。医生像上次那样拉着那条胳膊,发出一声吓人的脆响。

"这次行了。"医生放开手,用又厚又软的指头揉了揉男孩的胳膊,贴上膏药,又用细木条框住,外面缠上绷带包扎好。

"多久才能好啊?"年轻农人不安地问。

"不可能马上就好啊。"医生满不在乎地答道。农人脸色依旧苍白着,背上男孩离开了。又看过几个病人,轮到勘次了。

"你包扎得可真仔细啊!"医生嘟囔着说,把勘次胳膊肘上包的脏手巾一层又一层地解开,察看伤情,那里肿起一个指头大小的包,是铁火箸留下的。

"这咋回事?跟老婆吵架了?"

医生每天跟各种病人打交道,少不了说些闲言碎语,开一些无伤大雅的玩笑。

勘次苦笑道:"没那回事,我家里女人已经死了七八年了。"

"这样啊,这明显是别人打的啊。你看样子也还不算老,不会是去找别人家媳妇让人逮着了吧?"医生捋着自己的胡须揶揄他。勘次为了这么点小伤如此大费周章地包扎,让医生脸上不由得露出轻蔑的微笑。

"您真会开玩笑,这是我家老丈人打的。"勘次像是被追问而不得已似的,在医生面前将真相和盘托出。

医生在患部上了点药,简单包扎了一下,没再说什么。

"我还用再来吗?"勘次一脸担忧地问。

"贴点膏药就会好起来,你自己弄就行。"医生递给他一盒药。

自从来到医生这里,勘次就觉得很不自在。真没想到,世间居然有这么多病人,令他时时胆战心惊。穿过珊瑚树荫,出了竹篱小院,走到路上,勘次身心都轻松下来。想到跌伤胳膊的男孩，他不安地想起与吉也时时觊觎院子里的柿子树，于是尽其所能地急忙往家赶。

归途中又看到上午干活的那些农人，他们依旧在地里忙碌。对诊断结果的失望，对自己耽误农活的悔恨，对卯平满怀的愤懑，各种杂念不断涌上心头。一开始医生说他的伤不要紧，他曾经松了口气，但现在每走一步，这一诊断便越来越让他不满足。怎么可能只是轻伤呢？他回家后要让别人看看他的伤有多重。至于医生的诊断，去他的吧。

等他回到村里，已是日近西沉。他不能再沉默下去，要把事实说出来。于是，他径直去了南邻家。南邻见到他非同一般的装束一脸不解，勘次开门见山说道：

"老丈人用火箸打了我，我刚去看了接骨医生。这么忙，他可真会挑时候。"

南邻知道勘次是特意来找他说事的，不能完全无视，只好尽量显得惊奇地问："老天爷啊！为啥？"

"昨天我从地里干活回来，他正在喂鸡，除了稻谷，还有白米！我就说不能给它们吃这个，有专门给鸡吃的饲料，给它们那个就行。结果，他一下就火起来了，拿铁火箸打我，说我让鸡吃好的，也舍不得让他吃点好的。这种事谁能想得出来？我一点都没防备，也没躲开，就让他给打伤了。我就是这么受伤的。有这么多地要种，谁知道要多久才能养好伤。我没办法啊，只好去看接骨医生，走了那么远的路，那里还有那么多人看病，我只能等着，等了好久。本来想快着赶回来，结果呢，都这么晚了，现在白天也变短了，是吧？"

勘次将事情的来龙去脉说了一遍。

南邻出于礼貌，询问了一下伤情："伤得不要紧吧？"

"但愿吧。"勘次含糊其词地说。

对勘次含糊其词的回答和之前的叙述，南邻都没怎么上心，只是问："那老爹现在怎么样了？"

"我一大早就出去，这会儿刚回来，还没进家门呢，不知道他咋样了。他打了我，也不可能跟没事儿人一样吧？把我伤成这样，难道还会很开心不成？"

勘次越说越来劲，南邻劝道："这样吧，你既然说了，我也不能不管。我过去看看，跟他说说，看看能不能弥缝一下。老爹对你动手是他不对，但也不能让长辈跟你赔不是，只能想办法让这件事过去。"

南邻来到卯平的小屋门前。

"老爹，有件事要跟你说说。勘次跟我说了，我就只好过来了。就是昨天晚上的事。勘次也没有坏心，你们俩也没必要正式道歉。事情过去了就算了，大家都别生气了，一家人继续好好过日子，怎么样？"

南邻试图当一个和事佬，说话温和但直爽。

卯平沉默了一阵子，从嘴里拿下烟管，拿烟管的手微微颤抖着，开口道："不行，我为啥会这样，勘次那小子把我当成什么啦？跟累赘似的，比粪土还不如！不过我也懒得理他，他舍不得给我饭吃，我就自己出去挣钱，一粒米也不少他。他要是厌烦我，自己找个地方住去，他来这里可比我要晚！"

"我说老爹啊，这样生气也不行，你说的也有道理。不过毕竟是一家人，也不能老盯着不好的，也得看看好的地方吧。这事按我说的，就当作没发生，行吗？"

"好的地方？哪有什么好的地方？有些事我一直没跟人提过，所以周围的人都不知道。勘次都好久没做过味噌了，一勺都没做！去年底的时候说要做，我用自己挣的钱，连盐都买好了。我嚼不动硬东西，没有味噌我还能吃啥？当然了，我也是从年轻时候就喜欢吃这个，没这个身上就没有力气。我跟你说，啥都准备好了，盐、麦曲，都有了，只要煮上豆子捣一捣就行了，可是到现在还一勺都没做！为啥？还不是盼着我明天就死了呗！我一死，他保准又开始做味噌了。"

卯平停顿了一会儿，又猛地加了一句："我就是因为这个才会打他！"

南邻感到如坐针毡，很是尴尬，但还是说："我明白你的想法了，以前我也不知道这些事。虽然是邻居，可是各人自扫门前雪，有时候也顾不到。勘次这样是不对的。你毕竟是家里的老爷子对不对？你喜欢吃味噌，他就该做，就这么简单。我跟你说，我这就跟他说让他做。你也消消气，两个人都好好地说话。我说，你们这样不和，最难受的就是孩子们了。另外，这种事最好还是不要去惊动东边老爷家了。怎么样，老爹？"

卯平又衔起烟管，没再说什么，南邻去叫勘次。勘次早已习惯了长久以来的反目，本来没想过和解，不过这次卯平展现出来的暴烈脾气也让他惊吓不小，所以就跟过来了。

"我说，老爹，你们俩都互相体谅一下。勘次可能是因为忙没顾上，但既然有了盐、麦曲，就剩煮上豆子了，就应该做上味噌。这不就啥事都没有了？怎么样，老爹？"

勘次垂头丧气地站在那里，一声不吭。卯平根本不往他这边瞧一眼，咂了咂舌头，骂道："畜生!"

过了一阵子，卯平低声但严厉地说："畜生说是要改，心里根本就没有改的意思。他就是本性难移!"

勘次就如割倒的草一样蔫蔫的。

"老爹啊，这样我就没办法了。毕竟清官难断家务事，我就是一片好心，你们俩不愿意好好说话，我也没有办法啊。我在这里也帮不了啥忙了……"南邻见到这种情形，觉得自己还是走开为妙。根据以往的经验，外人介入这种家庭争端太深，不但解决不了问题，到最后反而惹得双方都对他怀有怨恨。茶碗破了，要想弥合裂缝，得有巧妙的手段才行。显然他没有这个本事。

勘次想在医生和南邻那里寻求同情，结果明察秋毫的医生一眼就断定他伤势轻微，不但没有安慰他，反而挖苦了他一番，他只好一无所获地从医生家的珊瑚树荫下溜走。南邻呢，也没有站在他这边表示同情，反而站在仲裁者的位置试图调和他与卯平的纠纷。勘次心里羞愤交加，但向来意志薄弱的他无法跟人开诚布公，只能以这种古怪的方式博取同情，希望有人能懂他的心思，对他说几句暖心话，但结果是徒劳一场。

至于村子里别的农人，显然也都不明白他到底想要什么。勘次胳膊上包扎了好几层，到处晃荡了好几天，但大家都在忙自己家的活儿，没人有兴致跟他闲聊。况且大家都认为在这种时候啥活不干到处瞎转悠是个蠢蛋，在他背后冷嘲热讽。最后勘次也不得不认识到哪怕耽误一天农活也是巨大的损失，又开始下地劳作了。他不跟卯平讲话，卯平也不搭理他。只有阿次为此烦恼不已，可又无能为力。

　　渐渐地，整个村子的人都听说了勘次与卯平冲突之事，但只有上了年纪的父母辈才特别留心这种事。只是对长年累月的积怨，谁也想不出快刀斩乱麻的解决办法，因此谁也不愿出面干预。小伙子们耳闻目睹勘次表现出来的对阿次的猜忌与嫉妒，曾有种种臆测，但对两代人的纠纷却兴味索然。

正是东方未明的拂晓之时，寒气逼人，农人在被窝里哆里哆嗦、辗转反侧，不知不觉将被子一直拉到下巴底下，裹得紧紧的。钲①声自空中悠悠传来，似乎在叮咛着"莫迟到、莫迟到"，召唤村里的老人们到念佛堂聚会。老人们被欢愉的希望鼓动着，披上旧棉袄，系上纽扣，打个冷战，来到门外的寒气中，嘴里呼着白汽，朝念佛堂的方向走去。有人会从门外的柴垛中抽一束柴，或抱或背，在半明半暗的熹微晨光中蹒跚蠕动着，像是在滚动着大石块。

时令是二月中，依照旧历，又到了报谢日神的"御天念佛"的日子了。村里人把这个日子讹称作"御田念佛"。每年此时，老人们都会在念佛堂聚会，在年轻人还流连睡梦之时，漱好口等待日轮露出地平线，便开始念诵。为了不耽误时辰，大家从念佛团里推举了两个老人做"法愿"。他们站在村里的十字路口，用冰冷的手拿着槌子拼尽全力敲打着钲，以唤醒众人。

念佛堂里的雨户都打开了，地炉里生了火，好为大家驱寒。

---

① 钲，形似钟，有长柄，使用时口朝上，以槌敲击。

炉火上是一把带提手的铁壶，用铁钩挂起来。火光映出围坐的老人们衣衫不整的样子。远近的雄鸡开始了第二轮报晓的啼鸣。时辰已到，两位法愿敲起门槛处的太鼓，身后坐着的老人们开始随着鼓点齐声吟诵。法愿两手持鼓槌，在鼓皮上先用力敲一下，再轻轻敲一下，又在红色的鼓身上敲一下，如此强弱反复。老人们皱巴巴的瘦弱的喉咙里发出浑浊的嗓音，跟着鼓点抑扬顿挫，如波浪般起伏。吟诵不断重复着，直到附近的树木轮廓明晰地浮现，东方的天空像是正在成熟的蜜柑从青绿逐渐变为淡黄。天还冷着，四周已不再朦胧，老人们的声音也越来越清楚。

地上的霜闪着白光，念佛堂院子里的天棚上装饰着红色和蓝色的纸，中间竖着一根青竹竿，竹竿顶端用红、黄、蓝三色纸包着。天棚周围也竖着四五根这样的竹竿，用注连绳连接起来，上面系着彩色纸带①，在风中飘拂。装饰工作昨天就已完成，只待今日的鸡鸣。

往日，天棚用和念佛堂里一样的好木柱搭建成屋顶的形状。尽管念佛堂的屋顶盖上了厚厚的稻草，袭击这一区域的暴风雨却没有放过它，将其摧毁了。村里还有很多别的房屋也深受其害。村民自顾不暇，谁都没有闲心去建造一个没有实际用途的念佛堂。有些贫苦农人，没钱去各有其主的林子里伐木，就从倾圮的念佛堂这里偷木材。后来念佛堂终于得以重建，但比原

---

① 彩色纸带，和注连绳的作用一样，表示被圈起来的地方属于神圣之地。

来的规模小了许多。与此同时，用锯木板重新造了个粗糙的天棚。新建的念佛堂诚然大不如前，但老人们还是很满足，感谢这个属于他们的地方，给他们带来无上的欢愉和慰藉。

太鼓声止，念诵也结束了，老人们又围坐在炉火周围。念佛堂里的光线明亮起来，炉火黯淡了不少。附近的农舍传来推开雨户的声音，鸡也出窝了，跳到院子里，像是打哈欠似地伸直身体，扯着喉咙大声鸣叫，似乎刚才没有叫够。青烟自屋宇升起，老人们该回家吃早饭了。

卯平从邻家的树荫里回到自家小院时，勘次与阿次已去林中垦荒。卯平盯着空荡荡的院落、门窗紧闭的房屋，呆呆地站着。房屋虽破旧，当其中人声喧扰、炊烟袅袅时，总显得生机勃勃，就如一个血气方刚的生物，而此时的这个家看上去总觉得莫名的颓败、凄凉。卯平穿上木屐从下了霜的院子里刚出门不久，勘次就起床生了火。阿次起来做早饭时，他已经抖抖索索地穿好了工作服。阿次拿了筷子开始吃饭时，他已经用草绳扎好了裤脚。今年开垦的地离家比较远，地方也比往年要大，故而他们每天都要赶早，丝毫不能磨蹭。到了那里，勘次挥舞唐锹掘起土块，阿次将其用锄头背敲平。

卯平来到主房门口摸了一下，门是锁着的。他知道勘次每天钥匙不离腰间，也就没再试。又来到后门，后门也闩了，他试着拨了一下门钩，一点都不动。卯平习惯性地咂了咂舌头，慢慢来到自己的小屋。屋里阴森森的，之前撩在一边的被子此刻早已冰冷。他在火盆里生了火，注意到旁边放着小锅和食盒。

掀开食盒盖子，里面有饭，盖子上湿漉漉的。阿次叫他吃早饭时，见他不在，就把这些留在了这里。

卯平习惯了阿次每天早晨叫他过去吃热气腾腾的饭和粥。今天早上出去的时候虽然穿了棉袍，但一大早起来，回到家仍然是冷彻骨髓。他希望能在主房里的火炉上找到点热饭，没想到门会锁。他叹口气，将小锅放在火盆上，一见有热气冒出来，他就用勺子舀了点出来尝了尝，还是冷的，他又在火盆里加了点柴，把食盒里的饭也拨进小锅里。相对火盆来说，锅还是有些大了，他低下头吹火时，脸颊能碰到锅沿。

锅里传来咕嘟咕嘟的声音。卯平把皱巴巴的大手罩在火上，微蹙双眼，陷入茫然沉思。过了会儿，忽然想起来，又折了些小树枝放进火盆。如同大多数老人一样，他看上去已经伛偻了，且因为本来身材高大，瘦了以后尤其显得憔悴，两肩都削下来。对此他自己也心知肚明。再加上风湿的病痛好像在侵蚀他的骨头，他总觉得哪怕天暖和起来，病痛也不会放过他了。

烧煳的气味让他如梦初醒，他搅了一下烧开的锅，开始吃早饭。热汤饭经过食道落入胃里，让他觉得踏实了些，身上也暖和起来了。他在水壶里加了水放在火盆上，等水开的时候，他把烟袋放在自己膝盖上，里面是空的。自从感到自己的手不大听使唤、没法继续干活以后，零花钱就不够用了，他断然放弃了吸烟的嗜好。一则他想虐待一下悲惨的自己，二则他曾在佛前祈祷为了让病痛痊愈，甘愿次日立即戒烟。接下来他一整天都在抽剩下的烟叶，烟袋也翻了个底朝天，漏在旮旯里的烟叶也都抠唆出来。此后，他的手总是不自觉地去摸烟管。他不禁后悔自己的决定有些太鲁莽了，但他也不敢这么快就打破自己在佛前的誓约。他尝试吸过桑叶和款冬叶子，但它们一烧就成了灰，烟也不像烟叶那样润泽，从积满烟油的烟管里吸进来，有一股刺鼻的气味。他又尝试过别人推荐的葡萄叶，也无法自欺说这可以满足他的嗜好。他手里拿着烟管，忘不了自己的欲念，然后，就好像有些人会因对别人恼恨而反过来殴打自己的爱子，他也出于愤懑将自己的烟管踩碎了。当然，谁也未曾亲眼看见这一情景。至于空了的烟袋，他还是舍不得扔掉。他把剩下的几个铜钱放进烟袋，塞进腰带底下，又把踩坏了的烟管仍旧插在皮烟嘴里。这事已经过去好一阵子了，但出于根深蒂固的习惯，他还是不自觉地又伸手去拿已经用作他途的烟袋。

阳光射进院子，消融着地面上的冷霜。卯平伛偻着身体，不快地蹙着双眼，沿着田边小径朝念佛堂走去。路旁零星分布着几户人家，房舍之间是小块的麦田。麦田的沟畦大抵为东西走向。太阳在遥远的南天低悬，阳光倒是出人意料地暖和，所照之处霜都融化了，像洒过水一样湿答答的。可惜阳光无法越过麦田那边的小山之巅，在山阴处，卯平见到的依然是一片白霜覆盖的田地。

下午，每家每户都给念佛堂送来了用包袱裹着的食盒。老人们将其都一一摆放在佛坛前面。供品堆积如小山。太鼓又敲响了。一部分食物分给院子里聚集的小孩，之后老人们便坐下来吃饭喝酒，享受这稀有的大饱口福的机会。唯独卯平没有去碰酒杯。他比别人都更早离开,将自家上供的食盒带了回去。大多数人家都按常例做了菱饼,但勘次没时间做,阿次只匆忙准备了红小豆米饭让卯平带过去。

在所有老人尽情狂欢的两天里,卯平不开心,毫无意义地浪费掉了一天。

当晚,阿次回来后跟他说:"今早让姥爷吃了冷饭真是心里过意不去,就那么放在那里,我忘记姥爷今天要出去了,不过姥爷在念佛堂也该有不少好吃的吧。"她温柔的声音让他略感安慰,但心里仍是很不乐意。

二三

次日黎明，老人们又周而复始地一遍遍念诵。午后，家家户户送来包袱裹着的供品到念佛堂。院子里挤满了孩童，有的还背着书包，有的则用带子将弟弟、妹妹绑在背上。

"好啦，大家都进去吧。"一位阿婆在门槛前宣布。迫不及待的孩子们蜂拥而入，在狭小的念佛堂里推推搡搡地寻找座位、并拢膝盖坐下。几个阿婆拿起佛坛前供奉的食盒，将外面的包袱解开，交头接耳地低语：

"没想到，看，是寿司哦。"

"最好放到一边去。"

"把这个也放到一边去，最好。"

她们拆着包袱，慌里慌张地将三四个包袱藏到佛坛后面。

另外一个阿婆大声跟孩子们说："都安静些，要不谁都没得分。"

"那些流鼻涕的，都分不到吃的。"有人在旁边开玩笑。听到这个，孩子们纷纷吸溜着鼻涕，也有擦在自己袖子上的。

"别用你们擦鼻涕的手碰那些供品！"阿婆正准备给孩子们

分食，一个坐在炉子边的老头儿大声吼道。他脖子上挂着两重念珠，个子虽小，但嗓门挺大的。

"我们洗洗手再吃！"

"我没用手擦鼻涕！"

孩子们又说又笑，吵成一团。阿婆们蘸水洗了手，在围裙上擦了擦，又回去分食。她们从一边到另一边，将手上食盒里的饭用筷子一点一点拨在孩子们面前的纸上。他们另外备了一些白纸，到时候会放在空了的食盒里，让供奉者带回去。小豆饭用的米没有好好捣过，不怎么黏，很容易碎。每个食盒里的饭，米和豆的比例都不一样，呈现或深或浅的红色，除了小豆饭，也有大小各异的菱饼，只是昨天的是用稻米做的，而今天的这些是用捣过的小米做的。孩子们目不转睛盯着食物从远处靠近自己的纸，一筷子、一筷子地往上堆着，越堆越高，都满心欢喜。若有一块从纸上滚到外边，他们都连忙堆回去。阿婆们在堂里来回穿梭，经常撞到对方，她们说说笑笑，全无在家时的庄重与矜持。

"就这些了。"她们直起身，敲着空了的食盒底部，向孩子们宣布。孩子们仔细地包起分到的供品，争先恐后地冲向门口。有人木屐跑掉了，有人不小心摔倒了，还有人将包好的菱饼掉到了地上，现场一片混乱，其中夹杂着哭喊声。来到院子里以后，他们小心地打开纸，用手抓着小豆饭狼吞虎咽地吃着。也有人扔掉包菱饼的破纸，将菱饼揣在怀里。转瞬之间，满地都是凌乱的破纸。

老人们都围坐在炉火前，不断烧火、添柴，准备暖酒来喝。村里人捐赠的二升樽酒桶就在旁边。一位阿婆把酒从桶里倒进一个旧陶壶里，然后把陶壶挂在火上温着。为了御寒，大家又关上了两三扇雨户，屋里更暗了。几个阿婆偷偷聚集在佛坛那里。

　　那个戴念珠的小个老头儿冲她们大声喊："别再偷嘴了！馋婆娘，好吃的都拿过来！"

　　"胡说！我们没偷吃，只是拆一下外面的包袱。"阿婆们辩解着，拎着包袱的四角将食盒拿到地炉边。食盒里是加了炸豆腐、葫芦干的寿司，豆腐没有炸透，有点泛白。很显然有几块已经失踪了。

　　老头儿调侃道："自个儿偷偷摸摸吃独食可不对啊。"

　　"我们可不是吃独食，我们有三四个人哪。"

　　"你们喝的酒比我们多多了，还用跟我们抢这个？"阿婆们辩解道，继续拿豆腐寿司吃。

　　"说到酒，不知道酒温得怎么样了。"老头儿摘下陶壶，用手试了试壶底的温度。

　　"哟，没留意的工夫，已经这么烫了。"老头儿赶紧放下陶壶。

　　"你们那寿司我一个都不稀罕。那东西一吃多，酒就不好喝了。"老头儿把陶壶放到榻榻米上。

　　大家坐成一排，每人前面都摆了茶碗。没有别的餐具，山芋、土豆、牛蒡、萝卜及其他各色菜蔬都放在原来的食盒里。

小个老头儿从陶壶里倒了一些酒到酒壶里，又将陶壶挂在钩子上。第二次把酒倒在茶碗里时，老头儿愤慨地嘟囔说："这样不行，好像有股煳了的味儿，下次得留意煮的时间。而且，喝酒用茶碗容易串味。"

"陶壶里的酒放少了，就会这样。温酒时，第二次要比上一次多倒一点，不然边上容易煳。"旁边一人开口说道。

"下次我会多放一点的。我自己不怎么喝酒，不大懂这些，别生气啊。"阿婆笑着说道。

"最好每次都用水把陶壶涮一下，去煳味儿。"

"直接把酒壶放在火上温着，不知道怎么样？"

"这么好的酒，弄坏了味儿就太可惜了！"

大家你一句我一句地议论着。

"那也太费事了吧，每一轮只能热一点点。"阿婆念叨着，又把陶壶挂在火上。

二升樽里的酒渐渐都喝光了，喝酒的人无一不大醉酩酊，七嘴八舌地大声嚷嚷。唯独卯平一个人在炉边默默坐着。手头没了烟管，他只好拨弄着柴薪聊以解闷，不时咂咂舌头，舔舔牙龈。他滴酒未沾，只是尽量多吃寿司和菜蔬。没人留意他，他也没去搭理旁人。很久没有吃得这么痛快了。筷子还没送到嘴边即已满口生津，他克制着几乎压不住的食欲，用残缺的牙齿咀嚼着食物吞咽下去，然后继续故作悠闲地用筷子将下一口食物送到早已急不可待的嘴里，直到吃不下去为止。

法愿喝了酒兴奋不已，将红色鼓身的太鼓的带子挂到脖子上，太鼓吊在胸前，摇摇晃晃站起来，其余饮者也都跟在后面。阿婆也都嬉闹地跟着。他们慢慢来到院子里，在青竹天棚的周围铺了草席，伴着跌宕的鼓声步履跟跄地起舞，绕圈而行（他们把这叫作"转山"）。动作虽略显滑稽，但大家并不在意，欢声笑语一片，积攒了一年的笑声都释放在此刻。偶尔队列中某个人踩了前面的人一下，前面的人摔了一跤，后面的人也跟着摔了过去，大家便挤作一团。平时，他们只能与家人来往，衰老之躯让他们与年轻人自然地疏远隔绝，各自过着乏味无聊的生活，唯有在念佛这几天，他们才可以暂时忘掉自己的寂寞生活。仿佛从漫漫冬夜的长眠中被一阵提前来到的春风唤醒，获得了新生。他们两颊酡红，体内犹如被酒点着了熊熊烈火，不断地骚动、骚动。天棚四周，青竹竿绑着的注连绳上的纸带在风中哗哗作响，似乎在和老人们说悄悄话。阳光灿烂而温暖。一些小孩和村里的大人站在院子四处，津津有味地看着，暖风将他们脸上的愁容一扫而光。

卯平没有参加人家的欢庆，一个人留在空荡荡的念佛堂里。他对庭院里的喧嚷声没有兴趣，只是惘然独坐，像是在遥远的黑暗里寻找着什么。念佛堂里面仍是一片沉寂。地炉里的火势渐渐弱了，积了厚厚的白灰。卯平眯着眼，抄着手，连添柴都忘记了。与吉吃完了纸包的小豆饭，在院子里看了会儿热闹，注意到在屋里茕然独坐的卯平，就走近地炉。

"姥爷，有东西给我吗?"他又像往常一样朝卯平撒娇。

时令已过立春，但到了黄昏时分，西风却依旧在微暗的天空肆虐，整夜整夜地刮着，好几天都没有停。这种事真是历年来少有的。据说鬼怒川水浅的地方都已结冰，河面上也漂浮着很大的冰块。卯平干燥的皮肤在这样的酷寒里经不住冷风的刺痛，手也不听使唤了。若是勉强去搓绳子、做草鞋，筋肉之间就如有硬块在阻碍，一用劲全身都疼痛起来，本来灵便的手指好像不是自己的一样。因为不做活挣不来钱，每次与吉来找他，他心里再也不像从前那么欢喜了，但他心里还是很疼爱与吉。

"我明天再给你。"卯平不忍心拒绝与吉，干脆就搪塞了过去。可是，在好几次得到同样的答复后，与吉变得没精打采起来，卯平实在是不忍心，就给了他一个钱的铜板。与吉本来担心着再次遭到拒绝，现在得到的钱是平常的两倍，不禁欣喜雀跃。而卯平看到与吉这个样子，心里愈发难受。

一个人除非完全厌弃人世，否则，意识到自己已然时日无多，实在不是一件可以高兴的事儿。老人们聚在一起尽可以互相打趣"活不几了天啦"之类的话，可到头来谁都要独自面对死亡这件大事。这些日子在卯平心头萦绕的便是那即将到来的终局。

知道自己再也干不了活了，卯平便抱着自暴自弃的念头，解开从野田带回来的包袱，取出他那件和服单衣。这是他用东家送给他的手巾以及东家用剩的旧手巾缝成的，它美丽的纹样曾令他引以为傲，如今再怎么心疼也顾不上那么多了。毕竟不是必需之物，而且他也想折磨一下自己，于是便陆陆续续地将这件浴衣和其他还值点钱的东西都当掉了。眼看着冬日的冰雪日渐消融，僵硬的手是否也会在春暖花开的日子康复呢？这渺茫的希望只能让卯平徒增痛苦。当掉包袱里的东西，没换来很多钱，但还足够他买点想吃的软饭，还有一些落入与吉伸出的小手里。卯平不时地摸一下自己装钱的烟袋，阴暗狭小的屋里，每次见到烟袋底部的铜子里夹杂着几个银圆，都给他的心里带来些许亮光。只是袋里的钱如一握沙，再怎么攥紧都在渐渐流失，对此他无计可施。沉默寡言的他也不愿向人诉说自己的烦恼，只是独自咀嚼着这种痛苦，终日陷入忧闷当中。炉边的他正是这种状态。

其他人如疾风一般冲了进来，搅乱了周围沉郁的空气。他们又各自凑钱买了一桶二升樽酒，用陶壶放在炉火上温着，饮者在旁边坐着。与吉还在附近徘徊，卯平扔给他一个五厘钱的铜子。有个老头儿逗与吉玩儿，作势要去拿那个铜子，与吉扑过去两手按住它，用身体挡住老头儿，将钱抢走了。

他紧紧抓住那个铜子儿，哀求道："姥爷，还能再给我一个吗？"五厘钱他固然也觉得珍贵，但他现在已习惯于拿到一个钱的铜板，因此稍稍有些不满足了。

卯平没言语。

戴念珠的小个老头呵斥他道："贪得无厌的东西！你不是已经吃饱了吗？想不想让我剜开肚皮，把小豆饭都刮出来，让你空出来再吃？看看吧，因为馋嘴，嘴角上都起疱了！"

与吉羞愧地站起身，用五厘钱擦了擦嘴唇。这几天他烂嘴角，起了疱，上面抹了泥。

"就知道吃吃吃，咋不跟你爹要去？"老头又说。

"不行，他不给我。"与吉噘着嘴嘟哝道。

"那是因为他耳朵聋，听不见。你得跟我这样用大嗓门来喊，他要是还装听不见，就给他一个耳巴子！"

"那样他非揍我一顿。"

"没用的东西，还不赶快滚出去。馋鬼，别在这里烦人了。"

与吉垂头丧气地退出去。

"给你。"卯平又从他身后扔给他五厘钱。

这期间几个没有参与二次温酒的阿婆又拉上几扇雨户，聚集在变暗的佛坛前。不知何时，念佛团以外的几个年轻女人也加入进来。现在她们十个人凑成一团儿，用雨户遮住外面的视线玩"抽宝"的游戏，这是她们唯一的消遣。

阿婆们坐成一圈，中间有八条藏蓝色的"抽宝线"。她们口中的线，其实是用织布机上最后剪下来的线头搓成的细绳。第一个坐庄的人将所有"抽宝线"的一端紧紧缠在手上，另一端打乱后扔到榻榻米上，其余人抓起打乱后的绳头往自己那边抽。七根绳子都是空的，只有一根绳子连着她们所说的"宝"。所谓"宝"，则是绑着一个被人摸得锃亮的铜子儿的三寸大小的东西。谁幸运地抽到有"宝"的那一根，谁就赢了。在座的每个人面前都会摆两个钱，赢了的人可以从每人那里抽一个钱，且负责下一轮坐庄。

女人们将细绳飞快地抓过来又放开，然后又去抓，玩得不亦乐乎。总有一人会抓到"宝"，每个人都心向往之，全身心投入其中，全然忘记了外界之事。她们略显僵硬的手熟练而机敏地运动着。去抓绳子的时候她们的圈子会密集、缩小，往回拉的时候圈子又会疏散、扩大，就像很多人一起玩翻花绳的游戏。面前摆的钱被一个个幸运者抽走后，就再补上去。憧憬、欢腾与失望在她们的脸上不断交替出现，尽管心情激动，她们却都尽量压低声音，叽叽咕咕地说说笑笑。若非害怕被外面的人发现，她们保准会大喊大叫的。

跳舞结束后，那些既不想继续喝酒也不想参与抽宝的人回家了。因此念佛堂里的老人少了一些。剩下的那些喜欢喝酒的阿婆都已经喝得醉醺醺的了。

"嘿，我说，我年轻时候你想要我的是不是?"其中一个阿婆醉眼迷离地斜倚在旁边老头儿的肩上说。

"可别那么说，我年轻时候野是野，可不会到处找姑娘!"戴念珠的小个老头儿大声反驳。

"看你急的，喝着酒还这样，"阿婆双掌在空中响亮地拍了一下，对卯平递出茶碗，"你不喝一杯吗?"

卯平滴酒未沾，一直陷入自己的思绪中，周围的喧闹他都置若罔闻，终于，开始喝第二轮酒的老人们这次注意到了他。

"我现在不喝酒了。"卯平习惯性地咂着舌头，不咸不淡地说。

"算了吧，为啥不喝，别老是在那里发愁，喝一点高兴高兴。"戴念珠的老头说。

"酒我戒了，烟我也戒了，对身体不好。再说，我也没钱买酒了。只要喝那么一点，就想再多喝，控制不住，不如干脆就不碰它还好。况且，这些日子酒也太贵了。”

那个老头咕咚一口喝干自己的酒，喊道：“你净在那里说胡话，都到这儿来了，不喝点像啥？”

一个阿婆劝道：“还是喝点吧，今天是念佛的日子，跟往常不一样，喝一点高兴高兴，你的病也好了。”

“对，你老是在那里生闷气有啥用，也解决不了你跟勘次的麻烦是不是？”

“要我说，你越是发愁，你的病才越厉害，真要想治病也不难，风湿啊，就是肚子里有虫子，那时我们管它叫‘风虫’①。也好治，用一条蛇在背上擦一擦就行了，你要想治的话我替你擦。”老头儿讲话的时候很起劲，喉咙一张一张的，脖子上的念珠也跟着起伏不定。

“我不喜欢蛇。”卯平苦笑道。

“怕蛇？难怪啊，他们都说越是大块头越怕蛇，看来是真的了。我可一点都不怕蛇。看，”他摇摇晃晃站起来，“就这么着。”他背过去站着，迈开酩酊大醉的步子，做出用手巾在背上擦的样子。

“我曾经得过八九年风湿，后来听了这个法子，就想试试。有天见我家柿子树上荡着这么一条大青蛇，就想用竹竿把它戳下来。可是家里老太婆不让，说别管它。后来，瞅着老太婆不在，我悄悄上去，一把抓住它七寸那里，这么一撸，就这么在

---

① 风虫，当时人把风湿看作一种虫，因此认为可以用大虫子（蛇）来驱除体内的小虫，类似中国民间的“以毒攻毒”。

背上擦，那条大青蛇还哧溜溜地缩起来，身体弯着，后来就不动了。我呢，嚯一下病就好了，再也不疼了。"

他伸手到后面摸自己的脊梁，说："这里以前还有个肿块，擦了以后不知咋的就没有了。"

"你背上有好多火灸的疤痕哦！"一个阿婆指着他的背说。

"嗯，我喜欢吃烧烤的东西，就在背上烤了三百根小棒。哈，说真的，这是年轻时候得痢疾火灸留下的。现在的孩子上了学都知道这个叫痢疾了，我们年轻时候都管它叫拉肚子，叫疫病。卯平你也记得那场疫病吧？我那时候一天得上十六次厕所，整个村的人都病了，还死了不少人。医生提着药箱来了，我是唯一一个还有力气去迎送的。我身体底子好，每天都能喝一瓶酒，医生说这样不好，给了我槟榔还有啥的草药熬汤喝，每次喝五碗，太难喝了！都是憋着气才能喝下去。"老头儿用脏手巾擦了擦额头上的汗。他已年过七十，但仍然没有一丝白发，肌肉也结实，讲话时像要扔石块那么力道集中。

"为了治病我还吃了一只三斤的斗鸡，吊死它吃了，发了一场高烧，"他声音低沉下来，但很快又大声嚷嚷起来，"虽然发烧了，可我忽然身体就有劲了，所以半个月就好了，照样出去捣麦子，好像捣了有八斗麦。我个子小，但是内心强大；卯平个子大，干活还行，但心劲不行。那次得了痢疾，他就知道躺在那里哼哼，都快吓死了，我说他是担心他那个死了的女人来寻他。我呢，我不喜欢整天担心这个惦记那个的。好了，你别再发愁了，还是喝一杯吧。"

好几个老头都在劝卯平。一个阿婆向他敬了一杯，说："酒席上哪有像你这样老在那里发愁的，快点喝吧。"

又一个阿婆向他敬酒，说："婆娘们给你敬酒，你可得好好喝。马上就会醉的，试试吧。"

他们这样劝卯平喝酒，与其说想安慰卯平，不如说因为看他不合群，便想打趣他，也让他跟大家一样。

卯平这时觉得舌头发硬，嘴唇也像黏住一样，小声嘟哝说："我没钱凑份子。"

"不用担心这个。"旁边的阿婆说。

"酒钱不够的话，我们这儿有抽头。"在玩抽宝的女人当中有一个喊道。

"我们才不想要那种钱！我最恨人赌钱了，和这个有关的啥都恨。"小个老头说。

"我现在一点钱都没有了。"卯平说。在别人一个劲儿地鼓动劝说下，他终于将自己心里憋了很久的一句话吐露出来。

小个子老头说："这有啥？都说勘次最近挣了不少钱，腰包都鼓起来了。你用钱就跟他要，他要是不给，你就直接抢。我要是你，我就这么办。还能让女婿压着你？我说你心劲弱，就是说的这个意思。"

"谁也压不了我，我只想管我自己。"卯平说。

"他这个女婿也真是，谁都知道他偷东西，都得看好自己地里，要不然就让他偷了去。"

"但他赚的钱倒不是偷来的。"卯平说。

"这话不是针对你，你也别动气。我可是记得他偷我们家蜀黍，那次我本来是不想放过他的，可因为是太太出面劝我，我家里人也说我，只能给太太面子。我要是你，我就教训他一顿，让他吃不了兜着走！就说我儿子吧，我们家老早留下来的规矩，过新年天不亮就要起来，在炉子上烤白薯吃。他说什么让外人知道了没面子。我说从我记事起就这样，只要我还没闭眼，你们就得听我的。"

"你是他亲爹，怎么着都行，别人可就不一样了。"卯平呆呆地说。

一位穿着打扮比别人都高一档次的阿婆对小个老头说："你还提教训人这回事儿呢。你自己年轻时闯下的祸事还少啊？天天半夜三更从外面喝得醉醺醺地回来，鸡就算了，有时牵着马，敲门敲得震天响，都快把门给撞坏了。然后还嫌家里人没烧好洗马用的水，大嚷大闹的。庄稼人哪能等到半夜不睡，睡不好觉怎么干活？"

"我年轻时没少跟人打架，都亏了我生得强壮。卯平干活也挺强的，但是摔跤可比不过我，是我手下败将。我个光胳膊有劲，牙口也好。打麦子的时候有个嫩桃掉在唐箕①上，我一口就吃了，连核都嚼了。还有一次我把一根黄铜烟管就这么放在嘴

---

① 唐箕，一种通过鼓风来脱粒的农具。从上方漏斗加入谷物，在一侧以人力转动插了四个扇叶的中轴来鼓风，将谷粒分离出来。《日汉大辞典》译为"风车"，不过唐箕与普通所谓风车的形制、功能及原理都不一样。

里，一头用手攥着，这么一咬就咬断了。我现在的牙还跟以前一样好，你们看——"

他咧开嘴龇牙让大家看了一眼，又接着说："我打架从来没输过，不管是谁，我都能把他摔倒在地，勒住他脖子，胳膊反剪过来，他就起不来了，就这样——"

他又给大家示范他是如何制伏对手的。"打架是谁都不如我，像卯平这样的，都是躲在后面，我每次都冲在前头……不过，多亏了老东家关照，我没给家里添太多麻烦。要不是他，唉，我算是改邪归正了……我真是欠他很多情。"

老人低下头，安静了好一阵子，又高高举起酒杯，直高过头顶，然后抬起头咕咚咕咚一饮而尽，有些酒顺着嘴角流下来。

一个女人从外面急匆匆闯进来，在佛坛前面嘘了一声说："村公所的人来了！"女人们都被她的话吓住了，手忙脚乱地将"抽宝线"和钱都收起来。玩游戏时，她们脸上都情不自禁地带着微笑，挤眉弄眼地窃窃私语。但若好久都抽不到宝，就会难受地直皱眉头，不安地晃动着身子。平时隐藏的性情，在眼下这微暗的室内显露无遗。

"我们过去看看能不能跟他们凑成一伙儿。"一个阿婆挪到地炉边上。

"我们要是让她们也进来，她们非拉着我们也赌钱不可。"戴念珠的老头仍忍不住恶语相加。

"别老觉得我们会给你添麻烦，我们虽老了，家里可都缺不了我们哪。像我家那个新媳妇，啥都不会干，还得我教她。"阿婆说着，又给卯平敬酒，"我们会把抽头的钱拿来买更多酒，你就别一个人在那里闷着了，放心大胆地喝吧。"

卯平终于让步了，用大手端起茶碗。阿婆的衣袖扫到了酒壶，酒壶里酒不多了，一下倒了，她慌忙拿了手巾来擦。小个老头见状低下脑袋，嘴对着淌出来的酒嘶嘶嘶地吸溜着，引发一阵剧烈的咳嗽。他拿了手巾擦擦沾了灰尘的嘴角，说："没办法，就这么着太浪费了。酒就是米油，喝了酒，第二天洗脸的时候脸上就滑溜溜的，和平时不一样。人的身体会排出多余的油，没事。卯平你肯喝两杯太好了。勘次是个畜生，就得像对待畜生一样对他。"

"不能那么说吧，那个事你可没凭据，都是些闲言碎语。"穿得好的那位阿婆说。

"不，虽说没亲眼看见，这是真事，我从来都不说瞎话。那个闺女也不咋样，我以前有次问她，你这么难，想你妈妈吗，你知道她咋说？她说不想！你听听！"

卯平插话说："不能这么说，闺女对我是真的好，跟勘次不一样。她那么说，是因为大家老是取笑她，她烦。她妈没了，她过得很难，她不会不想她。所以她没啥过错。"说到最后，他的声音越发低了，把茶碗里的酒全干了，舌头也发硬起来。"阿品死的时候，不光勘次和她难过，我也哭了好一场呢。她三岁起我就开始养她了。"

"唉，她这么年轻就走了，你也是不走运啊，不过你也算是长命的了。"一位阿婆试图安慰他。

"嗯，只是我现在手脚都不灵便了，也没法干活挣钱了，从野田拿回来的衣服都拿去当了。我估摸着，自己也撑不过今年夏天了，管他呢。"卯平自言自语，一杯接一杯地喝着，几乎感觉不到什么滋味，只是一味往下灌。

"这个姑娘也到年龄了，勘次还不让她嫁人，也是挺让人可怜的。"阿婆们借着酒劲儿，都想刨根问底，絮絮叨叨说着。

卯平有点嘶哑地说："她不算我的亲外孙女，没法管，我也不知道勘次是怎么打算的。"

"得有人跟他说说，只要他同意让她嫁人，给她找个人家是不难的。"

"没用，那个人根本不听人劝！"

女人们七嘴八舌议论着。

"找东家老爷说说总该可以吧，我猜一定成。"有人提议道。

卯平两颊泛红，他好像很喜欢这个主意，说："嗯，东家给她说亲事，肯定没毛病。我以前也动过这个念头，后来因为考虑到别的，又有点犯犹豫了。"

刚才小个子老头安静了一阵子，这会儿又嚷嚷起来："你就该把勘次狠狠揍一顿！"

"去年秋天我揍过他一次，用火箸敲了他一下。"这么说着，卯平仿佛恢复了年轻时候的元气。

"就该这么干！他要是不给你的话，你想要啥，钱也好，米啊，麦子啊，就直接去拿！"

"我揍了他，他去买了一桶味噌，味道一般，是用麦麸做的，不过现在我随时都能喝上味噌汤了。"卯平不无自豪地说。

"连粮食都舍不得给老人吃，就该惩罚他一下。要是我遇见他，非得刺死他不可，给他个好看！"

穿得好的阿婆在旁边挖苦他说："你这么说，还想像以前那么着打抱不平啊？"

"不行啊，都一把年纪了，不想再为这种事去坐牢啦。"老头儿低下头，手摸着脑门。阿婆都哄笑起来。

"打那以后勘次就没再跟我开口讲过话。"卯平咂着舌头、咽了一口唾沫，满不在乎地说。

"他不开口说话是吧？你就这样把他的嘴这么撕开，看他开口不开口？"小个子老头用两根手指比画着撕开自己的嘴，地炉边的人都哄笑不止。卯平的心情也在这种气氛的刺激下振奋起来。

这晚他从念佛堂回来，在火盆前坐下，特别有精神。勘次像往常一样躲得远远的。

"给我拿点米麦饭来，阿次！"他突然叫道，停顿了一下，又加了一句，"拿多点！"

阿次没把他的话当真，说："姥爷你这是怎么啦？"

卯平醉眼迷离地盯着她，顷刻间，犹如在暗夜里急行的人，突然踩到坑洼之地，一下泄了气。

阿次又哄他说："您要是真想吃，我明天再给您做，今天实在太晚了。"

卯平没法再说别的，只能习惯性地咂咂舌头，咽一口唾沫。次日一早，酒劲儿一过，他又回到平时的样子了。

二四

卯平绝非恶人。尽管身材高大、体格魁梧，但他紧蹙的双眉下眼窝深陷，双目中却时常闪着柔和的光。碰上需要当机立断的事他往往再三犹豫。外表看起来冷酷，对女性却颇为温情，很容易就心软下来。

大家对他年轻时印象最深的，一是他干活时颇为轻松自如，无论是什么活儿，他都是一副不紧不慢的样子。另一件就是他在穿着打扮上毫不含糊。那时候割完草会把草和木柴捆在一起用马运回去。卯平每次去林子里割草，总会把自己的头巾、蓝色单衣和腰带都叠好收在包袱里放到马背的驮鞍上，进了林子就把马拴起来，换上衣服去密林深处闲逛。但靠着身体强健，干活熟练，总能够及时赶回将需要干的活儿都干完。别的事情大家就记不得了。他力气大，手又巧，东家给他工钱也不吝惜，因此他也挣了不少钱，可他把钱都花在自己身上了，过着形迹可疑的单身生活，直到三十岁才结婚。

有一段日子他得了梅毒，病得厉害，浑身乏力、面色苍白，后来症状渐渐减轻、消失了，但病根还在他强健的体内潜伏着。

他却想当然地以为自己已经痊愈了，于是便娶了一个妻子，建立起小家庭。妻子很快就怀孕了，却是个死胎，流产时胎儿身上的疮都已溃烂。这样的胎儿在那时大家叫他"疮孩"。他们又生了两个小孩，都夭折了。那时大家都不知道这与父亲身上的病毒有关，也没有因此担心怀孕生子。

阿品的母亲是个贫困的寡妇，和自己的女娃过着入不敷出的悲惨生活。即令她在农活上更能干一些，一个人带娃过日子也极为困难。卯平对她的处境很是哀怜，她温柔的气度也吸引了他。阿品的母亲也正渴望着他人的同情，于是两人渐渐走得近了。

此时卯平的妻子正缠绵于病榻之上。她再也没能好起来。有一年，离分娩的日子已经不远，一夜之间，眼看着她的肚子突然噜噜噜地肿胀起来，几天后她痛得连侧躺都受不了，只能斜靠在堆起的被子上，呼哧呼哧地直喘气。她患的是羊水过多的病症，哪怕真的请来了医生，也是没办法，更何况卯平根本请不起医生。后来胎膜破了，羊水喷涌而出，足足有好几升，将铺盖都淹没在里面。没有了安住之地，胎儿也跟着露出一只小手，自然是死的。妻子此时早已筋疲力尽，在她的催促下，卯平亲手将胎儿拽了出来。因为请人要花钱，只能自己做这个残酷的工作。

她没有马上死去，而是在病榻上又缠绵了三年，每天都为难以想象的剧痛和高烧所折磨。只有当天气大好时，她才能下地，拄着杖在外面院子里晒太阳，可哪怕是春日暖和的阳光，也让她不堪忍受，不一会儿就开始头晕目眩。

卯平与阿品母亲的私情免不了被人飞短流长，这些闲话不知怎的传到了卯平妻子的耳朵里。也许是因为这个，也许是因为当时酷热难耐，本来就气若游丝的她很快就垮下来。她死的时候卯平不在身边。此前村里爆发了痢疾，有几个痢疾病人已经死去，可大家既不知预防，也没有在意，照旧参加了痢疾病人的葬礼，之后还一起吃饭，谁也没去担心会发生传染。结果疾病迅速蔓延开来，卯平也病倒了。他拖着病体来到阿品家，好让她妈照看自己。他没法去照看濒临死亡的妻子，她眼神里满溢的痛苦与恐惧让他难以忍受；而长年累月被病苦折磨的妻子也无从了解他的想法，连他生病也不知道，就这样在绝望中死去了。卯平哭了好久。只有几个亲戚和邻居参加了葬礼，卯平拄着拐到场。

这年的盂兰盆节以后，疫情开始消退，但还是有几个人死去了。墓地里新增了几处草草挖掘的墓穴，里面是匆忙制作的棺台。按照习俗，在当月六日傍晚，人们要去扫墓，用镰刀割掉坟边的青草，在坟墓中央用青竹扎一个格子网，并在石碑前用青竹席做一个小棚子。

卯平也参加了扫墓。他们一起上坟的人都是勉强从病榻上爬起来的，身上绵软无力。他用镰刀在坟边划拉了几下，突然之间战栗了一下。棺台的下方，有一条蛇正肚子朝上躺在他脚边，身体被镰刀划伤了。僵了一阵子，蛇又缓缓爬回棺台下。暮色苍茫中，卯平大惊失色。此后他没再出门，待在家里养了一段时日，慢慢恢复体力。哪怕稍微动一下，身上都会大汗淋漓，黏糊糊的。

到了八日，要打着灯笼去茔地里迎接亡灵归来。前几天刚刚割的草，似乎要赶着入秋留下种子，又都冒出了头。村里的人出于好奇，试探着将卯平妻子棺台上的盖子掀开，只见那条蛇还一动不动躺在里面。人们面面相觑。人们离去后，青竹架子上的线香苦闷地燃烧着，烟雾不绝如缕，在寂寥的薄暮中摇曳、彷徨。

四天后，村人又在黄昏中送亡灵远行。棺台下的蛇仍没有动。它受了重创的身体恐怕再也难以爬行了，伤口附近的肉像外翻的嘴唇，盖满尘土，已经发黑了。感觉到有人在注视自己，蛇惊恐地缩紧。大家都说这条蛇被卯平妻子的魂灵附体了。

阿品的母亲也很快听到了这条蛇的传言。此后她坚持让卯平每晚都陪着她。阿品那时三岁，很快就喜欢上了卯平，也老缠着他，留他在家里不放他出去。关于蛇的传言很快就销声匿迹了。当时还有一些人对此津津乐道，但大家并不讨厌卯平他们，很快就忘记了这件事。

此后经过了漫长的岁月，到阿品的母亲死时，还记得此事的人已经寥寥无几了。阿品的母亲腰上有病。卯平自己几乎没有亲手造过罪孽。年轻时，他和别的雇工曾经抓猫杀了吃。那时候猫啊狗啊会去袭击那些离群的鸡，他们就设了网罗圈套来抓它们。不过哪怕是鸡，也是不可以在家里煮来吃的。他们就在后院用竹子支一个三脚架，把锅挂在上面。杀猫被看成是一

268

种可怕的罪恶。传言说，哪怕是给猫吃太辣的咸鲑鱼让猫难受，人都会得腰病。卯平自己也为腰痛困扰，有人曾跟他开玩笑说这是猫在作祟，但这话并没有流传开来。他日常所为，既不会招人憎恨，也不会惹人嫉妒。他又住在村子的西边，没人对他有特别的兴趣。平素沉默寡言，也不怎么跟人交往，故而对他的情况，大家都很少去关注。

二五

　　初冬时分吹拂过树梢的西风，在让枯枝发出几声悲泣之后，便在远处的西山下横卧长眠了。此时突然意识到冬季马上就抛弃自己而去，便恢复了不吹则已，一吹便吹个没完的本性，每日都将浮尘卷向空中。

　　这一天的清晨，天空一派晴朗，阳光也前所未有地温存。地上结了一层白霜，仿佛是每日袭来的疾风，将远处西山的冰雪席卷而来飘散一地。

　　勘次如平素一样带着阿次去垦荒。阿次扛着铁耙，披着一件半缠，襻带挂在肩上，白头巾下面露出的发丝在她走动时也跟着一动一动的。远山的积雪、近处的地面和草木上的白霜都在旭日照耀下熠熠生辉。一切都包裹在褐色的柔光中。一簇簇大小不一的云团聚集在连绵的山丘峰巅，任凭西风怎么扰乱，都寂然不动。之后云团渐渐连成一片，山那边都昏暗下来，其形影如油烟一般在空中消散。西风如巨人一般在山那边聚集，每日发出喧嚣的声音震荡着人的耳膜，"奔跑"的速度也迅捷惊人，每次飞速赶来时，都无视一切障碍，似乎准备将这世上悲惨的一切踢开。密无空隙的西风如砍伐后紧紧扎成一束的竹子，所到之处草木一片悲鸣，到了不得不放声哭泣的时候了。

　　勘次出了自家庭院，来到外面的小路上，路两边是粗笨高大的栎树。他家破旧的竹篱在疾风吹动下已然倾斜，篱笆旁边是用铁耙扒拉成堆的栎树叶。像栎树般生命力如此顽强的树绝无仅有。到了干燥的冬天，地上满是枯草落叶，若有谁不经意丢了一个烟头，火烧起来，熊熊大火会波及整个林子，像山葵磨板①一样坚硬的栎树皮即使被烧黑，也不会像别的针叶树那样伤及树干。在春雨的滋润下，白色的嫩芽又突破粗硬厚重的树皮的包裹，不知从什么地方就冒了出来，开始了爽快的呼吸，满怀生的喜悦，噌噌地伸展开来。不管人们怎么砍削它的枝叶，形销骨立的树干仍旧保持了旺盛的活力，很快就恢复了原来的样子。除了这一特性，栎树还有一个难以理解的怪癖。晚秋时节，浅霜尚未降下，其他各种杂树的叶子都已散落一地，西天的落日从萧疏的枝条间洒下万丈金光，而栎树的叶子却蜷缩成一团，仍旧牢牢地抓住枝条不放。它们和枝干互相依偎着，终日战战兢兢，担忧锯齿的威胁，一刻也不松懈。终于度过了伐木期，树上挂满了橡子，且盛在人们的碟子里了，它们这才松了口气，无所牵挂地散落一地，栎树也现出清爽的树相。它们全然忘却了恐惧，正如梨木在嫁接后忘却了子孙繁育和自我防

---

① 山葵磨板，是指专门用来研磨山葵的磨板（刨子）。山葵是日本深受欢迎的辣味调料，需要现吃现磨。

御的必要，枝干不再长刺一般。①

　　不管栎树的根在地下扎得多深，不管它生长如何迅速，当冬日紧跟着清冷的秋日来临，它为了保全生命，也不得不停止一切机能。若非如此，它们只能在冰天雪地中枯死。在这个季节的最后命运，便是被砍伐做柴薪和木炭，为此它们只好无情地做出适当的改变。叶子曾是它们贵重的呼吸器官，自然一枚也舍不得放开，叶子自己又哪舍得离开呢？在生育机能暂停后，黏着力本来也该失去了，但叶柄仍紧紧附着在枝条上。枯叶也相依在一起喁喁耳语，哪怕只是微风也让它们阵阵战栗。可是在冬日看来，既然树木从大地和空气中吸取了养分，那就应该按时将其归还。冬日所到之处，应当一片空阔，错杂纷乱的栎树叶子实在有碍观瞻，于是西风便托起巨人的腿脚，将满树枯叶踢得漫天飞舞。仍执迷于本枝的枯叶还渴求保存自己的力量，在风中嘤嘤哭泣，但不多时已被卷入空中，旋转、飘散，又该向何处栖身呢？自己那些曾经相依为命的伙伴们，此时一个也无法倚靠了。

　　勘次受雇于东家开垦土地，卖力地种植栎树也有好几年了。现在他沿着已经长成的栎木林越过稻田疾走。稻田里一群鹬仿

---

① 　这句话原文较费解。大意谓：有些品种的梨树是长刺的（如杜梨），作者认为长刺是出于"子孙繁育和自我防御的必要"。据说长刺的梨树果子更甜。如果将它们嫁接在不长刺的梨树上，那么嫁接后的梨木也不会长刺。作者将栎树叶子脱落后忘记恐惧，与嫁接后的梨木不再长刺相类比。

佛受了什么惊吓，咯咯叫着，掠过稻茬匆忙飞走。四周一片静寂，偶尔听见冰封的水面因爆裂而发出的哔哩哔哩的声音。越过稻田，从林间可以看到远山处的云层稍稍薄了一些，但天空仍未放晴。终于，杂木林的枝头稍稍动了一下，勘次耳边响起了呜呜风声。巨人的脚步近了，不知不觉中他的呼吸也紧迫起来。

每日必来的西风将本来就已干枯的万物吹得更为干枯。偶尔下一点淅淅沥沥的小雨，西风便紧跟着雨，从早上开始一吹就是一整天，将常绿木的叶子剥落下来，扫进淤泥中。之后土里的水分蒸发殆尽，而终日吹拂的西风一滴雨也不带来。不过，土壤的深处还藏有水分，疾风只是卷起了土地表皮的尘垢，土壤并未失去力量，一到夜晚，又将空气中保有的水分以微细结晶的方式在地面覆盖了一层白霜。土地彻夜为此努力着，然而一到拂晓时分，旭日斜照过来，霜又开始融化，西风则又将表层的浮土卷入空中。风越是猛烈，次日的霜越白，西山峰巅处如群鸦飞舞的云团也伴着疾风尽力驱驰，直到冬天让位于春日，双方的力量都已耗尽，疲惫不堪，这场争端方告终结。

这日漫天飞扬着尘埃，像是一层薄雾笼罩着大地。杂木林被风吹得向一边倾斜，树梢都弯曲下来。树木相对而泣，喁喁耳语，想要从遮天蔽日的尘雾中逃遁。尘雾将万物笼罩其中，让它们互不相知，只不过几十米的距离，就已分辨不出彼此。开垦地四周的杂木林也是一片混沌。勘次只紧盯脚下两三尺以内的地方，挥舞着唐锹，掘起土块，抛向后面。土块大部分还是湿的，因此在他的脚边不会飞扬起尘埃。阿次用铁耙背部一一敲碎勘次掘起的土块，然后再翻过铁耙平整好土地。从凝集的土块上解放出来的浮土马上被吹起来。这些也倒罢了，从远处吹来的尘沙打在脸上实在很不舒服。阿次头巾一角也被吹起，下面露出来的头发则被吹得乱七八糟，真是讨厌。但她没有因此疏忽手头干的活儿。勘次的身体反复屈伸，一步步行进着，对周围树木的哭泣、哀告都充耳不闻。即便真听到了，也毫不动心，只是一味挥舞唐锹，干得满身大汗。

勘次匆忙赶去干活时，卯平刚在火盆前吃完早餐。西风摇撼着破旧的房屋，火盆里的灰已经发白，还残留着些许温暖。房顶上没有装天花板，烟灰在屋里飞散，有时还凝集成一团啪嗒落下。从庭院里的树梢间可以看到口袋似的天空，而无处不到的疾风就像将口袋解开往下倾倒一样，尘埃飞得到处都是，之后又沉落在地。巨人在平坦的原野与山林间驱驰，一日也不肯停止。在他们眼里，村落里那些茅屋如同从落叶间冒出来的蘑菇，根本不值一提，一脚就可以踩扁。若是以各屋舍的顶点为中心在上空画一条圆弧，从圆弧外斜着看过去，广袤遥远的天穹尘埃弥漫，就像着火了一般。

卯平回到自己的小屋。从火盆里升腾的轻烟在墙壁之间狭小的空间左冲右突，来回盘旋、彷徨了一阵，溜出去以后立刻为疾风所吹散，狭小的屋内重归沉寂。

卯平双眼微眯，透过半开的门，可以看到桑田里的尘土被风卷起如细长的纸带，消失在黄褐色的尘雾里。南邻家的房子在雾中影影绰绰，若隐若现。栗子树旁边，用树杈在地上打桩，做了个挂钩①，以固定桔槔上的吊桶。吊桶让风吹得摇摇晃晃，眼看着就要从挂钩上脱离开来。木桩每日泡在水里，也松动了。卯平心不在焉地看了一会儿，来到院子里，咂着舌头，将吊桶挂紧了些。吊桶底部还残留着一些水，里面落了一些尘土，沉到了水底。吊桶外侧有干了的青苔。卯平双手抓住木桩，用高大身体的重量将它向土中深深压下去。此后他回到小屋关好门，用脏被子裹紧僵硬的手脚，又躺下了。

　　勘次、阿次匆忙吃完午饭，又出去干活了。他们刚走不久，与吉趿拉着带子松垮的木屐回了家。他没有袜子穿，脚冻得皲裂如鲨鱼皮。壶里的水还暖着，与吉倒了一些水，又从锅里舀了一些饭到碗里，狼吞虎咽地吃着。他鼻子下垂着两道湿冷冷的鼻涕，像黏液一样，上唇有些发红。他边吃边嘶嘶地吸着鼻涕。旁边的汤碗里有些干纳豆，他把筷子交到左手，抓了些塞进嘴里，又撒了些在米饭里。吃的时候，他一直站在土间里，没有坐下，因为吃得急，饭粒从碗里掉出来撒到了地上。碗是他刚才从食盒里面拿的，吃饱后，他把碗胡乱放回了食盒，又啪嗒一下盖上了盖。此时，卯平进来了。阿次在出门之前叫过卯平两次，但那时他还懒懒的不想起。等他忽地拉开门出去，

---

① 挂钩，原文"键の手"，词典解释为"拐角，直角"，殊为费解，此处姑且取"键"字的意思译为挂钩。可能是一个形似拐棍的装置，将吊桶固定贴近地面以方便汲水。如果吊桶从上面脱离，由于桔槔另一端重物的作用，吊桶会升入空中。

外面已经大亮，尘埃依旧飞扬。

"今天怎么回来这么早？"他有些嘶哑地问与吉。

"老师说明天是星期天，我们可以早点回来。"与吉咧着嘴吸着鼻涕答道。

"你吃了吗？"卯平蹒跚着来到灶边。

"你看看，你把我的食盒弄得乱七八糟的，都成啥样了？要是你爹看见了，肯定骂你一顿不可。"他的声音低了些。

"你爹就是这样，喜欢发脾气。"他又低声嘟囔了一句。

卯平把食盒里撒的饭粒一个个撮起来放回碗里，又拿过汤碗，用左手轻轻拍了拍，将纳豆弄平。阿次在上工前为卯平布置好了食盒，又在旁边放了一碗纳豆。与吉见到以后，没有多想，就顺手用了卯平的碗、吃了他的纳豆。

卯平掀开锅盖，见饭已经冷了；掀开水壶盖，盖子内侧滴着水，几乎没什么热气了。真令人扫兴。不过他并不怎么想吃东西，只觉得身上冷，尤其是右肩膀，一动就很痛，就好像他所有的病痛都集中到了这个位置。其实，这是他睡觉时总倚着这个肩膀上导致的。他没有想到肩膀痛是因为这个，而是把所有问题都归结于自己的疾病，如此一来就不必考虑其他了，只要能解释自己的悲惨处境就行。

手也有些僵硬和麻木，他想，喝一杯热水也许会管用，就在炉灶前蹲下，手掌罩在灶底发白的灰上，还有些余温。他从大筐里拿了些枯叶，放在水壶下面。与吉在旁边，也用小手往里面扔树叶。卯平脚下柴灰和枯叶散乱一地。他用竹火箸通了一下枯叶和下面的灰，可是叶子并没有引着。他瞅瞅四周，想找火柴，可是没找到，让与吉帮忙去自己屋里拿，与吉涎皮赖脸地不肯去。他只好自己去拿了火柴，由于手不听使唤，抖得厉害，划着的火柴拿到灶口时，火柴棒已经燃尽，只余一缕轻烟。他足足浪费了五六根火柴，与吉从他手里夺过火柴盒。卯平放开手，皱着眉头，疲惫地坐下来。与吉漫不经心地划了一根火柴，只划出一缕烟，他焦躁地将火柴丢到卯平脚边，火柴盒咯啦啦地响，里面不剩多少根了。卯平皱着眉头又试了两三次，小心翼翼用手护住白色的火柴棒上跳跃的小小火焰，弯着腰递近炉灶口，终于点着了枯叶。手掌内侧明亮起来，水壶底部的叶子也点着了。火刚点着时像通红的铁丝一样，一片一片的叶子接连烧着，很快就化成白灰，灰和烟相继不断地一起升腾，飘落到与吉的黑发与卯平的白发上。卯平用火箸慢腾腾地拨拉着树叶好让火更旺一些。有一半多的火绕过水壶底部，从灶口冒出来，温暖着卯平的手。他又从倒在地上的大筐里抓了树叶不住续到里面。

与吉从卯平身边斜着伸出手。卯平摸了摸与吉的小脚，他的脚也好，手也好，都冻得很粗糙。与吉在旁边待着感到有点无聊，只要无人呵斥，他总想着搞点恶作剧：在炉灶另外一个口再生一堆火，想必会很有趣吧。他与小伙伴们在外面经常点燃路边的枯草丛，当火焰蔓延开来，留下一片黑地，再没有比这更开心的事了。附近的野蔷薇和周围的白茅也都烧着了，变成一条火柱，他们惊喜交加地大喊大叫。最后恐惧占了上风，他们会用木棍拍打、往火上扔土块，甚至用自己的衣服将火灭掉。对他喜欢恶作剧的心来说，火势迅速扩大是颇为壮观的景象，更是难以抵御的诱惑。

当下与吉抓了一把枯叶，扔到另外一个灶口，手罩在燃起的火上。卯平听见水壶发出咻咻声，不禁喉咙发干，咽了口唾沫，懒懒地站起来去拿食盒里的碗，碗底很冷，里面还有些水。卯平的手不听使唤，没有拿稳，一下掉到地上，饭粒也撒了一地。他拾起碗，擦干净，从水壶里倒了些热水，又把碗里的热水倒在脚边的灰里。掀开水壶盖子，里面的蒸汽升腾上来，白茫茫一片，吸收了落下来的烟灰。在水壶里添了水，放下长柄勺，又盖上水壶盖子，卯平忽然听到大火熊熊燃烧的声音。他不由得转过身去，与吉正在尖叫哭泣。炽热的火柱就在眼前，热浪扑面而来。火不知怎的引着了那一大筐枯叶。与吉本想像在户外时那样把火扑灭，结果火非但没灭，反而更大了，烧到了他的脸，于是忍不住尖叫起来。卯平吃惊不小，碗再次从手中滑落。他把与吉拉到一旁，不容多想，试图用火箸将烧着的枯叶撩到一边去。可惜他动作迟缓，对灭火根本不起什么作用。要是他能把一整筐并不算太重的枯叶都扔到外面，疾风将点着的树叶吹散，或许会更好一些，不至于造成太大危害。枯叶虽起火快，但不会持久，可是在慌乱中卯平没有想到这个简单的最佳方法，等想到的时候已是太迟了。

火冲上来，烧到了他的手和脸。他一时之间什么都看不见了。等他视力恢复了一点时，火焰已经蹿到了屋梁上堆积的稻草捆。火舌舔舐着稻草捆周围，想要从微暗的屋里逃出，又烧到了房顶内侧的苇箔，从那里向四处迅速蔓延开来，沿途吞噬遇到的一切。烧着的稻草捆散开，噼噼啪啪落到地上，又将本已快要熄灭的落叶引燃，地上的火势又恢复了。卯平盯着大火一片惘然，等他逃出屋子，屋顶已经烧得通红，屋檐下浓烟滚滚，火焰如吐着信子的蛇一般四处乱窜。风在呼啸，比之前更猛烈了，不断推着火往前走。很快，整个屋顶都烧着了。此前根本没有预料到的巨大灾难在顷刻间已发生，卯平昏倒在地，他褴褛的衣服上落了一些烧着的稻草，烧了一些洞，还好没烧到里面。他像土块一样一动不动躺在那里，尘土在四周飞扬。与吉也烧伤了，在旁边号啕大哭。

　　火挡住了风的去路，风想把火移开，就拼命把它往下压。向天空升腾的火势只好寻找各种空隙往下走，屋顶下面的火因此更旺了。大大小小的火团吹得到处都是。大多数火团都被东邻家正在风中摇摆的树林挡住了，但有些却穿过当初土地测量员伐木后留下的空地，降落在东邻房顶的一角。勘次家房顶下烧黑的竹竿在火力下噼里啪啦地裂开，如打枪一般。邻居们听见了慌忙从各家跑过来，此时勘次家的梁栋已经烧得轰然倒地，大火借着风力正肆无忌惮地腾入空中，把东邻家的房屋也烧着了。大家纷纷拿着铁耙、鹰嘴钩去东邻家救火。房子又大又结实，一时半会儿不会烧完，趁着天还亮，火势还没蔓延到下面，村里人连忙帮着将屋里的家具搬到外面安全之处，等大部分家具都搬出来，火势已经容不得人进去了。

火势越来越强。东邻家院子周围的杉树都着了火，疾风从树冠上空将火势往下压，火焰斜着身子与之相抗，呜呜咆哮着，声音比风声还要高。大火从树梢一直烧到枝干里面，似乎在向西风炫耀自己的威力。带油脂的针叶树烧得哔哔作响，屋顶上的竹竿爆裂声连连。赶来救火的人无法靠近，连连后退。他们用水泵射出来的细细水流只是在空中划出一条白线，对熊熊燃烧的大火根本无济于事。邻村的人也听到了消息，穿过稻田、林地赶来，徒然消耗着体力，想用水泵来灭火，可是附近的井水位都太低，水泵够不到。大家东奔西跑，吵吵嚷嚷，没人向勘次家瞥一眼。

此刻勘次还在远处林间空地上挥舞着唐锹，周围是一片黄褐色的尘雾，对已经降临的灾难毫无所知。直到他见附近的小路上有一个邻村人急急忙忙赶去自己村子里，一问，才听说是东邻家失火了。他赶紧叫上阿次往回跑。没跑几步，脚尖好像被什么东西砸到了，回头一看，原来是他的钱袋子松了，掉到了地上。他焦躁地将腰带解开，把钱袋子紧紧扎在打结的地方，又竭尽全力往回赶。由于牵挂着东家，也无暇顾及阿次是否跟上来。

刚才因为满天尘埃什么都没有看见，等勘次终于来到村后的稻田，见到东家房子周围树顶上升起的滚滚浓烟时，他惊呆了。勘次从树间寻找自家房子，但什么都没看到，哪怕风把树林与竹林吹得低下头来，还是什么都没看到。他心里乱作一团，来到自家附近的林边，只看到一道像线一样细细的、可怕的轻烟。等进了自家院落，他发现那简陋的房舍已然烧尽，只剩几根木柱还在冒火。火焰如同红色的牙齿一样闪着光，正在拼命地把木柱烧透，木柱上无数的罅隙向外冒着烟。风无情地吹过火包围的发白的灰堆，灰被吹得漫天飞舞。勘次迎着疾风脚步踉跄地回到这里，见到家屋已成废墟，完全呆住了。然后他看到与吉站在院子里，正在抽泣，脸烧伤了；卯平也在旁边，侧躺在不知是谁送过来的席子上，白发烧掉了一块，手捂着脸上烧伤的地方。勘次心乱如麻。

"这是咋回事？"勘次问与吉。

"树叶点着了。"与吉哽咽着说。

"你是不是捣乱了？"勘次吼道。

"我跟姥爷在生火，然后树叶就烧着了。"与吉放声大哭。他自己也不知道为何会这么难过，只是眼泪不断往上涌。

勘次猛地将肩上扛的唐锹卸下，朝那房子燃尽的灰堆跑去。铁锹刃掠过卯平躺着的草席，插入离卯平头部不远处，可怕的热度阻止了勘次继续往前，他站在那儿无计可施。林边烧黑了的竹竿映入他的眼帘，与此同时，邻家的喧哗与骚动声也传入他耳朵。他突然想起自己刚才是为了何事而匆匆赶来，但现在早已无心加入邻家救火的人群。在一路狂奔以后，他觉得累极了。痛苦与悔恨充满了全身，他想哭。钩子、耙子，一切可用来清理废墟的工具都已被火烧了，现在是两手空空。他攥起唐锹，再次接近火堆。不堪忍受的热力让他退后几步。这时不容再去考虑火会不会损害唐锹，让它变钝的问题，他忍受着热力，挥着唐锹拉动依然挺立的几根柱子，将它们一一拉倒。

阿次上气不接下气地从篱笆入口处进来。见到面前的灰堆，她知道家已经没有了，几年来贫苦的生涯中积攒的几件衣物一片布都不会留下。想到自己的损失，她心里满是悲凉，茫然地站在那儿，汗珠从额头发际涌出。然后她看到了仍在哭泣的与吉和躺在那儿像一具尸体的卯平。她扔下铁耙，跑向与吉，轻柔地抱住他烧伤的脸。与吉哭得更厉害了，让人听着也直想哭。疲惫的阿次眼中泛泪，一边为与吉心痛，一边又担忧地看着用手捂着脸的卯平。她抱着与吉来到卯平的席子旁边，轻轻地叫了一声"姥爷"。在她的声音里已经没有了平日她为了平息外公与父亲的争端时那种娇柔的腔调，而是充满了哀愁。卯平听见她的声音，睁开了眼。他想转过身，可是飞扬的尘土越过他躺倒的身体，直扑到他脸上。他又躺回去，闭上了双眼。

"姥爷受伤了吗?"阿次静静地抬起外公的手，看了看他脸上烧伤之处。

"疼不疼？看起来还不算严重，姥爷不用太担心。"她把手放在卯平烤焦的脏头发上，卯平一动不动，有那么一会儿，他好像要开口说话，但一阵风吹来，他又闭上了嘴。

阿次的视线越过卯平，看到仍在燃烧的火堆，听到邻家传来的喧杂之声，自己的胸口像是被什么抓住了，一种一切都完了的绝望之感淹没了她。她泪流满面，泪水滴到卯平的白发上。终于，看到勘次在满头大汗地来回奔忙，她突然想起火还没有灭，于是捡起铁耙，也向火奔去。勘次一把抓过了她的铁耙。

刚才他发现手里的唐锹已经变得太热了，来到井边想泡一下锹头，见吊桶脱离挂钩松了开来，正悬在空中慢慢来回摇摆。他便将唐锹头浸入井边的水槽，拿过了阿次的铁耙。

风刮了一整天，终于停了。夕阳在西天如堤坝一样的云边停留，又渐渐沉没下去。树木沐浴在橙色的光芒中，日光透过树缝投向远处。日光消失后，仍在燃烧的火看起来更亮了。在东邻家救火的人都疲惫不堪地坐下来休息，本村和邻村的人送来饭团给他们吃。结实的房梁已经落到地上，火势渐渐在消退。村里留下一些人连夜守着。有些人经过勘次家，也过来安慰了几句。南邻让人送来一篮子饭团，勘次他们才得以填饱肚子。后来东邻又派人送来两三桶他们收到的饭团，其他邻居帮忙将卯平搀上一辆板车，勘次把他拉到了念佛堂。此后他也去东邻家表示慰问，但在喉咙里应付了两句便逃也似的走了。

卯平躺的那张席子没有人过来收回，他们就在席子上守着还没有全灭的火堆过夜。勘次还想再问问与吉起火的缘故，可是与吉一直都在哭，勘次再怎么悲愤，也问不出什么。他这时已经筋疲力尽了。

二六

　　到了夜间，周围的地上渐渐结了霜。他们不断将坐的席子移近正在熄灭的火堆旁。勘次和阿次都只穿着薄薄的工作服，背后寒冷刺骨，前面火热逼人。与吉烧伤的地方遇到寒气就刺刺地疼，但若靠近火，热力又让伤处更痛。他不时疼起来就哭上一阵子，到最后他哭累了，只是不断地哽咽，这反而比大声的哭泣更让勘次和阿次心里烦恼。两人都没能睡成觉。

　　次日一早，灰堆里没有烧完的木材仍有轻烟升起。勘次和阿次一整天都在清理灰堆，饿了就吃东邻昨晚送来的冷饭团。勘次把烧得细了一圈的梁木、柱子堆在篱笆边上，木头还在冒烟，他在上面浇了水。他又把扫起来的灰堆成几座圆锥形的小山，从灰烬里用耙子扒拉出一些锅、盆、铁壶还有其他的一些用具。金属制品都还保持了原来的形状，只是像扔出去好几年没用过一样。勘次将它们小心地堆到一边。茶碗、盘碟之类的陶瓷器皿无一例外都已烧破，没法再用了。

　　勘次穿了草鞋的脚在往外扒拉东西时，脚尖碰到了一些小而坚硬的东西，是一些烧黑的铜板。他迅速看了下四周，只看到阿次在另外一边忙着清理。他捡起铜板,来到竹林边,解下自己的腰带,从打结的地方解下自己的钱袋子,将捡到的铜板悉数放了进去,重新系好腰带,又紧张地朝四周看了看。

勘次打算将灰撒在自己田地里做肥料,为了防雨,他在上面铺了邻人带来的稻草和秸秆。失去住所以后,他再次感受到了近邻的情意。南邻大婶赶过来,给了他一把旧茶壶和几个茶碗。勘次平日从来没想过缺了这些东西是何等不便。壶里的水还热着,他们终于可以在唯一的席子上坐下来喝着茶略事休息一下了。家附近的竹林外侧都已枯干,烧焦了的枝子盖住了绿枝,接近火烧处的枝子泛出油,变得滑溜溜的。

东邻那边聚集了好多人帮忙清理大火留下的废墟。没有人过来帮勘次,他们的注意力都集中在东家身上。与其说这是为了感谢东家平日给予的恩惠,不如说他们是为着将来的日子而操心。昨晚天黑了,人又乱,谁也看不清谁,现在大白天的,也安静下来了,怎么也得在东家面前露露脸,让东家的人看到自己。

勘次在自家院子里收拾,尽管很累,但仍竭力迫使自己干下去。到了晚上,本来准备继续在户外过夜的,这次没有火堆来取暖,还不知会冻成什么样子。幸亏南邻家邀请他们过去,在那边勘次和阿次终于得以好好洗个热水澡,洗掉身上的汗、灰和尘土,终于可以忘记两天来的疲劳,睡个好觉了。与吉的脸长了水泡,那天的状态很不好,南邻大婶把自己用来抹头发的芝麻油给他抹在伤处。

勘次开始准备建一个临时住所。他用烧黑的梁柱做架子,从附近找了一些稻草、秸秆，又割了一些芦苇、茅草来铺屋顶、扎好墙壁，只铺了薄薄的一层，仅能避避雨。他又从附近的竹林砍了一些竹子，劈成片，铺在地上。锯子、斧头这些工具都是从南邻家借的，从灰堆里扒拉出来的那些斧头啊镰刀啊什么的被火烧过后，都没法再用了。他手里唯一还保有的完好无损的东西就是他的唐锹了。勘次花了整整两天时间，别的都忙得顾不上，小屋终于建成了，里面放了南邻给他们的茶壶、茶碗，还有东邻给他们的水桶。接近门口处的地上他们还没有来得及挖地炉。烧水的话，只能用竹子支一个三脚架，将水壶挂在上面。挖出来的锅、水壶什么的堆在土间里，要等用砥石打磨过才能用。

阿次虽说一直在帮勘次干活，却并未忘记卯平。失火后的第二天，她没跟勘次打招呼就去了念佛堂。她想为卯平尽点心，可自己一点钱都没有，只能把剩的几个饭团用木炭烤出焦黄的颜色，兜在围裙里带过去。卯平一个人在那里，蜷缩在不知是谁拿来的被子里。枕边有一口小锅，一个食盒，一个倒扣的茶碗，还有一个汤碗倒扣在一个小碟子上。他睡着了，苍白、憔悴的脸朝向门这边。

听着卯平的呼吸声，阿次弯下腰揭开锅盖看了下，里面是米粥。拿起汤碗，见碟子里有一点酱。白米粥好像一口都没吃的样子。阿次在他枕边放了一个烤饭团，匆忙离开了。卯平睡得正熟。

小屋建成后，勘次去几位邻居那里走了一趟，有送给他东西，也有借给他用的，有旧席子、被子、锅碗瓢勺各类日常不可或缺的家什。阿次开始用砥石打磨那些烧黑的锅啊盆啊。勘次从自己腰包拿出一些钱来买了一些卧具和米、麦、味噌之类。他们的生活总算稍微有个样子了。

几天后，与吉脸上的水泡破了。死皮下面的肉看上去有些糜烂。勘次为此甚是担忧，害怕若是就这样不管，与吉此后终身都要带着烧伤的痕迹。于是他没有再耽搁，抱着与吉去了鬼怒川对面去找医生。医生含着微笑，在陶制板上将白色药粉和得黏糊糊的、厚厚地涂在纱布上，贴在伤处，又缠了几圈绷带。手上的伤虽不严重，医生也给他包扎了。包了一头白布的与吉吸引了很多人来看。包扎好以后，他的伤就不疼了，也不用再怕碰到头和手。他又开始在村子里逛荡着玩了。医生说若是绷带干了，可以在五六天后除去；若是流脓较多，就马上再带他过去看。幸好只是在伤口处出了一点点脓，没什么大碍。

尽管忙得不可开交，阿次还是时常去探望卯平。可惜她还是没钱给他买点什么来安慰他，也没有别的办法和手段可以达成心愿。只好在围裙里秘密藏了一些掺有碎麦粒的米带给他。她并不指望卯平会多喜欢吃这个，不过她想至少可以做点粥来喝。其实她不用这么麻烦，卯平在念佛团的朋友会轮流给他带去一些好吃的东西。

"姥爷觉得好些了吗？还觉得疼吗？"每次她过来都柔声软语地问卯平。卯平伤处的水泡也破了，涂了油，显得有点脏。死细胞下面红红的肉芽对外部刺激很敏感，早晚冷风吹过，都让他疼痛不已。卯平只能贴着左侧睡，头枕着左臂，让受伤的脸颊朝上。

"用不了多久就会好起来吧?"阿次专注地看着卯平烧伤的地方问。她的口气就好像是在问自己的伤势一样。

"嗯。"卯平咕哝着。他答得很简单,但话里似乎还带着别的意思。

阿次又柔声说:"我们现在建了一个小房子,到时候把姥爷接回去住。"

卯平依旧闭着眼,露出一丝几乎看不出来的微笑,问道:"什么样子的小房子?"

"其实就是一个棚子,用烧剩下的木材做柱子。墙还没有抹上泥。"

"芦苇、稻草都铺上了吧?"

"嗯,一碰到就沙沙地响。"阿次的声音有些欢快起来,又忽然觉得有些害羞,陷入一阵沉默。卯平想象着棚子的样子,回忆起自己和与吉一时失误造的灾难,不禁皱起眉头。

"又开始疼了?"阿次不安地问。见到卯平憔悴的样子,阿次在这里待得越久,心情就越觉得低落。况且她很忙,得回去干活了。

"我会再来的。"她小声说着离开了。卯平的泪涌上来,在皱纹深处停了会儿,一滴滴落到枕头上。

勘次一次也没来看卯平。过了七八天,他带着与吉又去看医生,医生解下脏了的绷带,又在陶制板上和了药,比上次更稠一些,包扎好以后,他把剩下的药和纱布放进一个包里给了勘次。"以后不用这么大老远地跑过来了。把这些时不时给他抹上些，就会好起来。"

与吉的伤好得差不多了，他有时会过去看卯平。卯平看见他缠着绷带的头感到很是心疼。

这次与吉去念佛堂时，上次劝卯平喝酒的小个子老头儿也在那里。

"别因为这点伤就泄气，当时很疼，我再给你抹几次油就好了。自己别老想着不行了不行了。那次让马咬到手腕，我自己用嘴咬着手巾一头，用另一只手包扎，身上流的汗跟豆子一样大，我都挺过去了，还把马牵回来了。只要你能挺住，伤就好得快。那些人说人老了伤好得慢，那都是瞎扯。"他从佛坛角落里拿了灯明皿，给卯平的伤处抹油。卯平静静地躺着让他来弄。

"那次也不怪马，是我自找的。马受惊了，我伸过胳膊去拍它，想让它安静一下，结果那个畜生也不看看我是谁，一激灵就咬了我一口。"他漫不经心地说着，给卯平鼓劲。他现在说话不像上次喝醉了那样大声，不过还是挺有精神的。

与吉盯着卯平涂了油的伤处，突然说："医生给我抹的是白色的药膏。"

"那个贴上去可比这个好得快。"小个子老头将手头盛油的灯明皿放回佛坛的角落里。

"医生又给了我一些药，说我不用再过去就能好起来。"与吉停了一阵子又说。

老人逗他道："你觉得你这样子就好了？"

与吉吃了一惊，说："我想是吧，不管咋样，我已经不疼了。"

"你还有那种药吗？"卯平问，他的声音微弱得几乎听不见。

"嗯。"

"是你姐给你涂的？"

"不是，是爹帮我涂的。"

"那药放在哪里？"

"爹放的，我不知道在哪儿。"与吉斜倚着台阶，用木屐尖蹭着土间的地。

小个儿老头在旁边插话说："不用管药的事，抹抹油就能好起来。"

他又愤愤不平地大声对与吉说："你那个爹，太小气了。他带你去看医生，给你花钱，可是呢，一次都没来这里看过！就是为了他不孝，才会惩罚他，把他的房子烧了！"

与吉被他的气势镇住，羞赧地说："可是爹说是姥爷把房子给烧了的。"

老头儿咆哮道："他说啥？你是怎么跟他说的？"

与吉脸色苍白，定了定才说："我说，我们在那里生火，引着叶子了，火就烧起来了。"

"你咋说都无所谓。"卯平不想让与吉恐慌，淡淡地说。

"真是混账！哪有自己放火烧自家房子的？他不能因为这个把啥事都赖到你头上。"

"我爹说，姥爷因为干了这种事才不回家的。"与吉呆呆地说。他被小老头的大喊大叫吓得够呛，不过现在他也长大了一些，敢于稍稍反驳几句了。

"他是那样说的？你姐也那么说？"

"没，她跟爹说她来看过姥爷，爹很生气，姐姐也生气了。"与吉在卯平跟前说话毫无顾忌。

"你来这里你爹生气吗？"小老头问，语气没刚才那么凶巴巴的了。与吉话里隐藏的事实多少让他有些吃惊。

"没有。他要是生气了，我就跑。"

卯平皱着眉、紧闭双眼听着他俩的交谈，脸色很苍白。三人沉默了一阵子。

"姥爷有东西给我吗？"与吉终于还是怯怯地开口问道。

"你还想要啥？"小老头低声但严厉地说。

"我现在是一个钱都没有了。"卯平声带哽咽地说。他眼睛旁边的皱纹更深了，喉咙里像是有什么东西，咽了一口唾沫，又说："本来还有点钱的，放在烟袋里，估计都让火烧没了。"

"烟袋是烧没了，可是钱的话扒拉一遍就能找出来，兴许被什么人偷拿了。"小老头目光炯炯地断定说。

"阿次一直在那边，从来没提过这事儿。再说，也无所谓了，我这次肯定是挨不过去了。"

小老头嘟囔道："别胡说了。我要问问这钱去哪儿了，我打赌一定能找出来。"他又瞪着与吉喊道："快滚开这里吧！都这么大了，还整天到处讨钱跟个乞丐似的！"

与吉垂头丧气地离开了。卯平看着他的背影，热泪又止不住涌上来。他没有去擦。

二七

　　这晚气温骤降。春分已过①，现在是四月了，寒冷仍不愿离开这片土地。半夜三更之时，卯平起来在念佛堂的地炉里生了火。铁壶底下跳动的火焰在他憔悴的脸上投下微光，周围是无尽的黑暗。卯平双眼紧闭，一动不动地坐在路边，在忧郁中越陷越深。火不怎么旺，他也懒得往里面加柴。正当火焰要被周围的黑暗所吞噬时，他站起来，脸上烧伤之处仍隐约可见。火灭了，他的身影消失在黑暗里。他开了门，蹒跚而出。外面冷风如刀，他哆嗦了一下。

　　同一晚，勘次和孩子们蜷缩在被子底下。勘次觉得双脚冰冷。手脚一伸，就会碰到四周的芦苇和茅草，沙沙地响。冷风透过缝隙灌满了狭窄的小屋，如一束束松针扎着他们的肌肤。勘次睁眼醒来。他的枕头在北边，北风正在吹，后面的林子不安地骚动着，飒飒作响。低矮屋顶上的芦苇与茅草窸窸窣窣的，似乎有什么东西在动，过了好一阵子才渐渐止息。寒气越发逼人了。不知何处传来鸡鸣，在冻土上回荡。屋檐下看去，外面

_____

① 　春分，原文"彼岸"，严格来说是指春分（与秋分）前后三天。

292

明晃晃的。黎明既至，勘次叫醒了阿次，他觉得与其缩在被窝里受冻，还不如起来生个火暖和一下，再等等天就亮了。

阿次来到外面，出乎意料，周围的一切都被白雪覆盖了。北风仍在吹着，大片的雪花在空中斜斜地飞舞。雪大风急，她在屋外定了一下，越发觉得冷了。勘次在屋里用枯叶生了火，引着了柴薪。青烟从低矮的屋檐下滚滚逸出，被正在纷纷降落的雪花挡住去路，只好在低空来回盘旋。阿次提起放在门口的一个水桶，里面积了半桶雪。她刚从低矮的屋檐下迈出一步，北风好似等待已久，扑上来拂弄着她的乱发。雪片争相钻入她的衣领，融化在里面，有的轻轻落在她的衣服上。树木也都变成了白色的柱子。挂吊桶的竹竿成了一条竖着的白柱，吊桶的边缘则成了一个白圈圈。阿次拿起竹竿，雪簌簌落下。她汲了一桶水。等她转过身，北风凛冽，正压迫着竹林要它低头，竹林挣扎着，抖落身上的雪花。风迎面而来，让阿次感到喘不过气，她只好转过脸去，结果一下看到柿子树下的情形，不禁吸了口冷气，急忙放下水桶，蹬掉有些黏脚的草鞋，冲小屋跑去，嘴里喊道："爹，出事了！"

勘次听到她惊慌失措的声音，跟着奔到院子里，看到柿子树下的人，不由得毛骨悚然。卯平的身子半倚在树上，从胸口到脚都是斑斑积雪，还有一根绳子松垮垮地横在腰间。

"姥爷！"阿次在他耳边大喊，但老人却一动不动。勘次见到他脸上糜烂的伤处，大为震惊。自从他用板车送老人去了念佛堂，勘次这还是第一次见到卯平。

"别光站那儿啊，爹！"阿次喊着，用手扫了扫卯平身上的积雪，想把他扶起来。勘次过去两手颤抖着弯下腰帮忙，一起将卯平抬进了小屋，把他放在草席上。勘次茫然地盯着老人脸上糜烂的伤处，然后突然想起什么似的冲了出去，穿过桑田直奔南邻家。

"起来了吗？"他在南邻门口喊。门一大早已经打开过，现在是虚掩着。他看到南邻大婶穿着棉袄正在炉灶里生火。

"怎么了？"南邻大叔惊醒过来，从被子下面探出头。

"我们家出事了！"勘次气喘吁吁地只说了这一句。

"过来帮下忙吧？"勘次简单地补充了一句，又急忙踏着雪跑走了，慌乱中连门槛都没有进。

南邻起了床，用脚搜索着自己的木屐。从勘次的表情来看，肯定是发生了非同寻常的事，不过还不知道是什么事，他可不想在雪地里不穿蓑衣、不打伞就出去。他下了土间，穿上木屐，在积雪中深一脚浅一脚地走到勘次的小屋。门口又矮又窄，进去时他的身体把仅有的一丝光挡住了。一时间什么都没看见，只听见勘次在训斥与吉。

勘次回家时，卯平还躺在那儿，身上薄薄的雪已经化了，棉袄有些湿。勘次看了一眼他脸上糜烂的伤处，又看了看阿次，她正把手放在卯平的胸上。

"他的身子还暖和着，喘气也还好。"阿次怯怯地压低声音说。勘次松了口气，伸手扯过与吉盖着的被子，又拉着孩子的胳膊，让他起来。与吉从未受过如此粗鲁的对待，睁开睡眼惊讶地看着四周。

"快点！穿上衣服！"看见与吉还在发愣，勘次便呵斥他赶快起床。

南邻听勘次仓促地讲完让他们狼狈不堪的这件事，说："目前还好，给他盖好被子，他暖和过来就行了。得把他的衣服先脱下来，都湿了。"他拾起与吉的被子在卯平身上盖严实，说："这个挺脏的，不过还算暖和。你最好去我们家再给他拿件棉袄过来，他自己这个得烘一烘，光盖这些还不行。"

屋里的火灭了。与吉小心地站在远处往里面扔树叶，好再生起火来。

"让你姐生火！"勘次冲他喊了一声，又冲了出去。

"行的话，再带几床被子过来！"南邻在后面喊。勘次消失在大片的雪花里。

有南邻在，勘次手脚麻利了很多。他们将还暖和的被子盖在卯平身上，阿次把烤干的棉袄和其他多余的被子也都给他盖上。勘次不断往火里加树叶和柴薪。手忙脚乱之中，他已无暇去考虑现在林子里下了雪要找柴火是何等困难这回事儿了。渐渐地，卯平的呼吸变得平稳了。

到了下午，这场来得很不寻常的雪停了。天空依旧布满阴云，不过看起来似乎已筋疲力尽，不会再下了。阿次出去汲水，发现桶里沉甸甸地积满了雪，快要从挂钩上掉下来了。林子边缘的竹子被雪压弯了。现在的雪不像冬天粉末状的雪那么轻盈、干燥，而是沉重、潮湿，紧紧附着在茎秆上毫不松懈，有些竹枝像是被它们压得喘不过气，在风中竭力摇摆着想挣脱它们。向南看去，乔木的枝干也变成了白色，正在努力地将积雪甩落，好变回从前的样子。桑田是一片洁白，地上积了数寸的雪，只有几棵留着做种的油菜结了黄色的花苞，挺立在雪中。白颊鸟从桑树枝上直冲而下，在油菜花和枯蓬之间蹦蹦跳跳，又优雅地飞上了别的树枝。

房后那些积水的稻田里，雪一边下一边化。田埂被积雪覆盖，变成了一道道醒目的白线。水沟边上结着红果实的野蔷薇枝条横七竖八的，白颊鸟在上面欢快地跳跃，仿佛在庆祝冰雪融化。到了晚间，田埂上的积雪也变得若隐若现了。四面八方的树木都脱下了白色的斗篷，树枝湿漉漉的。只有一些背阳的房顶上还留下了大片的白色，从枯树之间看去，尤为分明。炊烟升起，消失在苍茫的空中，日已黄昏，四周一片静寂。

卯平安静地睡着，呼吸很均匀，一直没开口说话。屋顶上融化的雪水滴滴答答地落到门前的泥地里。晚间，南邻大婶又扛过来两床被子，之前她已经来看过一次了，这是她第二次来。在连油灯也没有的昏暗的小屋里聊了会儿，大婶走了。与吉爬到卯平被子脚头去睡，阿次盖了一床被躺在旁边。勘次在土间铺了一张草席子，用别的被子盖着。他仰躺着，伸直了身子，外面连续不断的滴水声回响在耳边。

次日黎明，天气晴朗。和暖的阳光倾泻进小屋，荫蔽处的残雪现在也开始融化。土地处处都重新露出自己的面目。

卯平睁开眼，茫然地望着四周。他丧失知觉不省人事时，世界还是酷寒的严冬，现在则沐浴在春日的暖阳中。这突然的变化让他一时不知所措。

与吉无意中泄露的那些话让他大为悲伤。与吉一走，他痛哭了一场。如今他已脱离愤怒，只觉得筋疲力尽。他并不是很清楚自己的打算，但等他坐在熄灭的炉火边时，忽然下了决定，便走了出去。在黑暗中走着，他的脚碰到了什么东西，伸手去拿，原来是一圈绳子。他头脑昏沉，又是在黑暗中，如何认出来是绳子的呢？他太累了，已经全然不记得。唯一还记得的是他站在勘次家院子里，想把绳圈套在柿子树上，但天太黑，他的手又不灵活，试了好几次都没有成功。北风吹过稻田，穿越林子，渗入骨髓。他的手已经麻木了。雪花从树梢那里斜着往下不断飘落。卯平没了力气，只能倚在柿子树底下。雪在脖子上融化，流向他的胸口，让他感到很不舒服。身体渐渐冻僵，白发稀疏的头皮一阵发痒。远处一只鸡在啼叫，一切都安静下来。他昏迷过去。若是再过一小段时间，没被人发现的话，他所准备的死亡就会来到，他冰冷的躯骸将再无苏醒之可能。还好勘次错把芦苇与茅草缝隙里透过的雪光当成了天亮，让阿次出去汲水，卯平才因此得救。

阿次见他醒来了，问道："姥爷，你感觉好些了吗？要吃点东西吗？"

卯平点点头。

"爹，你感觉好些了吧？"勘次也跟着问道。

他见卯平醒过来，大为宽心，马上又接着问道："烧伤的地方还疼吗？"

"还好，就是没法靠着那边睡。"卯平低声答道。

勘次跑了出去，回来时手里拿了一卷用报纸包着的药棉布。哪怕是给与吉用药，勘次也是百般爱惜的，藏得很严实，现在管不了这么多了。他在腿上铺了一块纱布，把与吉用剩下的白色药膏涂在上面，然后贴在卯平脸上。他又将药棉布撕裂成四根长条，一圈圈地缠在卯平头上以固定纱布。卯平静静地躺在那儿让勘次给他包扎。勘次包扎完毕，心里很是满足。药棉布缠得有些松垮，稍微一碰就能掉下来，但总算盖住了让他感到不安的伤处。他觉得自己完成了一个了不起的任务。卯平不知为何也感到心里舒坦了好多。

勘次又跑了出去，心里仍是有些不安。

卯平闭上眼，和暖的阳光从芦苇茅草缝隙里透过，照在他脚底。他睁开眼，小声叫道："阿次？"

"怎么了？"阿次向他凑近过来，弯下身子。

卯平从被子底下伸出右手，放到最顶一层被子上，说："太热了，能帮找揭一层去吗？"

"太热了是吧？太阳今天真好啊，晒得人都有点头晕了。"阿次用往常温柔的声调说道。

"这床被子太沉了，揭了去就觉得轻快了。姥爷能感觉到热真是太好了。昨天我们可担心了。"她揭去一层被子，叠起来放在卯平脚边。

"从没遇见过像这几天这样的天气，春分以后还有这么大的雪！不过以后就该越来越暖和了，麦子也会越长越高了。"卯平说道。

阿次不无自豪地说："我们的麦子今年长得不错。以前我一直很讨厌耕地，不过爹说只有耕地耕得深，肥料才会管用。"

"他说得对啊，深耕才有好收成。我年轻时候大家都是这么干。现在有些人觉得自己更聪明，不耕那么深了，我也是不懂他们。"①

"刚开始我也是累得不行。不过爹说现在我比他耕得都要深了。"

"以前有句老话说'女人种田，至少三年'。耕田不是容易活。"

"我现在习惯了，也不觉有多累多难了。"

卯平坐起来，用脚将被子往下蹬了蹬。阿次看到了他手上受伤之处。

"姥爷你手上也伤了！手上也用点药吧。"她把卯平的手拿过来，仔细看了看，"不过好像也没那么严重。"

这时勘次背着几床被子进了屋，他放下后，问卯平："爹，昨晚觉得冷吗？"

阿次在旁边说："姥爷刚才已经觉得热了，我刚给他揭了一层被子。"

"哦，那得把从南邻那里借的被子还给他们了。"他又检查

---

① 此时绿肥的使用减少，已经没有必要再深耕。卯平的话反映了当时农业的发展变化。

下卯平头上缠的纱布，"爹，药管用吗?"

"我现在靠着那边睡觉也没事了。"卯平说。

勘次有些得意地看着自己包扎的地方，又说："哦，我想明天过河去买点东西，爹你有什么想吃的吗?"现在他与卯平之间已经消除了之前的嫌隙，但口气里还是有些难为情。

卯平咽了一口唾沫，眼睛里闪着光，支吾着："这个啊，现在也想不出有啥特别想吃的。"

阿次说："买点糖稀吧，爹。我会藏起来不让与吉看到的。可以吗，姥爷?"

卯平微微点点头。

"我们还需要一个大点的碗，能做茶泡饭的那种，正好可以用它来盛糖稀，用绳子绑着提回来就行。"

"好，没问题。"

"再买点药吧，姥爷的手也伤了。"

勘次回头冲着阿次说："这个我已经想到了，不用再跟我提了。"

这几天的开销用的都是他腰带下面那个钱袋子里的钱，还有余力再去买一些家当，只是不知以后还能维持多久。若再加上这个冬天垦荒挣的钱，他们应该可以撑得过去。但一想到要去跟东邻家要这个钱，而恰恰是自家起火连累他们的房子被烧，勘次就没有勇气开口。

二八

下午勘次又出去了一趟。他心里一团乱麻，低着头走着。暖阳将旱田里的土都晒干了，湿漉漉的栎木的枯叶现在也都干了，树木看上去都生机勃勃。村落里那些白色的辛夷花微微绽开花苞，伸向豁然晴朗的空际，竹梢也微露新芽。绿色的窝雀好像还没有分清现在是冬天还是春天，从阳光下冲入竹林的暗影里，在那里无精打采地叫了几声，又很快回到阳光下，蹦蹦跳跳地欢鸣。所有人的心都在和煦的阳光中融化了。

勘次终于低着头进了东家的大门。废墟上的瓦砾灰堆都已清理干净，只有石砌房基还兀立在院子中央，见证着不久之前发生的大火。院子四周的杉树被烧得发红，看上去比以前更高了，院子本身则显得好像凹陷下去一样，好似红色断崖的底部。勘次内心为一种异样的感觉所压迫。东邻一家在门房那里铺了榻榻米临时住下了。看样子东家老爷和太太神色都很放松，丝毫也没露出灾厄之后慌乱无助的样子。勘次自己也没那么紧张了。太太迎接他的态度也颇为亲切，毫无责怪之意。勘次终于找到了说话的勇气。

"太太，没有人像我这么倒霉的了。"勘次可怜巴巴地开口道。这是遭遇火灾以来，他第一次向人倾诉心头的苦楚。

"可能对您这样的人家这不算什么大事，可是我们就这么点东西，唉！"他一想起自己的损失，便满心哀痛，别的什么都不顾及了，又突然想起自家起火殃及东家，马上又觉得大为羞耻。

"唉，就像人们说的，心疼起来哪怕一张纸都觉得可惜呢。房子毁了还可以再建起来，我最心疼的是那些树，真为它们难过，不过现在也没什么办法了。"太太说着，望了望屋外几株火烧过的树，它们仍旧耸入云天，但很显然已注定再也无法恢复生机了。夕阳从树梢斜照下来，勘次脸色苍白，垂下头，惭愧得说不出话来。

"哎呀，我之前竟然没想到，你家被烧光了，是不是得给你点钱应急？"太太猜到了勘次的来意。

"是的，太太，"勘次头垂得更低，眼睛也湿润了，"您能帮我就太好了，我都不知道该怎么跟您开口。"他摸了一下自己凌乱的头发。

"不用担心，我们还是能帮你渡过这次难关的。"

"归根结底，我觉得这都是没照顾好我那个老丈人的报应。老天爷在惩罚我，也只能这么想了。"他声音又低下来，接着说，"我现在要再建个房子，把家里安顿安顿，还得请太太多照顾我们。与吉再过几年就可以下地干活了，到时候我就让他从学校出来，教他种地。"

"我明白。"太太安慰他说。

"我还想问太太一件别的事，要是父母没有去警察局抱怨子女不孝，巡查不会主动找子女的麻烦吧？"勘次在讲完前面的话后，好像被人从后面突然袭击一样禁不住地问了这个。

　　太太也深感意外，说："据我所知，他们应该在这种事上不会主动去找人麻烦的。"

　　"我是想以后好好照顾家里老丈人的，太太会不会觉得太晚了？"

　　"不会，这怎么会晚呢？你对老人好，老人们总是很感激的。你也照顾不了他多长时间了，趁着现在还行，更应该多照顾他一些。"

　　"我们俩昨天好好聊了聊，他看上去也挺高兴的。我给孩子买的烧伤药也给他用了，药快没有了，我准备再去医生那里买一点。不过今天太晚了，我明天去。阿次跟我说，要我给他买点糖稀。"

　　"嗯，我听说他烧伤了，你接他回去了？"

　　"嗯。"勘次见太太还不知道前天拂晓时发生的事，既感到庆幸，又感到羞愧，只好含糊其词地应了一句。

　　他又突然忧心忡忡地问道："太太，还有件事。要是一个人拿了另一个人的钱，那他会为这个遭报应的吧？"

　　"呃，对啊。"太太不明白勘次的心思，一时不知说什么好。

　　勘次也不管太太有没有明白，继续讲述着自己内心的担忧："可是，如果他没有把这笔钱用到自己身上，那应该没事了吧？"

　　"我不知道你说的是什么样的一笔钱，不过我觉得花掉它是不对的。"

　　"可是，太太，我说的是，有人丢了钱，另外一个人捡到了，他当时没说，可是以后要是再给对方，总觉得怪怪的，就像是偷了对方的钱一样。所以我觉得给对方买点别的会不会更好些。"他把心里的苦恼稍稍明确一点讲了出来，心提到了嗓子眼，又说，"就是说，不明说的话觉得更好一些。"

　　太太轻声但很确定地说："不是，你捡到了别人的钱，就应该还给对方。"

　　这话在勘次心里强烈地回响着，他咧开嘴苦笑了一下，说："就是说，这个人把钱还给对方，再为他做点别的，应该不会再有报应了吧。"

　　"嗯，我觉得这样比较好。"太太见勘次一脸不安，想起他从前的偷盗癖。但他此刻悔恨交加的样子，让她不想再在此事上寻根究底，就拿出一些银钱来放在草席上。

　　"这些钱你拿去安顿安顿家里，也不知道你都有什么打算，先给你这些吧。"

　　"好的，太太。"勘次咕哝着，头低得几乎听不清他在说什么，有一层深深的忧闷笼罩在他脸上。

　　"我准备……"勘次心里烦乱，知道自己必须得对太太说点什么，可是什么都说不出口。他一阵恍惚，觉得自己要晕过去了。此时仿佛听见有一个乍远还近的声音在说话，他才如梦方醒，原来是太太在一旁催促他说："把钱收起来吧。"

　　太太见勘次由衷地苦恼着，不想再追问什么了。

"真是谢谢您了，太太。"勘次回应道。他从腰带上解下钱袋子，发现里面已经空了许多。他朝里面看了一眼，伸手把底下一个铜钱拿了起来。铜钱刚从灰堆里拣出来时表面那层黑灰已经掉了，变得亮晶晶的。勘次把铜钱拿到眼前仔细地瞅着，忽然，他意识到自己正在做的事，向太太紧张地瞥了一眼，将铜钱又丢回钱袋。

附录一 长塚节年谱与《土》大事年表

说明：《土》中主要人物均取自真实生活中的农民，除了阿品以外，作者去世时《土》中主要人物大都健在。不过，据考证，卯平比原型年龄大七岁，阿次比原型年轻四岁，阿次还有一个比与吉大的弟弟。

本年谱根据新纪元社版《长塚节集》整理，人物大事年表根据山形洋一《长塚节"土"的世界》整理。

【1872 年夏，村里痢疾流行。卯平妻子去世，与阿品母亲同居，阿品三岁。】

1879 年 4 月 3 日生于茨城县结城郡冈田村大字国生，家中长子。父亲长塚源次郎是村里的地主（即《土》中的"东邻"）。

1883 年 4 月，开始就读于国生寻常小学。

1887 年父亲成为县议员，此后逐渐为县政倾尽家产。

【1888 年前后，勘次与阿品结识，相恋，结婚，阿次出生。】

1889 年 4 月，开始就读于真壁高等小学。

1893 年，开始就读于茨城县立水户中学。

1896 年春，因神经衰弱退学。开始热衷于和歌的阅读与写作。夏，赴盐原温泉疗养。

1897 年在草津温泉疗养。

1898 年 3 月至 5 月，读到正冈子规发表在报纸上的和歌，甚为仰慕。6 月，入京在京桥筑地山田医院接受治疗。

1899 年转入桥田医院治疗。五六月，回乡，接受征兵体检不合格。开始在《新小说》发表短歌，屡次获奖。

1900 年 3 月 28 日，初次访问正冈子规。30 日，再次访问。4 月，出席子规庵歌会，结识伊藤左千夫等。7 月，与伊藤左千夫游览日光，作《瀑布》。

1901 年研究《万叶集》《古事记》《日本书纪》中的和歌，作多首长歌。

1902 年 3 月上旬，游利根川、成田梅林。5 月，在《日本新闻》发表短歌《去春》，得到正冈子规激赏。子规去世，入京。10 月 1 日返家。

1903 年 6 月与伊藤左千夫等创办根岸短歌会机关杂志《马醉木》，任编辑委员。7 月至 8 月，在关西多地旅行。8 月 19 日回东京。在《马醉木》上发表《西游歌》。12 月，在《马醉木》发表写生文《观月夜》。这段时期经常使用笔名"樱芽"。

【阿品堕胎，发病，死亡。】

1904 年在《马醉木》发表写生文《土浦川口》《利根川一夜》，短歌《藤木花》《夏季杂咏》。开始在室内烧炭。

【勘次偷栎木树墩被发现。】

1905 年 1 月，在《马醉木》发表歌论《关于写生歌》、短歌《秋冬杂咏》。3 月，为了研究烧炭，去各地视察。8 月至 10 月，多地徒步旅行。11 月，在《马醉木》发表《羁旅杂咏》。

【勘次偷菜。偷蜀黍被发现。】

1906 年 1 月，在鹿岛郡旅行。作《乱礁飞沫》。7 月，发表写生文《烧炭姑娘》。8 月至 9 月，在东北地方旅行。

【勘次监视阿次。】

1907 年在《马醉木》发表写生文《铅笔日钞》、短歌《早春之歌》。11 月，在《杜鹃》杂志发表《佐渡岛》，得到夏目漱石激赏。12 月，在平原旅行。

【盂兰盆节风波。】

1908 年 1 月，《马醉木》停办。2 月，《茜草》创刊。发表《初秋之歌》《晚秋杂咏》。3 月，在《杜鹃》发表小说《挖山芋》。9 月，在多地旅行。

【早苗振宴席上。秋祭，勘次给阿品招魂。冬，卯平回家。】

1909 年在《兰草》发表短歌《浓雾之歌》，在《杜鹃》发表小说《开业医生》、写生文《油菜花》等。10 月，在多地旅行二十多天。

【卯平与勘次分居。】

1910 年在《杜鹃》发表小说《邻居家的客人》《太十与他的狗》。6 月 13 日，在《东京朝日新闻》开始连载代表作《土》。因痔疮入院做手术。12 月，为研究竹林栽培技术去美浓、大垣等地考察。

【阿传两次来访。卯平打伤勘次。】

1911 年专注于竹林栽培、农作物改良技术，在村内做指导。4 月，与黑田照子订婚。9 月，在《兰草》发表短歌《忆乘鞍岳》。8 月前后开始感觉咽喉痛，10 月前后病情严重，11 月诊断为喉头结核，入根岸养生院治疗，解除婚约。

【卯平病情严重，不能工作，失火，卯平自杀，勘次与卯平和好。】

1912 年 2 月从根岸养生院出院，3 月回乡，由夏目漱石介绍，入京都医科大学做手术。5 月，春阳堂出版《土》。此后遍游各地。

1913 年 3 月，接受久保博士诊查。8 月，春阳堂出版短篇小说集《挖山芋》。12 月 26 日，在金泽医院接受咽喉手术。

1914 年 1 月，父母皆病，出院回乡。3 月 13 日入京，入桥田医院。6 月，至九州，接受久保博士治疗。9 月，回福冈。10 月，开始发烧，多卧床不起。6 月至 9 月在《兰草》依次发表短歌《如针》(1—4)。

1915 年发表《如针》(5)。2 月 7 日，陷入昏睡。次日早去世。14 日，葬于鬼怒川畔墓地。享年 37 岁。

1924 年父亲源次郎（即"东家"）去世。享年 65 岁。

1936 年勘次去世。享年 71 岁。勘次晚年将阿品的灵牌供奉在 1.5 公里外的无量寺，在一次参拜的归途中，他的遗体在路边被发现。警方一开始以为是他杀，后来在地主的解释后，定为自然死亡。

1942 年卯平去世。享年 94 岁。

1944 年母亲长塚高（即"太太"）去世。享年 81 岁。

1972 年与吉去世。享年 73 岁。

1978 年阿次去世。享年 91 岁（一说 89 岁）。她共同生活多年的丈夫（也是上门女婿，是一个木匠）次日去世，二人合葬。（两人结婚时间不详。）

附录二　度量衡与币制

明治时期所用度量衡称为"尺贯法"，与中国相比，同样的汉字所表示的数量差别很大，现已很少使用。

长度

1 里＝3.927 公里　　　　　1 丈＝10 尺

1 间＝1.82 米＝6 尺　　　　1 尺＝30.3 厘米

重量

1 贯＝1 000 匁　1 斤＝160 匁　1 匁＝3.75 克

面积

1 反≈991.74 平方米＝10 亩＝300 坪

容积

1 石＝180 公升＝10 斗＝100 升　1 升＝1.8 公升＝10 合

货币

旧制　1 两①＝4 分　1 贯＝1 000 文

1 元＝100 钱　1 钱＝10 厘＝100 毛＝1 000 铢

---

① 明治时币制改革后，两改称元，但仍有不少人使用旧币制说法。译文中一律写作元。

以下略略列举书中出现的价格、费用：

卯平给与吉的零花钱：一般是 5 厘，由于好久没给，增加到 1 钱

老人们在念佛堂赌钱：每次 2 钱

请巫女招魂需要：5 钱

卯平搓绳子、做草鞋一天的纯收入：6.5 到 7 钱

在村里租房子需要：每月 30～50 钱

勘次去做工时给家里留下的钱供日常开销：50 钱

勘次一日工钱：60 钱

破伤风血清一号：75 钱

破伤风血清二号（高浓度）：3 元

勘次整个冬天垦荒所得：30～40 元

阿传将女儿卖到妓院所得：150 元（原文作"两"）

译后记

　　这部一百多年前的小说，此前从未译成中文，长塚节的名字，在中国也极少有人知晓。但在日本，长塚节的《土》却被誉为"真正的农民小说""农民小说的最佳杰作"①且广为人知。有一年日本国语高考还特意拿了书中开头几段作为阅读理解的题目，作者的故乡常总市也特意保留了长塚节的故居（陈列展览其生前所用的书桌、外出旅行时常戴的菅笠等），并且设立了长塚节文学奖（分为短篇小说、短歌、俳句三个单元），迄今已经举办了二十多届。

　　不过，即使在日本，真正通读过这部小说的人也不是很多。这一方面固然因为该小说年代久远、文字难懂（书中的对话使用的是方言），另一方面也与大家对这部小说的刻板印象有关。大家先入为主地觉得这本书"难读""无趣"，而这一刻板印象的形成，恰恰以夏目漱石对这部小说的推介为发端。

　　1910 年 6 月，得力于夏目漱石的引荐，长塚节在《东京朝日新闻》开始连载《土》。此前，他因为发表在《杜鹃》杂志上

---

① 　小田切近，《日本的名作》，福建人民出版社 1985 年第 1 版。

的几篇纪行文与短篇小说得到夏目漱石的赞赏，尤其是《佐渡岛》，让夏目漱石注意到了这位寂寂无名的乡村作家。在夏目漱石眼里，这个年轻人有着与年龄不相称的沉静气质，少年老成，不追时好，也不刻意标新立异，只是凭借真性情来追求艺术。夏目漱石说他见到长塚节好比"发现了新的农作物，总想昭告天下而后快，纵然今日文坛不认可这一新的风格、新的趣味，亦不辞慨然挺身而出为之倡导。只有如此，文坛才可以开辟新的领域"。

长塚节虽然是地主之子，受过不错的教育，见识过村庄以外的世界，但他也是土生土长的茨城县国生村人。他于1896年因病中途退学，作为长子，要协助自己的母亲打理家中越来越少的产业（树林和耕地）。自从父亲当选为县议员以后，这就成了太太的任务。虽然退学，长塚节仍能够继续坚持自己在文学方面的兴趣。他曾短暂地拜于正冈子规门下，但更多时间都花在打理自家田地上。他曾试验过使用各种肥料、进行轮种、烧炭、种竹子，以及其他各种措施来拯救父亲的政治生涯带来的财政危机。（由于他的父亲在为人担保方面不够谨慎，也欠下了不少债务。）这种农业实践的结果，使得长塚节在写作之前已经深刻体会到当地农民在这片并不肥沃的土地上耕种糊口的各种艰难。他们这一地区曾经坐享向首都水路运输之利，但由于铁路的修建，他们这一区变成了后方。

除了对农民生活的观察，长塚节还随身携带一个笔记本，随时记下村庄里生活的各种细节。这使他在离开学校后，因写作短歌、写生文、短篇小说而发展起属于自己的叙事才能；他还有一对善于倾听的耳朵，能记录下当地方言的独特腔调，以及不同身份、阶级各自不一样的说话方式。

一开始接受约稿，长塚节曾因任务太重而颇为踌躇，毕竟他此前只写过短篇，这是第一次写长篇连载。（值得注意的是，他肯定在一开始便已谋划好了最后大火的结局，勘次的原型长塚嘉吉一家本来住在地主家北面，他在小说中将其移到了西面，好为西风将火吹到东邻家埋下伏笔。其余类似的伏笔在书中还有好几处。）为了写这部小说，他多次向村里的年轻人和见多识广的马贩子们调查，亦曾亲身去多地走访，力求细节上的真实。但在报纸上连载一阵子以后，报社内出现了让这本小说尽快收尾的声音，最后是主编池边三山力挺，小说最终才得以完成，从六月到十一月，总共用了半年时间。

小说一开始不怎么受报纸读者的欢迎。一方面是题材的原因，写的是一般市民极少了解的农民生活；另一方面则因为情节缓慢，自然风景描写过多，考虑到作者深受俄国小说，尤其是屠格涅夫的影响，这当然并不奇怪。当时的读者虽说不像今日的读者如此追求情节的紧张刺激，《土》的这种风格仍然让他们感到不适应，尤其作者还是个无名小卒。

连载完毕后的第二年，长塚节感到喉部不适，后来接受诊断确认是喉头结核，此后直至他去世的五年中一直在辗转治疗，其间只写过一些短歌，再未动笔写作长篇。《土》既是作者唯一的长篇，也可以说是他真正的代表作。

连载完毕后的第三年，在池边三山的大力推荐下，春阳堂决定出版这部小说的单行本，长塚节也上门请求夏目漱石为之作序。夏目漱石以自己正在忙于写作别的小说（《春分过后》）而婉拒，并说既然池边三山对其作品如此赞赏，何不去求他。长塚节拿了夏目漱石的名片去拜访池边三山，结果正值后者母亲的"五七"祭，长塚节匆匆说明来意后随即告辞。不幸的是，池边三山也突然去世了，为《土》写序成了夏目漱石责无旁贷的任务。

　　在后世读者看来，夏目漱石的态度是令人困惑的。《土》的英译者安·华思沃认为夏目漱石对小说的赞赏有迁就的成分："我们甚至可以猜测，若非长塚节亲自上门拜访，若非作者本人在成书后就一病不起，夏目漱石很可能会疏远此书。"

　　有一点可以肯定，夏目漱石并不认为阅读《土》是一件乐事。他在序言里虽一再赞赏长塚节"无人能及"，却也一再强调了《土》的难读，这种难读有两个层面：

　　表层的难读，原因是人物对话用了陌生方言，情节本来发展缓慢，过多过细的自然风景描写还经常打断情节；

　　深层的难读，原因是小说中人物的命运与性格只是让读者感到痛苦，而没有安慰，心理上得不到补偿。

　　夏目漱石的见解，当代的读者很可能也会有同感，因此译者在此觉得有必要为作者辩解一番，着重谈一下小说中的自然风景描写与人物塑造的问题。

　　正如19世纪以屠格涅夫的《猎人笔记》为代表的俄国文

学，以及 20 世纪早期很多日本小说一样（这种风尚在夏目漱石自己所著的《草枕》中也可见其一斑），《土》的节奏缓慢，更多关注日常生活的细节，而非戏剧化的情节，自然风景的描写更是连篇累牍。即便是在同类作品中，《土》中的自然风景描写也卓有特色，夏目漱石称赞长塚节是"精致的自然观察者"，"哪怕司空见惯之事，也能写出其独特之处"。不过，一般读者总要问，如此繁多的自然风景描写，大部分都和故事情节无关，甚至让夏目漱石也认为"往往打断了故事情节"，让读者失去了"加速度"的乐趣，究竟有何意义？

不知道长塚节本人是否也意识到了会有这种批评，他在小说连载结束后的第二年曾在《为樱》杂志上发表了一篇短文《写生文的创作》，其中提到"我酷爱自然"，这既是一种自我解嘲，但未尝不是一种自负。在此，译者想借用中国古代文论中的赋、比、兴概念说明一下自然风景描写在这部小说中的意义所在。

先说"赋"，赋就是铺陈直叙。作者在《土》中写到勘次一家周围的林地、村子里神社周围的环境、鬼怒川上的景象，都属于此类。此类描写在书中最多，在此就不引用具体的例子了。这类描写着重点在于为刻画小说里的人物所生活的环境，让读者对其产生直观的感受。

再说"比"，比就是类比。作者看上去是在写自然风景，但实际上也是在写人。不过在《土》中这类描写有些比较隐晦，有时作者并未点明自然风景与人的这种类比关系，读者要仔细品味才可看出来。

作者明确点出的，比如第八章：

> 金色的油菜花……在展开的绿叶芯部出现了小小的突起，这就是油菜花蕾。……阿次也正处在含苞待放的花季，但却被父亲的强力之手约束着。……只是冬日的严寒霜冻并不能封锁草木的春心，勘次的监督再严密也无法遏制女儿萌动的憧憬。

比较隐晦的，如小说一开始写西风凌虐着树林，我们可以联想到这是在暗示命运对阿品的摧残。

而接近末尾处（第二十五章）写到栎木：

> 像山葵磨板一样坚硬的栎树皮即使被烧黑，也不会像别的针叶树那样伤及树干。在春雨的滋润下，白色的嫩芽又突破粗硬厚重的树皮的包裹，不知从什么地方就冒了出来，开始了爽快的呼吸，满怀生的喜悦，噌噌地伸展开来。

可认为这是在暗示勘次一家在遭受火灾之后终能得以重建家园。

最后说一下"兴"，兴者，先言他物以引起所咏之词。在《土》的叙述中，自然现象与人的经验是紧密交织在一起的，尤其是农人的劳作与自然变化更是关系重大。如第六章开头，在描绘过云雀与群蛙的歌唱比赛以后，写道：

> 到了下午，人们在草丛里躺下来休息，……群蛙也沉默下来，此后，在寂静的夜里，它们又再展歌喉，……只

是渗入窗缝后，已经是强弩之末，非常微弱，正好可以陪伴着疲惫不堪的人们入眠。等人们白日里消耗的身体逐渐恢复，次日的晨光从窗缝射入时，他们掀开被子，一骨碌爬起来，走到门外，用凉水在井边洗了脸，又是群蛙不知疲倦的歌声欢迎他们来到新的一天。

小说中自然风景描写的很多段落，单独摘选出来是优美的散文诗，有其自身独有的美学价值。而从整部小说着眼，土地是农民赖以为生、不可分离的部分，生长于其上的一草一木、一虫一鸟也都是与农民的生活息息相关的，季节气候的变化尤其牵动着农民们的心，一部叫作"土"的小说又怎么可以少了它们的角色？

至于书中的人物，夏目漱石说：

> 《土》中出现的人物，都是最贫苦的农民，既无教养，也无品格，只是土生土长、如蛆虫一样可怜的农民。……他们的卑下、浅薄、迷信、天真、狡狯、质朴、贪婪……

夏目漱石形容这些农民所用的词语大部分都是贬义的，而且天真近于无知，质朴近于麻木，也可说是贬义的。但在我看来，《土》作为日本农民文学的杰作，其最突出的成就便是描绘出了一群最真实可感的农民形象，而这些形象都具有丰富的人性，不是人们偏见中一提到农民就在脑海中浮现出那种刻板化的农民的形象，更非夏目漱石所说的"蛆虫"。他的评价并不公允。

此前的文学作品里出现的农民形象，哪怕是出自大作家的手笔，往往要么采取俯视的角度，将农民贬抑成奸猾、贪婪、木讷的群氓，如巴尔扎克笔下的农民（《农民》）；要么采取仰视的角度，将农民刻意美化成质朴、勤勉、单纯的圣人，如托尔斯泰笔下那位普拉冬（《战争与和平》）。像屠格涅夫在《猎人笔记》里写到农民时那样"不吹不黑"，已经是很难得了，可惜仍是从一个外人的角度去观察农民，并没有真正进入到农民的生活内里。就译者所知，在已知外国文学中唯有长塚节在《土》里才是真正进入了农民的生活，用平视的角度将自己所闻所见写出来；更不可思议的是，他也是极少数真正懂得农民在想什么、写出了农民所思的作家。

小说对农村人的刻画充满了温情，通过诸如耕种、求爱、婚姻、育儿、卫生、养老、民间信仰、葬礼风俗等诸多方面，为读者提供了丰富的农村生活的信息。主要人物是佃农勘次一家，他们无论从经济地位还是住宅方位来看，在村子里都是边缘人。在一开始，阿品因动手给自己实施流产而死，在这一可怕的事故之后，她仍不断通过他人的回忆出现，她的影子也出现在女儿阿次身上，从容淡定的言语仿佛鬼怒川的淙淙水流，提醒我们，阿次无论是外貌还是行事风格都像极了阿品，母亲阿品曾经也像女儿阿次一样是个单纯的女孩，她的阿次也会像她一样，不论年纪如何增长，身份如何变化，对美的事物以及美的装扮的追求都不会改变。失去母亲后的阿次很早就挑起了成年人的重担。她聪明伶俐，当机立断，坚韧不拔，既是农活方面的好帮手，也是家里的好管家，还是弟弟与吉的第二个妈妈。勘次尽管身强力壮，但意志薄弱。阿次就像阿品生前那样多次将他从困境解救出来。无论是因为盗癖陷入的麻烦，还是与岳父的长期不和，读者都可管中窥豹，获知农村的真实面目。小说里面所写的人物都真有其人，书中的情节，除了最后的大火，也都真有其事。作者将他们描绘得如此生动、精确，看过小说的人会留下深刻印象。尤其是阿次，更是一个惹人喜爱、温暖人心的形象。

　　小说的可贵之处不仅在于写出了人物生活细节，对他们的心理刻画尤其复杂和细致。虽是最底层的农民，他们并没有被"贫穷限制想象力"，而是有着丰盈、细腻的情感。阿品在病榻上想象丈夫勘次在外面做工挨饿受冻的场面，根据两个孩子在院子里传来的声音想象姐弟俩嬉闹的景象；阿次对漂亮服饰的渴望，对弟弟的疼爱，对外公卯平的关怀；卯平在决定是否回家养老之前的纠结情绪，对勘次的隐忍与爆发，大火之后悲凉的心境……这些都给予阅读者极深刻的印象。我们很难用夏目漱石的批语来评判他们。

　　中心人物勘次可能是最接近夏目漱石所谓"卑下、浅薄、迷信、天真、狡狯、质朴、贪婪"的"蛆虫"这一评价的了。不过，即使对勘次，我们也要理解，他的种种劣迹首先是因为他的贫困状况以及不得不担负的养家的责任，其次是由于妻子阿品早亡给他的重创。阿品对他来说不仅仅是一个农活上的帮手，也为他提供了温暖和同情，这恰恰是他自己所缺乏的。没有了阿品的引导，本来品行还算不错的勘次很快堕落了，成为卯平嘴里的"畜生"。明治时期的日本像中国一样是个儒家社会，子女因为父母给予的养育之恩，故而需要尽孝。子女仿佛对父母欠债，这一债务需要通过孝敬老人、在老人晚年时照顾其起居生活来偿还。因为不喜欢卯平，勘次在尽孝方面很不热心，而在对待阿次上比他所意识到的还要粗鲁，且忽视村落里长期形成的"潜规则"，想吃新鲜蔬菜时直接从本村偷，而不是去邻村。对东家提出的警告他也置若罔闻，从东家林子里偷栎木墩子，在太太干预下才幸免坐牢。让他改邪归正、回心转意的，并非来自村社的舆论压力（这一压力固然很大）而是他对神明惩罚的恐惧，害怕遭到更大的损失，以及害怕警察找他麻烦。

很少有读者会喜欢勘次，不过我们要看到作者哪怕是对这个不讨人喜欢的角色，也没有将其一味简化成一个标准的反派人物。勘次在打了女儿之后，为了补偿，就去赎回已经当掉的衣物，将其留给女儿；在鬼怒川对岸发现了有比自己过得更差的人，勘次感到满足，就像同村人因为鄙视勘次而感到满足一样；在阿次去给卯平按摩的时候，他悄悄躲在外面偷听屋里的动静；勘次挨了卯平打，煞有介事地包扎好伤口去看医生、找南邻，以博取同情……这一系列的细节都让勘次的形象有血有肉，而非仅仅是一个脸谱化的坏人。勘次最后的回心转意、改邪归正，也很难说是人格突变，而是有着其性格上一以贯之的脉络，从而使得结尾避开了平庸作品的煽情套路。

这一切，得益于作者是抱着"写生"的目的去创作，而不是出于指导或者提高读者的道德水准的动机。如果说他有比较实际的目的，那就是对工业化、都市化的新日本市民，解释一下日本农村人的"老问题"。这些新市民正好是《东京朝日新闻》的读者，他们通常不会去关心那些当时仍占人口大多数的农民，而他们也非日本在现代化进程中的参与者。

　　从夏目漱石的序言来看，他对自己在《土》中所发现的农村的真实面目是抗拒的，农村是过去时代遗留的陋习的大本营，而这些陋习在明治维新后本应扫进历史的垃圾堆。农村是日本在实现经济、政治、社会变革之路上的障碍，蛆居其内的是无力改变现状的农民。农民除了为塑造年青一代的良好品格提供"黑暗、可怕的阴影"之外别无用途。夏目漱石钟爱的人物，可能是《哥儿》中的主人公那样正直勇敢的知识分子，然而不能否认的是，在《土》里这些农民身上，也有着充沛的真实感人的力量。

常非常

2020 年 3 月

图书在版编目（CIP）数据

土 / (日) 长塚节著；常非常译. -- 苏州：古吴
轩出版社, 2020.5
ISBN 978-7-5546-1549-2

Ⅰ.①土… Ⅱ.①长… ②常… Ⅲ.①长篇小说—日
本—现代 Ⅳ.①I313.45

中国版本图书馆CIP数据核字(2020)第067786号

责任编辑： 韩桂丽
见习编辑： 沈　玥
责任校对： 孙佳颖　胡敏韬

书　　名： 土
著　　者： ［日］长塚节
译　　者： 常非常
出版发行： 古吴轩出版社
　　　　　地址：苏州市十梓街458号　　邮编：215006
　　　　　电话：0512-65233679　　　传真：0512-65220750
出 版 人： 尹剑峰
印　　刷： 无锡市证券印刷有限公司
开　　本： 880×1240　1/32
印　　张： 10.5
版　　次： 2020年5月第1版　第1次印刷
书　　号： ISBN 978-7-5546-1549-2
定　　价： 52.00元

如有印装质量问题，请与售后联系。0512-87662766